Brüssel - Ein Treffen griechischer Europaparlamentarier im Restaurant Notos endet für fünf Personen tödlich.
Berlin - Die Tochter einer deutschen Europaparlamentarierin wird in Berlin entführt.
Stockholm - Ein schwedischer Europaparlamentarier verschwindet auf seinem Weg von Stockholm nach Brüssel.
Dale, Leiterin des Dezernats für Kapitalverbrechen in Brüssel und ihr Team beginnen mit den Ermittlungen, finden sich jedoch schon bald in einer Sonderkommission wieder, deren Leitung Hermann Müller von Europol übernimmt. Die Brüsseler Ermittler erhalten Unterstützung von zwei Stockholmer und zwei Berliner Kollegen, denn Müller ist der festen Überzeugung, dass die Vorkommnisse in Brüssel, Berlin und Stockholm nicht isoliert behandelt werden können. Wer sind die Mörder in Brüssel? Wer die Entführer in Berlin? Was ist mit dem schwedischen Europaparlamentarier geschehen? Gibt es tatsächlich einen Zusammenhang? Ein Verwirrspiel beginnt, in dem nicht alles so ist, wie es vordergründig scheint.

Priska Nee lebt und arbeitet in der Nähe von Zürich. Der vorliegende Kriminalroman ist ihr erster.

Priska Nee

EU-Parlamentarier im Visier

Kriminalroman

Dales und Trishs erster Fall

Bibliografische Information der Deutschen Nationalbibliothek:
Die Deutsche Nationalbibliothek verzeichnet diese Publikation
in der Deutschen Nationalbibliografie, detaillierte bibliografische
Daten sind im Internet über dnb.dnb.de abrufbar.

TWENTYSIX – Der Self-Publishing-Verlag
Eine Kooperation zwischen der Verlagsgruppe Random House und
Books on Demand

2. Auflage
© 2020 Nee, Priska
Alle Rechte vorbehalten
Umschlaggestaltung: Priska Nee

Herstellung und Verlag: BoD – Books on Demand, Norderstedt

ISBN: 978-3-7407-6392-3

Brüssel – In der Forensik

Der schwarze Jaguar stand mitten in der Garage, über einem begehbaren Tunnel, der von beiden Seiten durch eine Treppe zugänglich ist.

„Flo! Bist du da?", Dale konnte niemanden sehen, die Halle schien leer zu sein.

„Hier unten!", tönte es aus dem Tunnel.

„Gibt es da etwas für mich zu sehen?", fragte Dale nach unten.

„Nein, nein, ich wollte nur sicher sein." Flo kam die Treppe hoch, die Hände an einem Tuch reibend, welches wohl irgendwann mal weiß gewesen sein musste.

Dale zuckte zurück: „Hast du dir schon mal überlegt, welche Vorteile deine Hautfarbe eigentlich so hat?"

Flo bedachte sie mit einem verständnislosen Blick und hob dann fragend die Augenbrauen.

„Tja, also wenn ich so mit Öl duschen würde, wie du es offenbar gerade getan hast, so wäre der Kontrast bei mir wohl wesentlich erheblicher als bei dir", meinte Dale grinsend.

Flo, kleingewachsen und stämmig, stellte sich, die Hände in die Hüften gestemmt, vor die hochgewachsene Dale: „Hätte ich heute schlechtere Laune, würde ich diese Bemerkung als rassistisch auffassen!"

Dale trat einen Schritt zurück und hob abwehrend die Hände: „Aber nicht doch. Das war ein Scherz. Komm lass uns über den Jaguar sprechen. Hast du was gefunden?"

„Das war nicht dein bester Scherz", meinte Flo bestimmt, dann, „ja, hab ich. Wie ich schon sagte: ich wollte sicher sein." Flo deutete auf den Jaguar, um dann mit Nachdruck zu verkünden: „Ich bin mir sicher!"

„Sehr schön, worüber also bist du dir sicher?"

„Nun mal langsam. Du beginnst einen Muffin ja auch nicht von unten zu essen, oder?"

„Ich esse keine Muffins. Zuviel Zucker und auch sonst nicht wirklich gut!"

„Oh, richtig! Ich vergaß, schwarzer Kaffee reicht vollkommen, nicht wahr?", meinte Flo mit leichter Ironie in der Stimme.

„Ganz richtig. Vor allem, wenn der Tag mal wieder mehr als 24 Stunden zu haben scheint", entgegnete Dale leicht gereizt.

„So ein kleiner Zuckerschub kann da auch helfen", meinte Flo augenzwinkernd.

„Könnten wir jetzt vielleicht mal Kaffee und Schübe außer Acht lassen und uns dem Fahrzeug hier zuwenden?"

„Klar, deshalb sind wir ja hier, nicht wahr? Also, das Baby hier gehört einem Monsieur Tom Graham. Er hat es vor sieben Tagen als gestohlen gemeldet. Das Baby ist gefüttert und frisch gewickelt worden."

„Gefüttert und gewickelt! Was zum Teufel meinst du damit? Hast du dich vielleicht etwas zu sehr mit der Thematik des Mutterwerdens befasst? Wir sprechen hier über ein Auto, genauer einen Jaguar! Und du hast mir immer noch nicht gesagt, worüber du absolute Sicherheit gewonnen hast! Also, ich höre und erspare mir bitte weitere Baby-Vergleiche!" Dale wirkte nun genervt.

„Ich finde, du nimmst das nicht ganz ernst, das mit dem Baby. Es könnte ja sein, dass ich ein Baby gefunden habe! Im Auto! Das könnte ja sein, nicht wahr?", schmollte Flo.

„Hast du?"

„Nein, hab ich nicht. Was ich sagen wollte, ist: Der Jaguar ist vollgetankt, der Ölstand ist optimal, die Batterie voll aufgeladen, die Reifen und die Abdeckung hinten im Kofferraum sind neu und das Auto wurde sowohl innen als auch außen gründlich, sehr gründlich, gereinigt! Damit meine ich, es wurde richtig professionell desinfiziert…"

Dale seufzte und unterbrach Flo: „Mit anderen Worten, wir haben nichts. Keine Fingerabdrücke, keine Haare, keine DNA, richtig?"

„Lass mich doch mal ausreden, ich war noch nicht fertig! Wir kommen nun zu dem Punkt, wo ich sagen kann: Ich bin mir sicher!"

„Aha, lass hören."

„Ich würde dieses Auto verkaufen!"

„Ach wirklich?" Dale hob fragend eine Augenbraue.

„Wenn es mir gehören würde, natürlich."

„Schon klar. Lässt du mich vielleicht auch wissen, weshalb du es verkaufen würdest?"

„Der Aschenbecher ist voll!" Flo machte diese Aussage mit todernstem Blick. Kein Lächeln, kein Grinsen.

Dale kniff die Augen zusammen: „Verdammt, willst du mich auf den Arm nehmen? Oder willst du mir damit sagen, dass du so viel verdienst, dass du dir, wenn der Aschenbecher voll ist, jeweils ein neues Auto kaufst?"

Nun musste Flo doch grinsen: „Ganz genau, wenn der Aschenbecher voll ist, kaufe ich mir ein neues Auto."

Gefährlich leise meinte Dale: „Erzähl mir lieber was über den Inhalt des Aschenbechers!"

„Es sind etwa zwanzig Zigarettenstummel der Marke Marlboro Gold drin. Ich habe sie ins Labor gegeben."

„Merkwürdig. Da wird der Wagen gründlich gereinigt und der Aschenbecher geht vergessen?" Dale wandte sich zum Fenster und schaute nachdenklich nach draußen. „Wann haben wir die Auswertung aus dem Labor?"

„Ich werde mich gleich darum kümmern, nach einer ausgiebigen Dusche. Schließlich soll jeder sehen können, dass mir die Natur eine schwarze Haut mitgegeben hat."

„Dieser Tom Graham, ist er Raucher?"

„Soweit ich weiß, braucht man bei der Anmeldung eines Autos keine Angaben darüber zu machen, ob man Raucher oder Nichtraucher ist! Will heißen: Ich weiß es nicht. Aber dafür seid ihr ja da", strahlte Flo Dale an.

Dale verdrehte die Augen und verließ die Garage.

Antwerpen – Bei Tom Graham

Val und Kira verließen das Polizeigebäude, ein siebenstöckiger Backsteinbau, und schritten auf den Audi A6 zu, der gleich bei der Hinterhoftüre geparkt war. Kira setzte sich hinters Steuer.

"Was wissen wir über diesen Tom Graham?"

Val griff nach der Akte auf dem Rücksitz und öffnete sie: „Graham Tom, 63 Jahre alt, Professeur für Geisteswissenschaften an der Université libre de Bruxelles, vor kurzem geschieden, nach dreißigjähriger Ehe, zwei Söhne 23 und 25 Jahre alt, liiert mit einer seiner Studentinnen, das Haus ist abbezahlt, den Jaguar fährt er seit 2012. Es war dannzumal ein Neuwagen, nun hat er 56'000 km auf dem Tacho. Er verdient jährlich 100'000 Euro. Die Auseinandersetzung mit seiner Frau läuft noch. Sie will ihren Anteil an Haus und seiner Pension ausbezahlt haben. Er hat einen Kreditantrag bei der Bank gestellt."

Val schloss die Akte. „Keine Ahnung wie Lisbeth immer an diese Daten kommt. Die sind doch nicht mal für uns frei zugänglich", meinte Val kopfschüttelnd.

Die Straße Koningsarendlaan, im ruhigen Quartier Deurne in Antwerpen, fanden sie schnell. Tom Grahams Haus, die Nummer 51, war das letzte einer ganzen Anzahl von Häusern, ganz am Ende der Straße. Die Hinterseite des zweistöckigen Gebäudes schmiegte sich an den angrenzenden Wald.

Sie folgten dem Kiesweg, der an Johannisbeersträucher, an zahlreichen Rosenstöcken, an Äpfel- und Birnenbäumen vorbeiführte, um schließlich vor der Veranda zu enden. Eine Treppe mit fünf Stufen führte auf die Veranda aus Holz, sieben Meter lang, mit Rattan Stühlen und einem Tisch aus Teak bestückt. Ein gemütlich aussehender Schaukelstuhl und eine Hängematte rundeten die Beschaulichkeit ab. Hier ließ es sich bestens verweilen. Den Spuren von Glasrändern auf dem Tisch zu urteilen, wurde dies auch häufig gemacht.

Es dauerte nicht lange und die Türe wurde, nachdem sie geklingelt hatten, von einer kleinen, untersetzten Dame mit kurzen, grauen Haaren geöffnet: „Ja bitte?"

„Guten Tag, ich bin Detektiv Val Velasces", Val zeigte ihren Polizeiausweis und deutete dann auf Kira, „und das ist meine Partnerin Detektiv Kira Vasilis. Monsieur Graham erwartet uns."

„Richtig, er sagte mir, dass er Besuch von der Polizei bekommen würde. Geht es um den gestohlenen Jaguar? Er liebt dieses Auto, müssen sie wissen. Genau wie Madame." Hanna schürzte ihre Lippen. „Ex Madame, muss man jetzt wohl sagen. Kommen Sie doch herein. Ich bin übrigens Hanna, die Haushälterin, schon seit dreißig Jahren. Wahrscheinlich eigentlich schon viel zu lange. Monsieur Le Professeur vergisst manchmal, dass ich nicht zum Mobiliar gehöre", meinte sie lachend.

Sie führte die beiden rechts der Treppe, die in den oberen Stock führte, vorbei, durch das Wohnzimmer, in den angrenzenden Wintergarten. Dieser war rundum verglast und ließ so den Blick auf den Waldrand zu.

„Bitte nehmen Sie doch Platz. Was darf ich ihnen bringen: Tee oder Kaffee? Oder etwas anderes?"

„Mir bitte gerne einen Kaffee", erwiderte Val.

„Für mich bitte auch", schloss sich Kira dem an.

„Sehr schön. Ich werde dem Professeur Bescheid geben, dass Sie hier sind. Er wird gleich kommen." Mit diesen Worten verließ Hanna den Raum, nicht ohne nochmals auf die Stühle zu deuten.

„Ich kann mir nicht vorstellen, dass sie mit Mobiliar verwechselt werden könnte, soviel wie die redet", meinte Kira, während sie sich auf einen der Stühle niederließ.

„Ob sie mit dem Professeur noch viele Worte wechselt? Nach dreißig Jahren?", fragte sich Val.

In diesem Moment betrat Tom Graham den Wintergarten: „Guten Tag meine Damen. Ich bin Tom Graham. Mit wem habe ich das Vergnügen?"

Val und Kira erhoben sich und stellten sich vor.

Tom Graham, nur einen halben Kopf größer als Val, trug beige Flanellhosen, ein rot, grau, schwarz kariertes Hemd und braune Filzpantoffeln. Seine Brille trug er hochgeschoben auf seiner Vollglatze. Die Augenbrauen ließen vermuten, dass seine Haarpracht, bevor sie ihn verlassen hatte, von dunklem Braun gewesen sein musste. Die dunkelbraunen Augen hatten etwas mit den wulstigen Augenlidern zu kämpfen, schauten aber vergnüglich auf seinen Besuch. Sein kleines Bäuchlein trug er mit einer gewissen Selbstverständlichkeit vor sich her.

„Bitte nehmen Sie doch wieder Platz. Hanna wird uns gleich den Kaffee bringen. Ihr Anruf hat mich wirklich neugierig gemacht. Seit wann kümmert sich denn das Dezernat für Kapitalverbrechen um einen gestohlenen Wagen?"

Er überlegte kurz, schlug sich mit der Hand auf die Stirn und meinte dann verschmitzt: „Aber natürlich! Weil es sich um einen Jaguar handelt, richtig?"

Bevor Val und Kira antworten konnten, betrat Hanna den Wintergarten mit einem Tablet auf dem zwei Kannen, eine Zuckerdose und ein Teller voller Waffeln stand. Sie goss Kaffee in die Tassen und stellte vor jeden eine hin.

„Von den Waffeln müssen Sie unbedingt kosten. Hanna ist eine Meisterin im Backen derselben!"

Hanna ließ ein erstauntes „Ach!" verlauten. „Monsieur Le Professeur hat tatsächlich zur Kenntnis genommen, dass ich diese selbst backe?"

„Also Hanna, wirklich! Ich bin Professeur, ja, aber keiner von der zerstreuten Sorte. Natürlich habe ich mitbekommen, dass du diese jeweils aus dem Backofen hervorzauberst."

„Dann besteht ja noch Hoffnung", meinte Hanna vergnügt. „Lassen Sie es sich schmecken. Ich bin oben, wenn Sie etwas brauchen." Damit verließ Hanna den Wintergarten.

„Ich weiß nicht, die heutigen Angestellten… das war früher irgendwie anders", murmelte Monsieur Graham.

„Immerhin arbeitet Hanna schon dreißig Jahre für Sie, wie sie uns sagte", bemerkte Val.

Grinsend meinte Monsieur Graham: „Stimmt, jetzt wo Sie es erwähnen. Ich sollte mich also an sie und ihren Umgangston gewöhnt haben."

„Monsieur Professeur, Ihr Einverständnis vorausgesetzt, würden wir dieses Gespräch gerne aufnehmen." Kira wedelte mit ihrem iPhone.

„Nur zu, ich habe nichts dagegen."

„Sehr schön. Also, nur fürs Protokoll. Anwesend sind: Professeur Tom Graham, Val Velasces und Kira Vasili. Professeur, ist es richtig, dass Sie einen Jaguar XF 2.2d, Jahrgang 2012 der Farbe Ebony Black fahren?"

„Das ist richtig."

„Sie haben diesen vor sieben Tagen als gestohlen gemeldet. Wann haben Sie ihn zum letzten Mal gesehen beziehungsweise gefahren?"

„Letzten Freitag, vor einer Woche, bin ich, wie jeden Tag, nach Ende der Vorlesung, das war um 16.30 Uhr nach Hause gefahren. Hier angekommen, habe ich ihn vor der Garage geparkt. Ich habe dann etwas gegessen, noch einige Unterlagen studiert und bin dann um ca. 23.00 Uhr zu Bett gegangen. Am Morgen stand er nicht mehr vor der Garage."

„Stand er noch da, als Sie zu Bett gingen?"

„Das kann ich Ihnen leider nicht sagen. Mein Schlafzimmer befindet sich auf der anderen Seite des Hauses."

„Sie haben auch nicht gehört, dass jemand weggefahren ist?"

„Nein. Da ich zur Zeit schlecht schlafe, habe ich mir Schlaftabletten von meinem Hausarzt verschreiben lassen. Seither nehme ich eine, bevor ich mich schlafen lege."

„Wie ist es mit Hanna, wohnt sie hier?"

„Ja, sie hat ein Zimmer im oberen Stock."

Val erhob sich: „Wenn Sie erlauben, werde ich sie kurz befragen. Vielleicht hat sie ja etwas gehört oder gesehen."

Professeur Graham machte eine zustimmende Geste, woraufhin Val den Wintergarten verließ.

„Was ist mit Ihren Söhnen? Wohnen die hier?"

„Nein, sie haben beide ein Zimmer in Brüssel, wo sie auch studieren. Früher kamen sie öfter mal übers Wochenende hier vorbei. Seit meine Frau nicht mehr hier wohnt, ist dies seltener der Fall."

„Monsieur Professeur, wer alles hat einen Schlüssel für das Auto?"

„Außer mir nur meine Freundin."

„Darf ich Sie um den Namen Ihrer Freundin bitten?"

„Tatiana Käs. Sie wohnt in Brüssel, auf dem Campus Erasme. Und natürlich wollen Sie nun wissen, ob wir im Besitz unserer Schlüssel sind. Ja, sind wir. Sie sind nicht gestohlen worden."

„Das ist sehr merkwürdig, Monsieur Professeur. Der Wagen wurde weder aufgebrochen noch kurzgeschlossen. Der oder die Diebe müssen also einen Schlüssel gehabt haben. Sind Sie sicher, dass kein weiterer im Umlauf ist?"

„Soweit ich mich erinnern kann, habe ich bei der Übergabe nur zwei Schlüssel ausgehändigt bekommen. Das war auch immer ausreichend, da zu jener Zeit nur meine Frau und ich den Wagen gefahren haben."

„Und der Schlüssel Ihrer Ex-Frau hat nun Ihre Freundin?"

„Richtig."

„Ihre Ex-Frau besitzt also keinen mehr?"

Tom Graham schüttelte den Kopf. „Sie hat eh meist unseren Zweitwagen, einen VW Golf, gefahren. Zu ihrem

Leidwesen, sie liebte es nämlich auch, den Jaguar zu fahren. Den Golf fährt sie auch heute noch. Sie hat ihn nach unserer Trennung mitgenommen."

„Weshalb parken Sie den Jaguar vor der Garage?"

Monsieur Graham schmunzelte: „Nun, weil die Garage von einem Phantom besetzt ist", und nun mit Stolz in der Stimme, „genauer von einem Rolls Royce Phantom V! Den fahre ich nur zu sehr speziellen Anlässen. Es existieren weltweit nur 516 Exemplare von diesem Modell. Ihm gehört natürlich die Garage!"

„Oh", Kira zeigte sich beeindruckt. „Seit wann besitzen Sie diesen?"

„Das war ein Hochzeitsgeschenk von meinem Schwiegervater. Als meine Frau und ich von den Flitterwochen zurückkamen, stand er in der Garage. Ich war total überrascht. Das war schon immer mein Traum, seit Kindheitstagen. Ich liebe dieses Auto!"

„Rauchen Sie?"

„Bitte?"

„Sind Sie Raucher?"

„Ab und an eine gute Pfeife schmöken, das gönne ich mir, ja."

„Keine Zigaretten?"

„Um Himmelswillen nein! Und schon gar nicht im Auto! Der Gestank setzt sich im ganzen Wagen fest, und die Verfärbung erst! Der Jaguar hat cremefarbige Leder-sitze. Nein, in meinen Autos wird nicht geraucht!"

„Wie ist es mit Ihrer Ex-Frau und Ihrer Freundin? Rauchen die?"

„Ja, beide. Leider! Aber wie gesagt, nicht im Auto. Das ist so abgesprochen."

„Kennen Sie die Zigarettenmarke?"

„Meine Frau raucht Zigarillos mit Menthol, die Marke fällt mir gerade nicht ein, Tatiana Marlboro Gold."

„Sie haben den Wagen dann am folgenden Montag als gestohlen gemeldet. Weshalb haben Sie so lange gewartet?"

„Ich konnte meine Freundin erst am Sonntagabend erreichen. Ich wollte sicher sein, dass nicht sie mit dem Auto unterwegs ist. Es hätte mich allerdings sehr erstaunt, wenn sie den Wagen einfach genommen hätte, ohne mich zu fragen. Das tut sie nämlich immer."

„Sie haben Ihre Freundin das ganze Wochenende über nicht gesehen?"

„Das ist so, ja. Sie wollte die Tage mit Lernen verbringen."

„Gut, ich denke, das war's fürs erste. Danke für diese Informationen."

„Und was ist denn nun mit meinem Jaguar? Wann bekomme ich ihn wieder? Es ist nämlich etwas kompliziert um nicht zu sagen anstrengend, jeden Tag mit dem Zug nach Brüssel und zurück zu fahren."

„Die Spurensicherung ist noch mit ihm beschäftigt. Ich denke aber, Sie werden ihn schon bald zurück bekommen. Wir werden Sie informieren, wann Sie ihn abholen können."

„Ist er denn in einem guten Zustand? Ich meine, keine Kratzer, keine Beulen oder sonst was? Wurde mit ihm etwa Unfug getrieben?"

„Er ist in tadelloser Verfassung. Wann übrigens haben Sie ihn letztmals gewaschen?"

„Das erledige ich immer samstags. Ich bringe ihn in die Waschanlage gleich am Anfang dieser Straße. Die machen das wirklich super. Innen und außen."

„Sehr schön. Sie hören also von uns." Kira erhob sich und reichte dem Professeur die Hand. „Sollten noch Fragen auftauchen, werden wir uns bei Ihnen melden."

Sie verließen den Wintergarten. Im Eingangsbereich trafen sie auf Val. Der Professeur geleitete sie zur Türe und schloss diese hinter ihnen.

„Und, hat Hanna etwas gehört oder gesehen?"

Val seufzte: „Nein, nichts. Ihr Schlafzimmer liegt auch auf der Rückseite des Hauses. Sie war zwar bis nach Mitternacht wach, hat aber Fern gesehen. Und da sie nicht mehr so gut hört, wie sie selber sagt, läuft ihr Fernseher relativ laut. Sie meint, sie hätte ein wegfahrendes Auto nicht hören können. Und sie verfügt über einen ausgezeichneten, sehr tiefen Schlaf."

„Schön für sie", spöttelte Kira.

Auf dem Gehweg kam ihnen ein Junge auf einem Skateboard entgegen, umkurvte sie elegant und rief ihnen lachend zu: „Na, habt ihr die Blonde schon festgenommen?"

„Hey", rief Val ihm hinterher, „wen meinst du?"

Er winkte ihnen nur zu und war auch schon um die Ecke verschwunden.

„Was war das denn? Wen meint er?", wandte sie sich an Kira.

„Vielleicht die Freundin des Professeurs? Die sollten wir uns mal näher anschauen. Sie raucht Marlboro Gold. Vorher statten wir aber der Waschanlage am Ende der Straße einen Besuch ab. Mal sehen, wann die den Jaguar letztmals gesehen haben."

Brüssel – Polizeigebäude 7. Stock

„Dale, ich habe Carl für dich", meldete sich Grace, „ich stelle durch".

„Dale, was habt ihr? Die machen mir hier die Hölle heiß. Vor allem dieser Lackaffe von Innenminister kriegt sich vor Aktionismus gar nicht mehr ein. Morgen früh will er eine Pressekonferenz einberufen, also was haben wir?"

„Nichts."

„Sag mal, machst du Scherze?"

„Hört es sich für dich so an?"

„Scheiße, und was soll ich nun diesem Sesselfurzer auftischen? Ganz zu schweigen von den ganzen Pressefuzis…"

„Nun beruhige dich erst mal wieder, Carl. Das tut deiner Gesundheit besser."

„Bist du etwa meine Krankenschwester oder was?", brüllte Carl ins Telefon. Dale hielt vorsorglich den Hörer etwas auf Distanz zu ihrem Ohr.

„Zum Glück nicht. Also hör zu, wir setzen uns heute um 14.00 Uhr zusammen. Bis dann sollten Val und Kira aus Antwerpen zurück sein. Ich schlage vor, du hörst dir an, was wir haben."

„Seht zu, dass ihr anständigen Kaffee da habt", damit beendete Carl das Gespräch.

„Grace, hast du was von Val und Kira gehört?"

Grace, die gerade mit einer Tasse Kaffee das Büro betrat, nickte: „Kira hat mir eine Audio-Datei geschickt. Die bin ich gerade am Tippen. Genauer: ich lasse tippen, Cortana macht das nicht schlecht."

„Dann wirst du bis 14.00 Uhr fertig?"

„Klar."

„Ich habe eine Sitzung auf 14.00 Uhr anberaumt. Carl steht kurz vor einem Herzinfarkt, würde ich sagen."

„Tut er das nicht immer?", entgegnete Grace schulterzuckend. Dale lächelte leicht säuerlich.

Ardennen – Hohen Venn

Der VW Tuareg bog auf den Parkplatz der Baraque Michel. Ursprünglich eine winzige Hütte im Moor ist sie heute eine Mischung aus urig gemütlicher Fuhrmannskneipe und heimeliger Gaststätte im Hohen Venn. Diese Moorlandschaft, im östlichen Teil der Ardennen, wird Sommers wie Winters gerne als Ausflugsziel gewählt. Sei es um zu Wandern und einen der Lehrpfade zu erkunden oder um Rad zu fahren.

Die Männer, der eine groß und kräftig gebaut, der andere klein und rundlich, die dem VW entstiegen, schienen etwas in diese Richtung geplant zu haben. Sie nahmen von den Rücksitzen ihre Rucksäcke und liefen auf die Baraque Michel zu, wandten sich jedoch der links liegenden Kapelle Fischbach zu und begaben sich auf den Moorweg Neue Vekée, der direkt in die Moorlandschaft hinein führt. Da dieser Weg auf einem schulterbreiten Holzweg verläuft, kamen sie gut voran.

Nach circa einer halbe Stunde kam ihnen ein älteres Ehepaar entgegen. Um Platz zu machen, mussten die beiden Männer einen seitlichen Schritt ins Moor tun. Beider Schuhe sanken bis zur Hälfte ein, was ein schmatzendes Geräusch hervorrief, als sie aus dem Sumpf wieder auf den Holzsteg zurücktraten.

Am Ende des Steges, nach ungefähr dreieinhalb Kilometern, setzte sich der Weg, in einer breiten Waldschneise, außerhalb des Moores fort. Die beiden erreichten das markante „Kreuz der Verlobten".

An dieser Stelle fand 1871 ein Zöllner die im Schneesturm erfrorene Marie Solheid. Ihr Verlobter lag zwei Kilometer entfernt tot im Schnee. Das junge Paar war auf dem Weg nach Xhoffraix gewesen, um die Papiere für seine Trauung zu besorgen und von einem Schneesturm überrascht worden, wie eine Informationstafel zu berichten wusste.

Die beiden Männer schritten am Kreuz vorbei und bogen dann links davon in einen schmalen Weg ein. Nach wenigen hundert Metern erreichten sie den Vennbach. Zwischen den Birken und Fichten hindurch, über Büschel von Pfeifengras und Steinen, folgten sie seinem Verlauf. Die Sonne, milchig scheinend, zauberte einen goldigen Schimmer in den mäandernden Bach. In den nun immer dichter stehenden Bäumen konnte man eine Holzhütte ausmachen. Die Männer steuerten sie an. Der Große hatte keine Mühe, den Schlüssel, der sich auf dem Türrahmen befand, zu erreichen. Er schloss die Türe auf und sie traten ein. Der siebzig Quadratmeter große Raum war spartanisch eingerichtet. Eine Kochnische, bestehend aus Spülstein, Herd, Ofen und Kühlschrank befand sich auf der rechten Seite des Raumes. Auf der linken Seite, gleich beim Fenster, stand ein zwei auf zwei Meter vierzig großes Bett. Ein Paravent trennte es vom übrigen Raum ab. Durch die Fenster, je zwei auf jeder Seite des Raumes und eines neben dem Eingang, drang etwas Sonnenlicht herein.

Die Männer schoben den Tisch und die zwei Stühle zur Seite. Durch die Öse, welche in einer der Holzplanken eingelassen war, schob der eine einen Holzstab, der neben dem Herd an einem Nagel gehangen hatte, und hob die in den Boden eingelassene Holztür an. Über eine Strickleiter gelangten die beiden nach unten.

Er hatte jegliches Zeitgefühl verloren. War es Morgen oder Abend? Er hatte auch keine Ahnung, wie er hierhergekommen war.

Vorsichtig setzte er sich auf und schaute sich um. Der Raum lag im Halbdunkeln. Durch eine kleine Ritze am Fenster, es war mit Brettern zugenagelt, drang etwas Licht hinein. Es musste also Tag sein. Jemand hatte ihn auf die schmale Pritsche, die gleich neben dem Fenster stand, gelegt. Seine Kehle fühlte sich kratzig an und er hatte Durst. Außer der Pritsche war da noch ein Lavabo, direkt neben der Tür. Gleich daneben die WC Schüssel. Er inspizierte die Türe. Eine Metalltüre, welche sich nur von außen öffnen und schließen ließ. Als er den Knauf des Wasserhahns drehte, es gab nur einen, kam erst mal nur Luft, dann spritze das Wasser ihn voll, bevor es sich beruhigte und sich zu einem gebündelten Strahl sammelte. Er ließ etwas

Wasser in seine hohle Hand fließen und kostete einen kleinen Schluck davon. Es schien in Ordnung zu sein. Kein Chlorgeschmack. Er löschte seinen Durst. Danach zog er sein Jackett aus, um es zum Trocknen aufzuhängen. Das Fenster hatte glücklicherweise einen Griff. An diesen hängte er das Jackett, nicht bevor er sämtliche Taschen auf ihren Inhalt durchsucht hatte. Nichts. Das war ja zu erwarten gewesen. Brieftasche, Handy, Schlüssel – alles weg. Wenigsten konnte er das Fenster öffnen und schließen.

Nun, da es offen war, drang kühle Luft in den Raum. Er setzte sich wieder auf die Pritsche und dachte nach. Woran konnte er sich erinnern?

Richtig, er war aufgestanden, und hatte sich wie jeden Morgen unter die Dusche gestellt. War das gestern gewesen? Oder Vorgestern?

Er zwang sich, weiter zu denken. Cecilia war schon früher aufgestanden, um das Frühstück zuzubereiten. Als er in die Küche kam, war der Kaffee schon bereit, das Brot duftete angenehm, die Eier brutzelten in der Bratpfanne, zusammen mit dem Speck. Von den beiden Jungen war nichts zu hören, obwohl es eigentlich höchste Zeit für sie war, um aufzustehen. Er hatte sich an den gedeckten Tisch gesetzt, nachdem er sich eine Tasse Kaffee eingegossen hatte. Cecilia war die Jungs wecken gegangen und hatte sich dann zu ihm an den Tisch gesetzt. Sie hatte ihn gefragt, ob er wirklich nach Brüssel gehen wolle.

Am Abend zuvor hatten sie sich deswegen gestritten. Sie hatte ihm klar zu machen versucht, wie wichtig es für sie sei, morgen nach Brüssel zu reisen. Ihre Argumente waren durchaus überzeugend gewesen, musste er zugeben. Aber auch er fand es ungemein wichtig, am nächsten Tag in Brüssel zu sein. Und so argumentierten sie hin und her. Schließlich schlug er vor, sie könnten doch beide nach Brüssel reisen. Cecilia hatte ihn nur angeschaut und dann gefragt, ob sie denn die beiden Jungen vielleicht im Handgepäck mitnehmen wollten? Leicht genervt antwortete er, es müsse doch möglich sein, für einen Tag jemanden zu finden, der auf die beiden aufpassen würde. Klar, kein Problem um diese Zeit jemanden anzurufen und zu fragen, ob er wohl in ein paar Stunden hier sein könne, erwiderte Cecilia.

Da war es bereits Mitternacht gewesen. Wie häufig, wenn sie solche Diskussionen führten, kamen seine Eltern ins Spiel und warum sie keinen Kontakt mehr zu ihnen hatten. Er war dann aufgestanden und ins Bett gegangen.

Nun war es Morgen und er unterbreitete ihr seinen Kompromissvorschlag. Er würde bis Mittag in Brüssel sein, und dann wieder nach Stockholm zurückkommen. Sie könnte dann am Nachmittag nach Brüssel reisen. So würden sie beide an den Sitzungen, die ihnen so wichtig waren, teilnehmen können. Cecilia überlegte nicht lange.

Sie umarmte ihn und gab ihm einen Kuss. Der Morgen war gerettet.

Als die beiden Jungs, noch ziemlich verschlafen, in die Küche kamen, fanden sie ihre Eltern in bester Laune vor.

Er hatte dann eine kleine Tasche mit dem Nötigsten gepackt, und ein Taxi bestellt. Auf dem Weg zum Flughafen rief ihn Cecilia an und teilte ihm mit, dass er seinen Pass zu Hause liegen gelassen hatte.

Und dann? An alles weitere konnte er sich nicht mehr erinnern. War er ins Flugzeug gestiegen? Dazu hätte er den Pass gebraucht.

Denk nach, denk nach. Ich muss nachdenken. Es muss mir doch wieder einfallen! Aber da kam nichts, so angestrengt er es auch versuchte.

In diesem Augenblick machte sich jemand an der Türe zu schaffen. Eine Klappe wurde zur Seite geschoben. Sie war im oberen Teil der Türe eingelassen, auf Augenhöhe. Ein Tablett mit einem Glas und einem Teller darauf wurde durchgeschoben. Er stand schnell auf und griff nach dem Tablett. Bevor er auch nur einen Blick durch die Klappe werfen konnte, wurde sie wieder zugeschoben.

Auf seine Frage, wo er denn sei und was sie mit ihm vorhätten, bekam er keine Antwort. Wenigstens hatten sie ihm etwas zu essen gebracht. Auf dem Teller befand sich ein Stück Brot, belegt mit einer Scheibe Schinken. Das Glas war mit Wasser gefüllt. Gierig verschlang er das Brot.

Es mussten wohl fünf Minuten vergangen sein, als sich die Klappe wieder öffnete und eine Stimme das Tablett verlangte. Er reichte es durch die schmale Öffnung und fragte: „Wo bin ich? Warum bin ich hier? Was haben Sie mit mir vor?"

Er bekam keine Antwort. Auch dieses Mal hatte er nichts erkennen können. Eine männliche Stimme. Und er hatte französisch gesprochen. Hieß das, dass er in Brüssel war? Die drei Worte waren zu wenig gewesen, als dass er hätte sagen können, ob es ein Französisch mit oder ohne Akzent gewesen war. Er musste sich eine Strategie ausdenken, um die Person länger an der Klappe verweilen zu lassen.

Mangels Sitzgelegenheit legte er sich wieder auf die Pritsche.

Angenommen, überlegte er, dies hier war eine Entführung, dann würden sie wohl Geld erpressen wollen, für sein Freikommen. Bei wem würden sie ihre Forderung stellen? Bei seinem Arbeitgeber nicht, das war schon mal klar.

Der Gedanke, dass die Entführer eine Geldforderung bei seiner Uni deponieren könnten, brachte ihn, trotz seiner misslichen Lage, zum Schmunzeln.

Bei ihm und Cecilia war auch nichts zu holen. Sein Verdienst reichte gerade so. Cecilias Einkommen war ein willkommener Zustupf und wurde sorgsam auf die Seite gelegt.

Sie würden erstmals, seit die Jungs auf der Welt waren, eine Reise machen können. Viel Luxus würden sie sich nicht gönnen können, aber die Reise an sich war ja schon Luxus genug.

Somit blieben als potenzielle Geldgeber nur noch seine Eltern. Und die hatten wirklich schön viel Geld. Da war was zu holen.

Nur – er war sich gar nicht sicher, ob sie Lösegeld zahlen würden. Wie lange hatte er sie nun schon nicht mehr gesehen? Elf oder zwölf Jahre?

Es mussten wohl elf Jahre her sein. Er hatte Cecilia 2004 kennen gelernt, und sie kurz darauf seinen Eltern vorgestellt. Sie hatten sie sofort abgelehnt. Keine Adlige, kein Geld, und dann auch noch eine Same! Definitiv nicht das, was sie sich als Schwiegertochter wünschten.

Kurzes Drehen des Schlüssels, dann wurde die Türe geöffnet und ein kleiner, rundlicher Mann, er trug eine Sturmhaube, betrat den Raum. Er reichte Peter von Lohe wortlos eine Zeitung und bedeutete ihm, sich diese vor die Brust zu halten. Dann zückte er sein Smartphone und machte ein paar Fotos. Anschließend verlangte er die Zeitung zurück.

Es war die Le Soir vom 25. Juli 2015.

„Was wollt ihr von mir?" fragte von Lohe den Mann.

Der schüttelte nur den Kopf und verließ den Raum wortlos.

Gut, nun wusste er wenigstens, wie viele Tage er schon festgehalten wurde. Er hatte seinen Flug für den 21. Juli gebucht gehabt. Und die Le Soir ist eine Brüsseler Zeitung.

Brüssel – Polizeigebäude 4. Stock

Das Sitzungszimmer bot für zwanzig Personen Platz. Ausgestattet mit Flipchart, TV-Bildschirm und Beamer gehörte der Raum zu den am besten ausgerüsteten im ganzen Polizeigebäude.

Dale, gefolgt von Val und Kira, betrat den Raum. Lisbeth war bereits da und machte sich an einem Laptop zu schaffen, der an den TV-Bildschirm angeschlossen war.

Die Frage von Dale, was sie da mache, ignorierte Lisbeth.

Vom Gang her waren Stimmen zu hören und es dauerte nicht lange, da erschien Carl Stoltenberg in der Türe, schaute sich kurz um, und trat dann ein. Dicht gefolgt von drei Männern und einer Frau. Carl bat alle, Platz zu nehmen.

„Meine Damen und Herren, bevor ich Sie einander vorstelle, möchte ich Sie darüber informieren, dass wir hier auf Wunsch der Europol zusammen gekommen sind. Ich wurde gebeten, eine Sonderkommission zu bilden."

Carl, der bis dahin Französisch gesprochen hatte, fragte in die Runde, ob jemand Probleme damit habe, wenn die Sitzung in Englisch fortgeführt würde werden.

Da sich niemand meldete, fuhr er also in Englischer Sprache fort: „Ich mache Sie nun miteinander bekannt, bevor wir uns erklären lassen, weshalb diese Sonderkommission ins Leben gerufen wurde."

Er wies auf den hochgewachsenen, dunkelhäutigen Mann zu seiner rechten Seite: „Jack Warner, bei der NSA zuständig für Europa."

Jack Warner, ein Mann Mitte fünfzig, kurz geschnittenes, krauses schwarzes Haar, ließ seinen Blick kurz über alle Anwesenden schweifen, nickte kurz in alle Richtungen, ein angedeutetes Lächeln auf seinen Lippen.

Carl fuhr mit dem Mann zu seiner Linken fort. Körperlich äußerst kurz geraten, hätte man ihn glatt übersehen können. Nicht zu übersehen waren seine Muskeln. Seine Angewohnheit, den Oberkörper hin und her schwingen zu lassen, die Arme dem Körper etwas zeitversetzt folgend, drohte den Nähten seines Anzuges massiv mit Sprengung. Die Hosen hatte er mit einem Gürtel so fest um die Hüften gezurrt, dass er damit seinen Fußknöcheln viel Luft verschaffte und den Blick auf seine braunen Socken zuließ. Die passten perfekt zu seinem gelben Pullover, den er unter seinem kobaltblauen Anzug trug, und zu seinen schwarzen Lackschuhen. „Hermann Müller, Europol."

Hermann Müller erhob sich, führte seine Hände vor seinem Bauch zur Raute zusammen und wandte sich mit einem gut vernehmlichen „Guten Tag meine Damen und Herren. Ich freue mich außerordentlich, Sie kennen zu lernen", an die Runde. Seine Worte unterstrich er mit fortdauerndem Nicken, wie eine Taube es tut, wenn sie sich fortbewegt. Die wenigen aschblonden, zurück gegeelten

Haare auf seinem Kopf ließen sich nichts anmerken. Sie behielten Haltung. Jedes einzelne an seinem Platz.

Nachdem Carl dem taubenähnlichen Kanarienvogel einen skeptischen Blick zugeworfen hatte, wandte er sich der jungen Frau zu, die sich am Laptop zu schaffen machte. Ihre Piercings in Nase und Lippe glitzerten immer mal wieder auf, je nach Licht, welcher der Bildschirm absonderte. Der ausrasierte Nacken ließ den Blick auf ein Tattoo zu, welches wohl einen großen Teil des Rückens bedeckte. „Lisbeth, steht die Verbindung nach Stockholm?"

Lisbeth nickte, nahm die Fernbedienung zur Hand, drückte eine Taste und auf dem TV-Bildschirm erschien ein Mann, der hinter einem Schreibtisch saß.

Er schien nervös zu sein, immer wieder fuhr er sich hektisch über seinen grau-weißen Schnauzer. Passend zu seinem mürrischen Blick machten auch seine weißen Haare einen nicht unbedingt harmonischen Eindruck. Sie standen nach allen Seiten ab.

„Hallo Mikael, altes Haus, alles in Ordnung bei dir?"

Mikael schaute erst etwas verwirrt in die Kamera, dann entspannten sich die Gesichtszüge, er winkte, grinste: „Hallo Carl, natürlich ist nichts in Ordnung! Weißt du, wann ich zum letzten Mal Fritten mit Moules au vin blanc gegessen habe? Oder wann ich ein gepflegtes Trappisten-bier getrunken habe? Ganz zu schweigen von einem Kwak?", dröhnte Mikaels Stimme durch die Leitung.

„Ja, was? Soll ich dir das etwa einpacken und nach Stockholm schicken? Beweg deinen Hintern wieder mal nach Brüssel!", entgegnete Carl. Mikael grinste noch breiter.

„Meine Damen und Herren, bei diesem Mann, der sich so ausgezeichnet in der belgischen Kulinarik auskennt, handelt es sich um Mikael Carlsberg, Chef der Stockholmer Polizei. Mikael, willst du uns deine Leute vorstellen?"

„Klar. Also, die junge Dame mit den roten Haaren liebt kompromissloses Vorgehen, bleibt dabei aber immer fair. Sie ist hartnäckig, ausdauernd und blitzgescheit. Mein bestes Pferd im Stall!"

„Vielen Dank Mikael für diese schmeichelhafte Vorstellung. Darf ich dich darauf hinweisen, dass nicht alles, was jünger ist als du, als „jung" bezeichnet werden kann?"

„Das hatte ich noch nicht erwähnt. Trish Lundgren zeigt sich gänzlich immun für jedwelche Schmeichelei. Nun zu dem Herrn, der gleich neben ihr sitzt. Frisch von der Polizeischule zeigt er schon beachtliches Talent, was das Recherchieren anbelangt. Akribisch sammelt er Daten und wertet sie aus. Er ist mein bestes Fohlen im Stall!"

Der so beschrieben Kalle Storm verdrehte die Augen, nahm die Brille ab und meinte lapidar: „Da Sie alle nun einen Einblick in die Pferdezucht der Stockholmer Polizei erhalten haben, kann ich dem nur hinzufügen: Wir ernähren uns nicht von Hafer! Sie brauchen also die Kantinenverpflegung nicht zu ändern." Kalle setzte seine Brille wieder auf und schaute ganz ernst in die Runde.

Carl bedankte sich schmunzeln für die Wortmeldungen. „Lisbeth haben Sie ja bereits in Aktion gesehen. Sie ist unsere IT-Spezialistin. Seit zwei Jahren bilden Val Velasces und Kira Vasilis ein Team. Ganz erfolgreich, wenn sie sich denn nicht gerade zanken. Dale Dion übernimmt dann das Schlichten. Daneben leitet sie das Dezernat für Kapitalverbrechen der Brüsseler Polizei. Bestehen seitens der Damen Ergänzungswünsche?"

In diesem Moment öffnete sich die Türe und ein Tablett erschien im Türrahmen, vollgestellt mit Tassen, einer Zuckerdose, einer riesigen Kanne und einem kleinen Kännchen, gefolgt von einem Gesicht, umrandet mit blonden Locken, darin zwei große, fragende Augen.

Bevor das Gesicht etwas sagen konnte, war Mr Müller aufgesprungen und mit wenigen Schritten beim Tablett, nahm es dem Gesicht ab und stellte es auf den Beistelltisch neben dem Eingang.

Das Gesicht hatte inzwischen zu strahlen begonnen und sprach: „Wie zuvorkommend von Ihnen, vielen Dank. Ich dachte, etwas Kaffee könnte nicht schaden", flötete es.

Es wollte gerade fortfahren, wurde aber von Dale unterbrochen, die sich an Carl wandte und ihn darauf hinwies, dass das Gesicht so eine Ergänzung wäre, nach der er gefragt hatte.

Der schlug sich mit der flachen Hand an die Stirn: „Wie konnte ich das vergessen. Meine Damen und Herren, darf ich Ihnen die gute Seele unserer Abteilung vorstellen: Grace. Sie suchen etwas? Etwas fehlt? Wenden Sie sich an Grace. Sie wird nicht ruhen, bis eine Lösung gefunden ist, nicht wahr Grace?"

Grace stahlt, klatschte begeistert in die Hände und rief dann: „Dazu bin ich da!" Sie nickte auffordernd in die Runde und verabschiedet sich dann mit einem: „Ich bin dann mal in meinem Büro."

„Nun, Mr Müller, wenn es Ihnen recht ist, wäre es jetzt wohl angebracht, uns über den Grund dieses Zusammentreffens zu informieren."

Hermann Müller nickte eifrig, blätterte eine Seite in seinem dicken Buch zurück, überflog sie kurz und erhob sich. Während Carl und Mikael ihre Leute vorgestellt hatten, hatte Müller unablässig in sein Buch geschrieben.

„Erst mal möchte ich mich bei Ihnen allen bedanken, dass Sie es so kurzfristig einrichten konnten. Ihnen Mr Stoltenberg und Mr Carlsberg danke ich, dass Sie Ihre besten Leute für diese Sonderkommission zur Verfügung stellen. Diese geballte Fachkompetenz, welche wir hier in unserem Team vereinen, stimmt mich zuversichtlich. Wir werden die Täter finden und dingfest machen!"

Müller hatte nicht nur seinen Mund sondern auch seine Hände sprechen lassen. Die Wangen gerötet, die wasserblauen Augen enthusiastisch weit geöffnet, schien er nun zum Wesentlichen kommen zu wollen. „Europol hat, wie Sie sicher wissen, sein Hauptquartier in Den Haag. Wir beschäftigen da 940 Leute. Trotz dieser Anzahl ist es für uns unerlässlich, mit den Polizeieinheiten in den einzelnen Ländern eng zusammen zu arbeiten…" Es folgten weitere und weitere und noch mehr Ausführungen zu Europol und deren Arbeit.

Carl hatte begonnen, leicht mit den Fingern seiner rechten Hand auf den Tisch zu trommeln. Dann wurde es ihm zu bunt. Er hob die Hand.

Hermann Müller schien sie erst gar nicht zur Kenntnis zu nehmen. Mitten in der Beschreibung der Gebäude, die einige Europol-Angestellte letzthin bezogen hatten, unterbrach er sich und lächelte Carl freundlich zu: „Ja, Mr Stoltenberg?"

„Ich unterbreche Sie nur ungern, zumal Ihre Ausführungen von äußerstem Interesse sind. Vielleicht bekommen wir diese bei einer anderen Gelegenheit zu hören? Wie wäre es, wenn Sie nun zu den Fakten kommen würden?"

Müller schaute etwas verwirrt in die Runde, strich sich dann die Haare glatt, nicht das dies nötig gewesen wäre, lächelte verlegen, heftete seinen Blick in sein Buch, fuhr mit dem Zeigefinger den Zeilen entlang und murmelte dann: „Natürlich, natürlich… wo habe ich es denn… ah ja, hier haben wir es."

Er schaute auf, seine Erleichterung über den Fund war beinahe greifbar. „Die Fakten also. Erstens: Fünf Tote bei einer Schießerei in einem Restaurant in Brüssel. Drei Europaabgeordnete, zwei Sicherheitsleute. Von den Tätern fehlt jede Spur.

Zweitens: Ein Europaabgeordneter aus Stockholm wird seit zwei Wochen vermisst. Kein Bekennerschreiben.

Drittens: Die siebenjährige Tochter einer Europaabgeordneten aus Berlin wurde gestern entführt. Heute hat sich der Entführer gemeldet. Er will fünf Millionen.

Wir glauben, dass das alles kein Zufall sein kann. In allen drei Fällen sind Abgeordnete des Europaparlamentes Betroffene. In den nächsten Wochen stehen wichtige Entscheidungen auf der Traktandenliste des Parlaments. Griechenlandkrise, Flüchtlingskrise, das TTIP Abkommen mit den USA. Das ergibt eine Fülle an verdächtigen Kreisen, die für die Taten in Frage kommen. Griechische Anarchisten, islamistische Terroristen, Umweltaktivisten. Wir müssen in alle Richtungen ermitteln. Selbstverständlich sind auch persönliche Motive nicht auszuschließen." Hier machte Müller, der frei gesprochen hatte, eine Pause.

Kalle Storm meldete sich: „Ich hätte da eine Frage an Sie, Mr Warner. Es wird wohl kein Zufall sein, dass jemand von der NSA hier ist. Haben Sie irgendwelche Telefonate, E-Mails, SMS oder andersartige Nachrichten abgefangen, die uns in irgendeine Richtung Hinweise geben könnten?"

Jack Warner zögerte kurz mit seiner Antwort: „Wir haben in der Tat Hinweise. Nichts Eindeutiges. Das Material haben wir den jeweiligen Partner-Geheimdiensten ausgehändigt."

„Bedeutet dies, wir haben keinen Zugriff auf dieses Material?", wolle Val wissen.

Hier schaltete sich Mikael Carlsberg ein: „Die Justizminister der jeweiligen Länder sind informiert. Diese haben sich an Europol gewandt. Mr Müller, soviel ich weiß, sind Sie im Besitz der Daten von der NSA?"

„Das ist richtig. Und wir haben die Erlaubnis, nach Absprache mit den Justizministerien, und der NSA natürlich, die Daten auszuwerten und gegebenenfalls zu verwenden. Ms Dion und Ms Lundgren, ich werde Ihnen ein elektronisches File zukommen lassen. Darin finden Sie das gesamte Material."

„Was ist mit dem Berliner Fall? Sollten da nicht auch die Deutschen dabei sein?", fragte Dale.

Müller nickte begeistert: „Sehr gut, Ms Dion. Tatsächlich habe ich bei den Deutschen um Verstärkung gebeten. Es sind bereits zwei Beamte auf dem Weg hierher. Sie sollten heute Abend in Brüssel ankommen. Anlässlich unserer Sitzung morgen, um 07.30 Uhr, werden Sie sie kennen lernen. Bis dahin wäre es von Vorteil, wenn Zusammenfassungen über die Vorfälle in Brüssel und Stockholm vorlägen. Anschließend würden wir das weitere Vorgehen planen. Gibt es hierzu Einwände, Ergänzungen?"

„Dazu nicht. Aber: wann bekommen wir das NSA-Material zu sehen?", insistierte Kalle Storm.

„Es wird Ihnen morgen, im Laufe des Tages, zur Verfügung stehen, nicht wahr Mr Warner?"

Jack Warner krauste die Stirn und wiegte leicht den Kopf hin und her: „Ich denke schon. Von der NSA gibt es da keine Einschränkung. Lediglich die Zusage des Justizministers Deutschlands steht noch aus."

Hermann Müller zeigte sich überrascht. „Ach?", er machte sich sogleich eine Notiz in sein Buch, „da werde ich natürlich nachhaken. Ich bin mir ziemlich sicher, dass wir die Zusage bekommen." Er lächelte beruhigend in die Runde. „Gibt es sonst noch Fragen?"

Da sich niemand meldete schloss Müller die Sitzung mit einem aufmunternden, „dann also an die Arbeit. Ich wünsche Ihnen viel Erfolg. Sollten Sie auf Probleme stoßen, oder sollten sich Fragen ergeben, stehe ich Ihnen sehr gerne zur Verfügung. Ansonsten freue ich mich auf unsere morgige Sitzung."

„Was für ein Schleimscheißer", meinte Lisbeth, verächtlich grinsend.

Kira stupfte sie kurz in die Seite. „Spinnst du, vielleicht versteht er ja Französisch!", raunte sie ihr zu.

„Tut er nicht!"

„Woher willst du das wissen?"

„Ich weiß es eben."

„Dale, zeige doch bitte den beiden Stockholmer Kollegen ihr Büro." An die beiden gewandt, meinte Carl Stoltenberg: „Sie werden die Räume mit den deutschen Kollegen teilen müssen. Ich hoffe, das geht für Sie in Ordnung. Leider sind wir etwas knapp an Platz."

Dale forderte die beiden auf, sich ihrem Team anzuschließen. Gemeinsam verließen sie den Konferenzraum.

„Wir haben unsere Büros im siebten Stock. Wenn ihr den Lift nehmen wollt", sie deutete den Gang entlang, „findet ihr ihn gleich da um die Ecke. Wir bevorzugen die Treppen, nicht wahr Ladys?"

Gemurmel, nicken, mal mehr mal weniger begeistert.

„Wir schließen uns euch an", bestimmte Trish.

Brüssel – Polizeigebäude 7. Stock

Oben angekommen zeigte Dale zuerst den Raum ihres Teams. „Gleich nebenan ist noch ein Büro frei. Da könnt ihr euch einrichten. Ich hoffe, es stoßen nicht noch mehr Leute dazu. Für die Deutschen und euch ist grad noch Platz. Falls ihr was braucht, wisst ihr ja nun, an wen ihr euch wenden könnt. Ich schlage vor, wir setzen uns in mein Büro und tauschen uns über die Fälle aus. In Ordnung?"

Trish nickte und folgte Dale in ihr Büro.

Als alle vor Dales Schreibtisch Platz genommen hatten, öffnete sie die Akte, die vor ihr lag. „Gut, um euch einen Überblick zu geben", sie drehte sich zum Stadtplan um, der hinter ihr an der Wand hing. „Wir sind hier, ziemlich zentral. Der Tatort, das Restaurant Notos an der Rue de Livourne 154, liegt hier, südlich des Stadtzentrums. Ein griechisches Restaurant, geführt von Constantin Erinkoglou, ehemaliger Generaldirektor bei der EU-Kommission. Sonntag und Montag ist das Restaurant geschlossen. Häufig finden aber sonntags Treffen zwischen EU-Abgeordneten statt. So auch vergangenen Sonntag. Während die Abgeordneten beim Essen saßen, stürmten zwei Männer den Salon privé und eröffneten sofort das Feuer. Fünf Tote:

Sofia Sakorasa, Stelios Kouloglo, Kostadinka Koluneva. Drei Politiker, die der Europäischen Linken angehören.

Konstatin Popoulos, Giorgos Valoufakis, zwei Sicherheitsleute.

Anwesend waren noch sieben weitere Politiker. Diese haben alle unverletzt überlebt.

Die Männer verwendeten Schnellfeuerwaffen. Die Ballistiker arbeiten noch daran, um welche Waffen genau es sich handelt. Im weiteren trugen sie Masken und waren ganz in schwarz gekleidet, vermutlich in Jeans und Lederjacken. Der eine trug schwarze Adidas Turnschuhe, Modell „Messi". Der andere war in Doc Martens unterwegs. Diese Angaben stammen von denjenigen Überlebenden, die wir befragen konnten. Mit Dreien war das noch nicht möglich. Sie stehen unter Schock.

Die Täter sind gezielt vorgegangen. Sie wussten offenbar ganz genau, wen sie töten wollten. Die drei Politiker saßen am oberen Ende des Tisches, die Sicherheitsleute standen beim Eingang. Der eine Schütze kümmerte sich um die Sicherheitsleute, der andere um die Politiker.

Der Saal wurde am Freitag davor von Sofia Sakorasa reserviert. Sie war es auch, die das Treffen organisiert hatte. Thema sollte die Sitzung des EU-Parlaments zur Griechenland Krise von Mittwoch sein. Es sollten die politischen Kräfte gebündelt werden, um ein geeintes Stimmverhalten zu garantieren. Ms Sakorasa bemühte sich um die Stimmen der Fraktionslosen, der Sozialdemokraten und der Kommunisten. Die Überlebenden gehören diesen Parteien an.

In diesem Zusammenhang stellt sich für uns die Frage, wer alles von dem Treffen wusste und nicht zuletzt, ob eine Sitzordnung bestimmt wurde, und falls ja, wer davon wusste. Den E-Mails, die verschickt wurden, konnten wir keine diesbezüglich Angaben entnehmen. Soviel zu den Geschehnissen im Restaurant.

Auf einem Parkplatz, nördlich des Stadtzentrums war ein Jaguar geparkt, der vor sieben Tagen als gestohlen gemeldet worden war. Ob und welche Rolle er bei diesem Verbrechen spielt ist noch Gegenstand der Ermittlungen. Die Auswertungen diverser Überwachungskameras in der Umgebung des Restaurants und in der Stadt haben ergeben, dass dieser Jaguar zur fraglichen Zeit gefahren wurde. Die Insassen sind nicht zu erkennen. Es könnte sich also um den Fluchtwagen handeln. Der Wagen wurde äußerst gründlich gereinigt. Unsere Forensikerin hat keine Fingerabdrücke und keine anderen DNA Spuren gefunden. Rätselhaft ist, dass der Aschenbecher nicht geleert wurde. Die Zigarettenstummel sind im Labor. Den Bericht sollten wir nächsten vorliegen haben. Grace? Ist das Board schon fertig?", rief Dale durch die offene Bürotüre.

„Ja, bin eben fertig geworden", Grace schob die rollende Tafel hinein.

„Sehr schön. Dann wollen wir nun die Personen den Schauplätzen zuordnen. Lisbeth, was hast du?"

„Fangen wir bei den Toten an." Lisbeth klebte ein Foto auf die Tafel. „Sofia Sakorasa, Professeurin der Soziologie an der Uni Athen, 58 Jahre alt, geschieden, zwei Söhne 23 und 25. Seit 2014 Abgeordnete, gehört der Konföderalen Fraktion der Vereinigten Europäischen Linken/Nordische Grüne Linke an. Dies gilt für alle drei toten Politiker.

Stelios Kouloglo, Besitzer der „Athens News", 46 Jahre alt, liiert mit Eva Kailios, eine der Überlebenden.

Kostadinka Koluneva, Künstlerin, 48 Jahre alt, verheiratet.

Konstatin Popoulos, 35 Jahre alt, verheiratet, zwei Kinder 5 und 7. Seit 2010 Angestellter der Athos Ltd., Sicherheitsfirma.

Giorgos Valoufakis, 26 Jahre alt. Seit 2014 bei der A-thos Ltd."

Die Fotos aller Toten klebten auf der Wand. Drapiert um das Restaurant Notos. Die Aufnahmen der sieben Lebenden, mit deren Namen versehen, klebte Lisbeth an den Rand des Boards. „Von den Angestellten des Restaurants waren nur der Koch, ein Grieche, 52 Jahre alt, und ein Kellner, ein Belgier, 31 Jahre alt, anwesend. Der Chef wurde auf später erwartet. Der Koch befand sich zur Tatzeit in der Küche. Der Kellner hatte, kurz bevor die Schüsse fielen, die Vorspeisen serviert und sich dann zurückgezogen, damit die Damen und Herren ungestört diskutieren können, wie er sagte."

„Danke Lisbeth. Wie weit bist du mit den weitergehenden persönlichen Daten?"

„Die der Toten sind fertig. Für die anderen brauche ich noch ein paar Stunden."

„Dann schlage ich vor, dass du dich gleich dahinter klemmst. Sollten wir gewisse Dossiers genauer anschauen?"

Lisbeth zuckte mit den Schultern. „Nichts Auffälliges dabei. Die E-Mail Konten aller Getöteten und das von Eva Kailios wurden gehackt."

„Wie bitte?", Dale schaute höchst erstaunt. „Woher weißt du das? Und von wem wurden sie gehackt?"

„Ich arbeite daran." Lisbeth verließ den Raum.

Dale schaute ihr mit zusammengezogenen Brauen nach. Seufzend meinte sie dann: „Wir stehen ja etwas unter Zeitdruck. Ich schlage deshalb vor", sie wandte sich Trish und Kalle zu, „wir hören uns an, was ihr in Stockholm habt."

Trish nickte. Kalle stöberte in seiner Aktentasche und zog dann ein Dossier hervor: „Peter von Lohe wurde vor zwei Wochen als vermisst gemeldet. Europaparlamentarier seit 2014, gehört der Fraktion Europa der Freiheit und der direkten Demokratie an. Er ist mit Cecilia Wakström verheiratet, ebenfalls EU-Abgeordnete. Sie sitzt für die Fraktion der Allianz der Liberalen und Demokraten im Parlament. Er ist 38 Jahre alt, sie 32. Sie haben zwei Jungs, 7 und 9. Zu verhandelnde Sachthemen im Parlament entscheiden darüber, ob er oder sie hier in Brüssel ist. Vor zwei Wochen, am 21. Juli 2015, wäre es an Peter von Lohe gewesen, nach Brüssel zu reisen. Der Flug war gebucht, es ist auch jemand nach Brüssel geflogen. Wir können aber nicht zweifelsfrei sagen, ob es sich um Peter von Lohe gehandelt hat."

„Wieso das denn nicht? Gibt es in Stockholm keine Passkontrollen?", warf Kira ein.

Kalle bedachte sie mit einem giftigen Blick: „Natürlich gibt es Passkontrollen! Und ja, ein Peter von Lohe hat eingecheckt, nur mit Handgepäck, da er mittags wieder zurückfliegen wollte. Seine Frau hat, kurz nach dem er das Haus verlassen hatte, festgestellt, dass er seinen Pass zu Hause liegen gelassen hatte. Sie rief ihn also an. Daraufhin vereinbarten sie, dass Cecilia den Pass per Express Kurier zum Flughafen liefern lassen soll. Was sie auch getan hat. Der Pass ist also geliefert worden, nur, wer ihn in Empfang genommen hat, wissen wir nicht."

Kira konnte sich nicht zurückhalten. „Und warum wisst ihr, dass ihr es nicht wisst?"

„Kannst du mich mal zu Ende reden lassen?", fuhr Kalle sie an. „Die Unterschrift auf dem Empfangsschein stimmt nicht mit der von Peter von Lohe überein. Das haben Untersuchungen der Schrift ergeben und auch seine Frau hat dies bestätigt. Die Videoaufnahmen in Stockholm und in Brüssel sind nicht eindeutig. Es ist jemand zu erkennen, der wie Peter von Lohe aussieht, ob er es aber auch ist…? Eure und unsere Kollegen arbeiten daran. Die Befragungen des Boden- und Flugpersonals waren nicht hilfreich. Eindeutig identifizieren konnte ihn niemand. Auch die Passagiere des Fluges, mit denen wir sprechen konnten, nicht. Klar ist, dass Peter von Lohe das Parlamentsgebäude und sein Büro hier in Brüssel nie betreten hat. Seit dem Anruf seiner Frau ist er auf seinem Handy nicht mehr erreichbar. Es ist ausgeschaltet, orten konnten wir es letztmals in der Flughafenregion von Stockholm."

„Womit wir bei der für mich hochspannenden Frage sind, wie der gute Mr Müller auf die Idee kommt, es bestehe ein Zusammenhang zwischen den Fällen?", Trish schüttelte ihre schulterlangen kupfer-roten Locken etwas ratlos.

„Sie wissen mehr, als sie uns sagen. NSA, Europol…", warf Val ein, „was ist dieser Müller eigentlich für einer?"

„Wir werden Mr Müller näher kennen lernen, davon bin ich überzeugt", meinte Dale. An Trish und Kalle gewandt:

„Eine Inszenierung seitens Peter von Lohe ist ausgeschlossen? Familienmüde, lebensmüde, eine Geliebte?"

„Ganz ausschließen können wir es nicht. Allerdings haben wir keinerlei Anzeichen gefunden. Die Familie wollte diese Woche nach Griechenland reisen, für drei Wochen. Mit einem Camper das Land erkunden. Gemäß Cecilia Wakström haben sie sich sehr darauf gefreut. Die ersten längeren Ferien seit fünf Jahren. Peter von Lohe ist Biologe, er hat einen Lehrstuhl an der Universität Stockholm inne, und wollte offenbar Feldstudien durchführen. Er hat sich intensiv auf diese Reise vorbereitet. Fast mehr als auf eine Parlamentssitzung, wie seine Frau meinte."

Leicht stirnrunzelnd fügte Kalle hinzu: „Was wissen wir schon, was in einem Menschen vorgeht. Da können sich natürlich Abgründe auftun, die nicht mal nahestehende erkennen."

Dale nickte. „Ich schlage vor, wir bilden zwei Gruppen, um sämtliche Daten zu sichten und auf vorhandene Verbindungen zu prüfen. Kalle, Val, Kira, ihr kümmert euch um die fünf Toten und den verschwundenen EU-Parlamentarier. Trish, wir schauen uns die übrigen Personen mal genauer an. Ist das für alle in Ordnung?"

Val, Kira und Kalle nickten und verließen Dale's Büro. Im nebenan liegenden Zimmer begannen sie, sich in die Dossiers einzulesen.

Brüssel – Bei Eva Kailios

„Grace? Weißt du inzwischen, ob Eva Kailios vernehmungsfähig ist?"

„Was ich weiß, ist, dass sie das Krankenhaus verlassen konnte und sich momentan in der gemeinsamen Wohnung von ihr und Stelios Kouloglo aufhält."

Dale wandte sich an Trish. „Besuchen wir sie doch und schauen, was sie uns zum Tathergang sagen kann."

Grace gab Dale die Adresse. „Die anderen zwei sind bereits wieder bei der Arbeit. Das heißt, ihr solltet sie im EU-Parlamentsgebäude antreffen."

„Sehr gut. Versuch doch, Termine mit ihnen zu vereinbaren."

Grace nickte und griff zum Telefon. Dale verließ, gefolgt von Trish das Büro.

„Wissen wir schon etwas über Eva Kailios?"

„Noch nicht sehr viel. Sie ist 36 Jahre alt, Journalistin, seit 2010 Mitbesitzerin der „Athens News". Sie wohnt sowohl in Athen als auch hier in Brüssel mit Stelios Kouloglo, einer der Toten, zusammen. Die Wohnung liegt nahe des Jardin Botanique. Eine ruhige Gegend."

Die beiden stiegen in den Range Rover von Dale.

„Wie lange bist du schon bei der Brüsseler Polizei?"

Dale warf einen überraschten Blick auf Trish. „Nächsten Monat werden es zwanzig Jahre sein."

„Na, da haben wir ja was gemeinsam. Ich bin auch schon seit zwanzig Jahren dabei. Und weshalb bist du zur Polizei gegangen?"

„Nach meiner Zeit bei der Armee fiel mir grad nichts besseres ein", erwiderte Dale kurz angebunden.

„Entschuldige, ich wollte nicht aufdringlich sein."

„Bist du nicht." Dale lenkte den Offroader zielsicher durch den frühabendlichen Verkehr. „Und warum bist du zur Polizei gegangen?"

„Etwas mehr Gerechtigkeit täte der Welt schon gut."

„Ach? Ist das nicht ein wenig naiv? Wo man doch auf dieser Welt selten Gerechtigkeit bekommt, ein Urteil aber immer?"

Trish wandte sich schulterzuckend ab. „Sag mal, kennst du diesen Müller?", erkundigte sich Trish.

„Ich hatte bei zwei Fällen mit ihm zu tun. Einmal ging es um eine Schlepperbande, das andere Mal um Drogenhandel."

„Und, wie war er?"

Dale musterte Trish mit ihren blau-grauen Augen eingehend. Trish erwiderte ihren Blick, die linke Augenbrauen fragend hochgezogen.

„Seine internationalen Kontakte waren sehr hilfreich, da in beiden Fällen grenzübergreifende Ermittlungen nötig waren."

„Hast du irgend eine Ahnung oder eine Vermutung, wie diese Fälle zusammen hängen könnten?"

„Tja, nur weil in allen Fällen Parlamentarier betroffen sind… etwas dürftig…" Dale's Smartphone begann zu klingeln. „Grace, hast du was für uns?"

„Ich konnte die beiden Abgeordneten erreichen. Sie sehen sich in der Lage, eine Aussage zu machen. Ab 17.00 Uhr sind sie in ihren Büros im Parlamentsgebäude zu erreichen. Sie werden auf euch warten."

„Danke, Grace. Gibst du mir mal Lisbeth, bitte?"

„Klar. Einen Moment…"

„Was willst du?"

„Wie weit bist du mit den Dossiers?"

„Weiter, wenn du mich nicht ständig danach fragen würdest!"

„Wie weit?"

„Fehlt nur noch eines."

„Was ist mit den gehackten E-Mail Accounts?"

„Was soll mit denen sein? Sie wurden gehackt."

„Klar. Von wem?"

„Sag ich dir, wenn du wieder hier bist."

Trish fand es bemerkenswert, dass Dale so ruhig bleiben konnte. Weder regte sich etwas in ihrem Gesicht, noch wurde sie lauter im Ton. War das der Schulung durch die Armee geschuldet?

„Was hast du über Eva Kailios?"

„Kannst du lesen, wenn du wieder hier bist."

Dale beendete das Gespräch, ohne Verabschiedung. War sie doch verärgert? Trish warf einen Seitenblick auf Dale, konnte aber nach wie vor keine Regung in ihrem Gesicht ausmachen. Dale parkte das Auto an der Straßenseite und stieg aus.

„Eva Kailios Wohnung ist gleich da drüben, im vierten Stock." Sie wies auf einen Hauseingang, der sich auf der gegenüberliegenden Straßenseite befand.

Die beiden Frauen überquerten die Straße. Trish sah sich die Namensschilder an. Bei dem von Eva Kailios drückte sie auf den Klingelknopf. Eine Frauenstimme meldete sich. Dale nannte ihren Namen. Der Summer erklang und sie konnten das Treppenhaus betreten.

Links waren zwei Lifttüren zu sehen, rechts führte eine steile Treppe nach oben.

Eine der Türen öffnete sich und ein jüngerer Mann, er starte gebannt auf sein Smartphone, betrat das Treppenhaus. Ohne aufzuschauen, ohne zu grüßen lief er an den beiden Frauen vorbei.

Sie fuhren mit dem Lift in den vierten Stock. Auf ihr Klingeln öffnete sich die Türe und eine Frau mit schulterlangem blonden Haar, das etwas zerzaust wirkte, bat sie herein und führte sie sogleich in das Wohnzimmer.

Die Wohnung strahlte, trotz der kleinen Dimensionen, eine Gemütlichkeit aus, die Dale bei ihrem Zuhause immer schon vermisst hatte. Ein Spiegel gegenüber dem Fenster ließ den Raum grösser erscheinen. Das gemalte Bild über dem Sofa zeigte einen Strand, an dem einige Boote im Sand lagen.

„Kann ich ihnen etwas zu trinken anbieten? Kaffee, Tee, Wasser?"

„Wenn es keine Umstände macht, bitte Kaffee."

Eva Kailios nickte, schaute dann Dale fragend an. „Für mich bitte auch."

Die Küche befand sich seitlich des Einganges zum Wohnzimmer, und wurde von diesem durch eine Theke abgegrenzt. Die Kaffeemaschine verfügte über ein Mahlwerk, und Menge und Temperatur waren individuell einstellbar.

„Ms Kailios, wie geht es Ihnen?"

Eva Kailios schwieg erst mal eine ganze Weile, den Blick starr auf den Boden gerichtet. Als sie nach der Tasse griff, konnte man sehen, dass ihre Hände zitterten. Sie nahm einen Schluck, schaute dann Trish an und zuckte mit den Schultern. „Wie soll es mir gehen! Ich habe Alpträume, schlafe schlecht…", ihre Lippen begann zu zittern, und Tränen stiegen ihr in die Augen.

Trish und Dale warteten, bis sie sich wieder etwas beruhigt hatte.

„Ich bekomme die Bilder einfach nicht aus meinem Kopf. Soviel Blut überall..", die Tränen begannen wieder zu fließen.

Trish setzte sich neben sie. Behutsam legte sie ihre Hand auf den Arm von Eva Kailios. „Haben Sie denn jemanden, der sich um Sie kümmert?"

Eva Kailios schüttelte verneinend den Kopf. „In Athen wäre es anders. Da habe ich Freunde, Familie...", schluchzte sie.

„Ms Kailios, wir arbeiten mit Hochdruck an der Aufklärung dieses Falles. Sie würden uns wirklich sehr helfen, wenn Sie uns schildern könnten, was an jenem Abend geschehen ist." Dale sprach mit neutraler Stimme, ohne Emotionen.

Trish drückte aufmunternd den Arm von Eva Kailios.

Diese holte tief Luft: „Wir haben uns um halb acht im Restaurant Notos getroffen. Stelios...", sie stockte kurz, fuhr dann aber weiter, „Stelios und ich sind mit dem Tram hingefahren. An der Haltestelle Bailli sind wir ausgestiegen. Von da sind es nur ein paar Meter bis zum Restaurant. Sofia und Kostadinka waren schon da. Genau wie sie bestellten wir einen Ouzo, den wir an der Bar tranken. So allmählich trafen auch die anderen ein. Wir setzten uns dann in den Saal, der mit einer Schiebetüre abgetrennt werden kann. Obwohl sonst keine Gäste da waren, fand

Sofia es besser, da zu essen. Wir hatten gerade die Vorspeise serviert bekommen, als plötzlich die Tür aufgestoßen wurde und…", die Tränen liefen ihr jetzt in Strömen über die Wangen. Die heftigen Schluchzer machten es ihr unmöglich, weiterzusprechen.

„Und dann?", fragte Trish einfühlsam nach.

„Dann… dann… sah ich einen Mann… er war ganz schwarz gekleidet. Er begann sofort zu schießen. Ich habe mich reflexartig unter den Tisch geworfen. Irgendwann war es dann ganz still. Viel zu still", fügte sie mit leiser Stimme hinzu.

Eva Kailios schlug die Hände vors Gesicht und begann so heftig zu weinen, dass ihr ganzer Körper zitterte. Trish legte ihr einen Arm um die Schultern und drückte sie ein wenig an sich.

„Sie haben also die zweite Person nicht gesehen?"

Eva Kailios schüttelte den Kopf. „Nur seine Schuhe."

„Und was waren das für Schuhe?"

„Schwarze Doc Martens."

„Und den Mann, den Sie gesehen haben, was trug der? Wie sah er aus?"

„Lederjacke und Jeans, Turnschuhe, alles schwarz. Sein Gesicht konnte ich nicht sehen, er trug eine Maske."

„Beschreiben Sie die Maske."

„Es war so eine, wie sie…", offensichtlich suchte sie nach der richtigen Beschreibung. Nach kurzem Nachdenken, hellte sich ihr Gesicht ein wenig auf, „ja, genau, wie die Masken, welche die Leute von Anonymus tragen." Sie nickte bestätigend mit dem Kopf. „Ja, genau wie die."

„Ist Ihnen sonst noch etwas aufgefallen? Wie zum Beispiel kommen Sie darauf, dass es sich um einen Mann handelte?"

„Er war groß und breitschultrig."

Dale hob kaum merklich eine Augenbraue. „Wurde irgendetwas gesprochen?"

„Kein Wort."

„Gibt es sonst noch etwas, an das Sie sich erinnern?" Eva Kailios seufzte. „Leider nein."

Dale stand auf und stellte sich an die Küchenbar.

Trish übernahm nun die Befragung. „Und auf dem Weg von der Tramhaltestelle zum Restaurant, ist Ihnen da etwas aufgefallen."

„Nein, Stelios und ich waren am Diskutieren. Wir waren uns nicht einig darüber, wie wir das Magazin unserer Zeitung, es liegt immer der Wochenendausgabe bei, gestalten sollen. Er meinte, wir sollten unbedingt was über die Verhandlungen im europäischen Parlament bringen. Ich fand, es sei noch zu früh. Ich versuchte ihm klar zu machen, dass wir...", sie hielt inne, „ja...", meinte sie dann überrascht, „genau! Wir überquerten gerade eine Seitenstraße, da wären wir beinahe von einem Auto überfahren worden. Der Fahrer musste ziemlich abrupt auf die

Bremse. Er hupte zweimal, dann fuhr er weiter. Wir haben uns ziemlich erschrocken, dann aber unser Gespräch wieder aufgenommen. Als wir das Notos dann erreicht haben, standen da zwei Motorräder neben der Eingangstüre. Ich dachte noch bei mir, weshalb die denn nicht auf den dafür vorgesehenen Parkfelder stehen."

„Was war das für ein Auto?", übernahm Dale wieder.

„Keine Ahnung. Ich kenne mich mit Autos nicht aus. Hauptsache sie fahren."

„Sie können also keine Angaben über Marke, Farbe und Kennzeichen machen?"

„Nur dass es eine dunkle Farbe hatte und ziemlich groß war."

„Konnten Sie die Insassen erkennen?"

„Nein, es war zu dunkel."

„Und die Motorräder? Können Sie uns zu denen etwas sagen?"

„Es waren 125-er Enduros. Mein Bruder fuhr lange so eine, deshalb kenne ich die."

„Farbe? Kennzeichen?"

„Die eine war orange, die andere dunkelblau. Beide hatten sie Brüsseler Kennzeichen."

Trish drückte Eva Kailios aufmunternd den Arm. „Das wird uns bestimmt weiterhelfen. Wann kamen eigentlich die Sicherheitsleute?"

„Die waren schon da, als wir kamen. Stelios musste lachen, als er sie sah. Er hat dann Kostadinka gefragt, ob sie seit neuestem Personenschutz brauche. Kostadinka hat nur auf Sofia gezeigt."

„Sofia Sakorasa hat sie also mitgebracht. Wissen Sie warum?"

„Nun, darüber geredet haben wir nicht direkt, aber…", sie zögerte kurz, „Sofia hatte schon früher, es muss wohl vor zwei Wochen gewesen sein, erwähnt, dass sie komische SMS und Mails bekommen habe. Auf Nachfragen hat sie jeweils nur mit den Schultern gezuckt und gemeint, es sei wohl besser, wenn wir nichts Näheres wüssten."

Dale und Trish wechselten einen Blick.

„Sie kennen den Inhalt dieser Mitteilungen also nicht?"

„Nein, sie hat mir nie eine gezeigt."

„Hatte sie Feinde? Ist Ihnen jemand bekannt, der sie bedrohte?"

„Ich habe keine Ahnung. So gut kenne ich sie nicht. Stelios hat sie sicher besser gekannt. Schließlich sind sie in derselben Partei."

„Weshalb eigentlich dachte Stelios, Kostadinka Koluneva könnte die Sicherheitsleute mitgebracht haben?"

„Na, sie ist eine bekannte Künstlerin!" Eva schaute Trish entrüstet an. Diese lächelte.

„Noch eine Frage: Worum ging es bei Ihrem Treffen?"

„Wir wollten eine Strategie festlegen, wie wir uns in der Diskussion um die Griechenlandkrise verhalten sollten."

„Wer wusste alles von Ihrem Treffen?"

„Soweit ich weiß, nur die Anwesenden. Wir wurden sogar explizit gebeten, niemanden sonst einzuweihen."

„Gut, Ms Kailios, das wäre alles für den Moment. Vielen Dank. Sobald das Protokoll erstellt ist, werden wir uns bei Ihnen melden. Wir müssen Sie leider bitten, Brüssel bis auf weiteres nicht zu verlassen. Falls Ihnen noch etwas einfällt…", Dale überreichte ihr ihre Visitenkarte.

Eva Kailios nickte, nahm die Karte entgegen, gab den beiden die Hand und begleitete sie zur Tür.

Als sich diese hinter Eva Kailios geschlossen hatte und die beiden auf den Lift warteten, meinte Trish: „Das ganze nimmt sie ganz schon mit, was?"

„Hmm."

„Ich denke, es war gut, dass wir sie nicht nach Stelios gefragt haben."

Dale nickte: „Hören wir uns erst mal an, was unser Dream-Team über ihn hat."

Trish warf einen belustigten Blick auf Dale. „Kira und Kalle! Das wird lustig."

„Das glaube ich auch", stimmte Dale schmunzelnd zu. Und nach einem Blick auf die Uhr: „Anschließend statten wir den beiden noch nicht vernommenen Überlebenden einen Besuch ab. Warst du schon mal im EU-Parlament?"

Trish schüttelte verneinend den Kopf: „Hab ich da was verpasst?"

„Naja. Es gehört möglicherweise nicht unbedingt zu den Gebäuden, in denen man unbedingt einmal im Leben gewesen sein muss", entgegnete Dale.

Brüssel – Polizeigebäude 3. Stock

Im Büro angekommen, schauten sie zuerst nach den Dreien, fanden jedoch niemanden vor. „Sag mal Grace, wo sind denn alle?"

„Sind alle im dritten Stock." Grace schaute Dale mit treuherzigem Blick an.

„Aha."

„Lisbeth hat darum gebeten."

Dale drehte sich wortlos um und verließ das Büro. Trish folgte ihr: „Was machen die denn im dritten Stock?"

„Finden wir es heraus. Wegen des Kaffees kann es jedenfalls nicht sein. Da steht derselbe Kaffeeautomat wie hier oben", meinte Dale nur trocken.

Gemeinsam stiegen sie die Treppen runter bis zur dritten Etage. Nachdem sie die Schwingtüre passiert hatten, standen sie mitten in einem Raum, vollgestellt mit Bürotischen, an denen Uniformierte saßen. Einige telefonierten, andere tippten auf ihren Tastaturen und wieder andere standen diskutierend zusammen. Ein Geräuschteppich aus Gemurmel und Gesumme lag über dem Raum. Dale blieb kurz stehen, schaute sich um und lenkte dann ihre Schritte quer durch den Raum in den hinteren Bereich, wo ein schmaler Gang an geschlossenen Türen vorbeiführte. Beim vierten und letzten Zimmer auf der linken Seite wurden sie fündig.

Dort saßen Val, Kira, Kalle und Lisbeth am einzigen Tisch im Raum. Auf dem Whiteboard, an der Wand zur rechten Seite, waren der Tisch im Restaurant Notos, die Fotos der Teilnehmer des Essens, so wie sie am Tisch gesessen hatten, sowie die beiden Sicherheitsmänner, an der Türe stehend, zu sehen.

„Gefällt es euch im siebten Stock nicht mehr?", fragte Dale in gefährlich leisem Ton.

Ohne mit der Wimper zu zucken, erwiderte Lisbeth: „Wir werden abgehört. Jemand hat sowohl unser Büro als auch jenes der Stockholmer förmlich zugewanzt. Neueste Technik. Die bekommst du nicht gleich um die Ecke. Unseren Rechnern und Smartphones haben sie einen Trojaner geschickt. Der ist angekommen - und breitet sich aus."

Lisbeth schien beinahe ein wenig beeindruckt zu sein. Für die sonst wortkarge IT-Spezialistin waren das eine beachtliche Menge an Sätzen. Mit ihren Piercings und Tattoos, ihrer blassen Haut, den rabenschwarzen Haaren würden sie manche wohl als nerdig bezeichnen.

„Wer zum Teufel tut sowas?", enervierte sich Dale.

„Die Daten unserer Rechner und Telefone werden an einen Server in Indien übermittelt. Von da," Lisbeth zuckte gelangweilt die Schultern, „geht es rund um die Welt. Von Server zu Server." Sie schaute auf ihren Laptop. „In circa dreißig Minuten wissen wir, welche IP-Adresse dahinter steckt."

„Und an deinem Laptop ist der Trojaner vorbei geritten?", fragte Trish leicht belustigt. Sie erntete einen stechenden Blick von Lisbeth. Sonderlich humorvoll scheint sie nicht zu sein, dachte Trish.

„Was ist mit Carl? Ist der auch betroffen?", erkundigte sich Dale.

„Natürlich! Da sind keine Stümper am Werk", erwiderte Lisbeth, ohne von ihrem Laptop aufzusehen.

„Ist er schon informiert?"

„Nein. Das überlasse ich dir", meinte Lisbeth knapp.

„Wie weit seid ihr mit den Dossiers der Toten? Irgendwelche Gemeinsamkeiten?" Dale setzte sich und schaute fragend in die Runde.

„Die toten Politiker werden allesamt dem linken politischen Spektrum zugerechnet. Bemerkenswert finde ich, dass die Eltern der Parlamentarier entweder vom griechischen Bürgerkrieg in den 40-er Jahren oder aber von der Militärdiktatur in den 60-er Jahren betroffen waren. Ich frage mich, ob da wohl alte Geister am Werk sind. Gerade auch, wenn man sich die heutige politische Lage in Griechenland anschaut. Ich tippe auf einen politischen Hintergrund als Tatmotiv." Kalle verschränkte die Arme vor der Brust.

Kira schüttelte den Kopf und entgegnete: „Mann, das ist ja schon Jahrzehnte her. Das kratzt heute doch keinen mehr! Ich bin der Meinung, wir sollten den einen Sicherheitsmann, den Albaner, genauer anschauen. Wobei, eigentlich ist er ja Grieche, bekam aber bei Eintritt in die Fremdenlegion eine neue Identität. Eingesetzt wurde er im Senegal, der Elfenbeinküste, im Jemen und in Mali. Ob er sich da nur Freunde gemacht hat, bezweifle ich sehr. Außerdem ist seine Identität so etwas von unbestimmt. Eltern unbekannt, in einem Heim aufgewachsen. Da sollten wir ansetzen!" Kira schaute Kalle herausfordernd an.

Dieser verzog den Mund, um dann brummelnd zu entgegen: „Man hatte es also auf ihn abgesehen und die Politiker sind aus Versehen mit getötet worden?"

Dale kam einer Entgegnung von Kira zuvor, indem sie Val nach ihrer Sicht der Dinge fragte.

„Was ihr beide erwähnt habt", Val schaute Kira und Kalle schmunzelnd an, „ist mir auch aufgefallen. Was die Sicherheitsleute anbelangt, so sollten wir auch den zweiten Mann nicht außer Acht lassen. Sein Vater war zweimal, 1985 als einfacher Polizist, 2008 als Polizeichef, bei Todesschüssen auf einen Demonstranten der linksautonomen Szene in Athen involviert. Sollte das Motive allerdings bei den Sicherheitsleuten liegen, so stellt sich natürlich die Frage, weshalb dann die Politiker sterben mussten. Eine Antwort könnte sein, dass wir es mit Tätern zu tun haben, die unterschiedliche Motive haben, aber gemeinsam zuschlugen. Sozusagen fünf Fliegen auf einen Schlag erledigten."

„Europol" Lisbeth schaute von ihrem Laptop auf und fing fragende Blicke auf. Für sie kein Grund, näher auf ihre Aussage einzugehen.

„Was ist mit Europol?", fragte Dale nach.

„Unsere Daten werden in die Brüsseler Zentrale von Europol übermittelt."

Erstaunte Blicke, dann prasselten die Fragen nur so auf Lisbeth nieder.

„Hey, beruhigt euch!", Dale klopfte leicht mit der flachen Hand auf den Tisch. Nachdem wieder Ruhe eingekehrt war, wandte sie sich an Lisbeth: „Wie genau sind deine Angaben?"

Lisbeth hob die linke Augenbraue. „Sehr genau!" antwortete sie, jedes Wort betonend.

„Mit genau meinte ich, ob du Namen hast."

„Nein, aber kommt noch." Lisbeth wandte sich wieder ihrem Laptop zu.

Trish erhob sich. Den Blick auf das Board mit den Bildern der Toten gerichtet, sagte sie: „Wir hatten auch schon mal so was bei uns."

Kalle schaute sie erstaunt an. An ihn gewandt, meinte Trish: „Du warst da noch nicht dabei. Es ging um einen toten Staatsanwalt und eine Prostituierte. Ziemlich widerlich das Ganze. Obwohl nur fünf Leute mit den Ermittlungen betraut waren, sickerte immer wieder was zu den Medien durch. Vor allem die süffigen Details der Affäre. Anfänglich dachten wir, einer von uns sei der Informant. Eines Abends, es war weit nach Mitternacht, Sonja und ich hatten ein paar Kollegen des Staatsanwaltes befragt, beschlossen wir, noch ins Büro zu gehen, um die Protokolle der Gespräche zu schreiben. Keine von beiden ging an diesem Tag nach Hause. Als die Kollegen am Morgen eintrafen, konnten wir in den Zeitungen bereits Teile unserer Gespräche, welche wir am Vorabend geführt hatten, lesen. Nachdem klar war, dass es niemand aus unserem Team sein konnte, beschlossen wir, dem Umstand, dass uns jemand aushorchte, auszunutzen. Wir streuten gezielt Unwahrheiten, erfanden Beweise, die wir gar nicht hatten. So konnten wir den Täter überführen."

„Von wem wurdet ihr abgehört?", wollte Kalle wissen.

Trish lachte freudlos auf: „Die Staatsanwaltschaft hat mitgehört. Der Täter war ein Staatsanwalt. Ihn verband eine „herzliche" Rivalität mit dem Toten."

„Was, wenn dieser Müller dahinter steckt?", fragte Val stirnrunzelnd.

Dale stand auf. „Wer auch immer dahinter steckt, in jedem Fall müssen wir uns absprechen, wie wir von jetzt an miteinander kommunizieren wollen. Es würde auffallen, wenn wir uns immer in Verhörräumen besprechen würden. Das möchte ich vermeiden. Wie ihr das gemacht habt", Dale nickte Trish zu, „so sollten auch wir vorgehen. Informationen gezielt streuen. Lisbeth, eine Idee, wie wir das technisch machen können?"

Lisbeth stellte eine Plastiktüte auf den Tisch: „Bedient euch."

In der Tüte befanden sich alte Handys, mit denen nur Telefonieren und Fotografieren möglich war.

„Und das soll abhörsicher sein?" Kira schaute das kleine Ding in ihrer Hand skeptisch an. „Wie schaltet man das denn ein?"

„Taste mit dem roten Telefonhörer drücken."

Tatsächlich begann das Display weiß zu leuchten, von links schob sich eine Hand ins Bild, eine weitere, viel kleinere erschien von rechts. Die kleine legte sich in die große und als sie so verbunden waren, erschien das Logo von Nokia. Nach fünf Sekunden verschwand das Logo und der Bildschirm leuchtete weiß. Links unten stand „Telefonbuch", rechts „Favoriten".

„Namen und Nummern von euch findet ihr in den Favoriten. Sprecht nur so lange wie nötig. Je länger ihr sprecht, je schneller finden sie raus, wo ihr seid und welches Handy mit welcher Software ihr benutzt. Für diese alten Dinger müssen sie erst eine Abhörsoftware programmieren. Wenn ihr für die Aufklärung der Fälle also nicht gleich Jahre braucht, sollten wir damit ungestört kommunizieren können. Keine Gespräche, die nicht mit dem Fall zu tun haben! Daran – müsst – ihr – euch – halten! Noch Fragen?"

„Hierzu nicht. Was ist aber mit unseren Computern, speziell E-Mail, Datenbankabfragen usw.?", wagte Kalle zu fragen.

„Die kann ich nicht schützen, ohne dass die das nicht merken."

„Wir benutzen weiterhin unsere Computer. Wenn wir was haben, was nicht für alle Augen und Ohren bestimmt ist, so schreiben wir uns eine E-Mail und verstecken an irgend einer Stelle ein „Und", welches unterstrichen ist. Ab sofort ist unsere Kaffeemaschine im Büro kaputt. Ein „unterstrichenes Und" ist also eine Aufforderung, sich zum Kaffeeautomaten im Gang zu begeben. Lisbeth, können wir uns auch mit Handzeichen oder Augenkontakt verständigen?"

„Nein. In jedem Zimmer haben sie drei Minikameras aufgestellt. Tote Winkel gibt's fast keine."

„Was ist mit unseren Smartphones, die wir auf uns tragen. Können Gespräche, wie wir sie jetzt führen, abgehört werden, auch ohne dass wir das Phone benutzten? Dürfen wir also die Smartphones nicht mehr auf uns tragen?", fragte Trish.

„Soweit sind sie nicht gegangen. Ich lasse es euch wissen, sollten sie auch zu diesem Mittel greifen. Vorstellbar wäre es", erwiderte Lisbeth.

„Also bleiben uns nur E-Mails und kurze Telefongespräche. Gut, gehen wir also wieder rauf in unsere Büros."

„Hey, was machen wir mit Grace?"
Dale, die sich bereits der Tür zugewandt hatte, blieb, angesichts von Vals Frage, abrupt stehen. „Richtig…", zögerte Dale, „Grace habe ich total vergessen."

Dale überlegte kurz bevor sie entschied. „Wir weihen sie nicht ein. Es könnte hilfreich sein, wenn sich jemand im Team ganz normal verhält. Wir sind möglicherweise nicht mehr ganz so unbeschwert unterwegs."

„Und was, wenn sie was Wichtiges hat und es über die „normalen" Kanäle an uns weiterleitet?" Die tiefen Stirnfalten zeugten von Kalles Besorgnis.

„Ab und an muss einfach was Brauchbares für die Abhörer dabei sein. Wenn wir nur Ausgewähltes über die offiziellen Kanäle verbreiten, fliegen wir schnell auf. Ich hatte vorhin von fünf Ermittlern gesprochen. Zu uns gehörte auch noch eine Assistentin. Soweit ich das bis jetzt beurteilen kann, hatte sie in etwa dieselben Aufgaben, wie Grace. Da sie auch für andere Teams arbeitete, beschlossen wir, sie nicht einzuweihen. Nachdem alles vorbei war, hat sie natürlich mitbekommen, dass wir sie nicht voll und ganz miteinbezogen hatten. Sie war nicht wirklich glücklich darüber, wie ihr euch sicher vorstellen könnt. Wir konnten sie aber davon überzeugen, wie wichtig ihr unverstelltes Verhalten gewesen war. Und das war keinesfalls gelogen!" Trish wandte sich an Dale: „Aus diesem Grund stimme ich dir zu."

Dale neigte leicht den Kopf und deutete eine Verbeugung an: „Andere Meinungsäußerungen dazu?"

„Was ist mit Carl? Informieren wir ihn?", warf Val etwas zögerlich ein.

„Noch nicht!", erwiderte Dale bestimmt.

„Die Überwachung von Smartphones und Computer läuft seit Sonntag. Kurz nach den Morden im Restaurant Notos hat sich der Trojaner im ganzen Departement breit gemacht. Und ich meine wirklich im GANZEN Departement. Das beginnt unten beim Pförtner und hört bei uns oben auf. Über den Müllermann habe ich ein Dossier angelegt. Das werde ich weder ausdrucken noch elektronisch verschicken, wie ihr euch sicher vorstellen könnt. Wer will, kann es hier auf meinem Laptop lesen." Sofort drängten sich alle um Lisbeth, um einen Blick auf den Bildschirm zu erheischen.

„Kannst du uns das auf die Wand beamen?"

„Klar, kein Problem."

Hermann Müller, Europol - Das Dossier

Hermann Müller wurde 1977 in Görlitz geboren. Hans Mlynarz, sein Vater, arbeitete in der WUMAG (Waggon- und Maschinenbau AG Görlitz) als Aufseher. Die WUMAG errichtete 1939 auf dem Gelände in Görlitz, welches sie von der Stadt gepachtet hatte, ein Barackenlager für Zwangsarbeiter. Erst wurden dort französische Kriegsgefangene einquartiert, nach Beginn des Russlandfeldzugs inhaftierte man so genannte Ostarbeiter. Ab 1940 wurde die WUMAG zum „kriegswichtigen Unternehmen" erklärt, was zur Folge hatte, dass das Lager zum „Zentralen Arbeitslager" der Organisation Schmelt erklärt wurde. Diese organisierte zwischen 1940 und 1943 den Zwangsarbeitereinsatz von Juden in Oberschlesien und im Sudetenland. Sie war für bis zu 177 Lager mit zeitweilig über 50'0000 Arbeitskräften verantwortlich. Im KZ-Außenlager Görlitz waren sowohl Männer als auch Frauen inhaftiert. Im kleineren, südlich gelegenen Teil, befand sich das Frauenlager, im übrigen Teil waren die männlichen Gefangenen untergebracht. Die Holzbaracken, drei für die Frauen, sechs für die Männer waren durch einen Zaun getrennt. Eleonore kam im Frauenlager zur Welt. Über ihren Vater ist nichts bekannt. Die Mutter war Polin, jüdischen Glaubens. Als die Gefangenen 1945 durch die sowjetische Armee befreit wurden, war Eleonora gerade mal ein-jährig und Vollweise. Sie wuchs bei Pflegeeltern

75

in Görlitz auf. 1970 lernte sie Hans kennen, ein Jahr später heirateten die beiden. Hermann ist ihr einziges Kind. 1997 ging er nach Dresden auf die dortige Polizeischule. Anschließend wechselte er ins Bundeskriminalamt in Berlin. Von da gings dann zur Europol nach Brüssel. Seit letztem Jahr ist er deren Chef.

„Ganz ok soweit, aber nicht wirklich prickelnd. Oder wie seht ihr das?", Dale schaute fragend in die Runde.

„Es geht noch weiter!" Lisbeth öffnete einen weiteren Ordner. „Hier seht ihr, was so alles auf seinem Computer und seinem Laptop ist."

„Wie zum Teufel...", setzte Dale an, wurde aber von Lisbeth sofort unterbrochen: „Das willst du gar nicht wissen, glaub mir! Das liebe Müllermännchen ist glühender Dynamo Dresden Fan. Als solcher ist er mehrmals polizeilich aufgefallen. Schlägereien, Sachbeschädigungen, Hatz auf Ausländer. Hier seht ihr ihn als siebzehn-jährigen in voller Fanmontur. Hier mit Glatze und Springerstiefeln als Mitglied von den „Weißen Wölfen". Was die so machen, seht ihr hier." Es folgten Bilder, die kaum auszuhalten waren.

„Ich habe ja schon einiges gesehen, aber das...", Trish wandte sich ab.

„Verdammt nochmal, wie kommt so ein Schwein zur Polizei? Und dann auch gleich noch als Leiter bei Europol? Verdammt, Verdammt, Verdammt…", Kalle hieb mit jedem Verdammt auf den Tisch ein.

„Seit das Hermannlein in Brüssel ist, konnten die „Weißen Wölfe" ihr Tätigkeitsfeld ausweiten. Sie werden inzwischen bei Europol als internationale kriminelle Vereinigung geführt. Menschenschmuggel, Drogen- und Waffenhandel einhergehend mit Geldwäscherei. Im Verbund mit der Bruderschaft „Aktive Deutsche", eine ehemalige Studentenvereinigung, beherrschen sie ganz Europa inklusive Russland, was das Geschäft mit Waffen anbelangt. Die Ableger der „Weißen Wölfe" in Moskau und Kiew besorgen in der Regel die Waffen aus alten Armeebeständen, die dann von Mitgliedern der „Aktive Deutsche" an den Besteller geliefert werden. Die Abteilung Schlepper ist momentan im Aufbau begriffen, aber schon sehr präsent an der Balkanrute. So können sie den Nachschub an Frauen und Mädchen gewährleisten. Die „Weißen Wölfe" in Lateinamerika, namentlich in Mexiko, Peru und Chile, sind für die Lieferung von Drogen zuständig. Was dem FBI und der NSA nicht verborgen geblieben ist. Hier findet ein reger Austausch mit Europol statt. Bisher ist es nicht gelungen, die führenden Köpfe der „Weißen Wölfe" und der „Aktive Deutsche" dingfest zu machen. Keiner weiß, wer hinter diesen Organisationen steckt. Es scheinen streng hierarchisch geführte Sektionen zu sein. Noch nie hat ein Mitglied gesungen, lieber gehen sie ins Gefängnis. Und wenn sich doch mal einer bereit erklärt, auszupacken – was mit dem passiert, könnt ihr hier sehen."

Ein Torso ohne Haut.

„Erst wurden ihm die Finger abgeschnitten, dann die Hände und zum Schluss die Haut abgezogen. Kopf, Beine und Arme wurden ihm nachträglich abgetrennt. Um seine Haut zu retten schweigt man also besser."

„Verdammte Scheiße! Und was hat dieser Hermann Müller mit all dem zu tun?"

„All diese Informationen befinden sich auf seinen Computern."

Betretenes Schweigen folgte auf die Ausführungen von Lisbeth. Erst das Klingeln von Dales Handy löste die Starre, in die der Bericht alle gestürzt hatte. Dale lauschte, dann beendete sie das Gespräch mit, „wir sind gleich oben."

„Das war Grace. Wir sollten besser hoch gehen. Die Berichte der Ballistiker und Forensiker liegen vor. Scheint spannend zu sein."

Irgendwie schienen alle froh zu sein, momentan gerade nicht über das Gesehene sprechen zu müssen. Als sie oben ankamen, wurden sie schon von Grace erwartet, die sich mit den beiden Berichten Luft zufächelte. „Und, war es schön im dritten Stock? Hat euch der Kaffee geschmeckt?"

Dale ignorierte die Fragen. „Was steht in den Berichten?"

„Die DNA an den Zigarettenstummeln, die im Jaguar gefunden wurden, ergaben einen Treffer in der Datenbank. Die abgefeuerten Kugeln im Restaurant Notos stammen aus einer Beretta." Grace schaute triumphierend in die Runde. „Seht ihr, während ihr euch im dritten Stock herumgetrieben habt, was weiß ich warum, war ich fleißig und habe schon mal die Berichte gelesen."

„Grace, wir wissen deinen Fleiß wirklich zu schätzen. Noch mehr schätzen würden wir ihn, wenn du etwas mehr Details preis geben würdest." Dale hatte mit leiser, überfreundlicher Stimme gesprochen.

„Das gehört nicht zu meinen Aufgaben. Außerdem verstehe ich nichts von diesen Dingen," meinte Grace bestimmt und wandte sich wieder ihrem Computer zu.

Dale verdrehte die Augen, griff sich die Berichte und winkte alle in ihr Büro. Sie studierte den ersten Bericht, dann schaute sie auf: „Die Zigarettenstummel konnten alle einer Tatiana Käs zugewiesen werden. Sie ist aktenkundig wegen Sachbeschädigung und Widerstand gegen die Staatsgewalt. Soweit ich mich erinnere, hat doch dieser Tom Graham eine Freundin mit Namen Tatiana Käs. Sagte er nicht bei seiner Vernehmung, seine Freundin besitze einen Schlüssel für den Jaguar?"

Val und Kira nickten.

„Lisbeth, sieh zu, was du über diese Tatiana Käs herausfinden kannst. Gib Bescheid, sobald du das Dossier erstellt hast. Anschließend geht ihr beiden", Dale wies auf Val und Kira, „diese Dame mal besuchen."

Dale griff zum zweiten Bericht. „Offenbar benutzten die Täter im Notos beide eine Beretta 92FS, 9mm Parabellum, auch bekannt als M9. Das Zugprofil der Projektile konnte keiner polizeilich bekannten Waffe zugeordnet werden. Hier haben wir keine heiße Spur. Konzentrieren wir uns also notgedrungen auf die Fahrzeuge. Trish und ich haben von Eva Kailios erfahren, dass kurz vor dem Attentat zwei 125 Enduros vor dem Restaurant standen. Orange und dunkelblau mit Brüsseler Kennzeichen. Auf den Fotos rund um den Tatort waren keine Motorräder zu sehen. Somit könnte es sein, dass die Täter diese benutzt haben. Was allerdings die Frage aufwirft, weshalb sie schon vor der Tat vor dem Notos standen. Wo waren die Täter, bevor sie zuschlugen? Als Eva Kailios und Stelios Kouloglo, die beiden kamen zusammen zu dem Treffen, im Restaurant eintrafen, waren nur Sofia Sakorasa, Kostadinka Koluneva, der Koch und der Kellner und die beiden Sicherheitsleute schon da. Diese hatten den Auftrag, Sofia Sakorasa zu beschützen. Offenbar wurde sie bedroht. Soviel also zu den Fakten. Oh, noch etwas. Auf ihrem Weg von der Tram-Haltestelle zum Notos wurden Eva Kailios und

Stelios Kouloglo beinahe von einem Auto überfahren. Gemäß Ms Kailios war es groß und von dunkler Farbe. Sie konnte keine weitere Angaben machen, weder zu Marke noch zu Kennzeichen, noch zu Insassen."

Nach diesen Ausführungen bestimmte Dale das weitere Vorgehen. „Val, Kira und Kalle, ihr schaut euch die Aufnahmen der Videokameras in der Umgebung des Notos zum fraglichen Zeitpunkt an. Kümmert euch um die Enduros. So viele wird es in Brüssel nicht geben. Trish und ich lassen uns in der Zwischenzeit eine Führung im EU-Parlament angedeihen."

Kalle schaute ein weinig betupft auf die beiden Frauen.

Trish grinste ihn an: „Ich habe mir von Dale sagen lassen, dass es nicht wirklich zu den Weltwundern gehört, die man unbedingt gesehen haben muss. Im Übrigen haben wir da zu arbeiten. Die beiden Abgeordneten, die noch nicht haben vernommen werden können, warten da auf uns."

„Wo ich doch schon mal in Brüssel bin…", murrte Kalle.

Trish klopfte ihm aufmunternd auf die Schulter.

Brüssel – Europaviertel

Auf dem Weg zum Parlamentsgebäude, die beiden Frauen hatten die Metrostation gerade verlassen, klingelte das Handy von Trish. Nachdem sie sich gemeldet hatte, hörte sie eine ganze Weile nur zu. Nach ein paar Fragen, Dale verstand kein Wort, beendete Trish das Gespräch.

„Inzwischen ist klar, dass Peter von Lohe das Flugzeug bestiegen hat und auch in Brüssel angekommen ist. Eine Kamera im Flughafen zeigt, dass Peter von Lohe von zwei Männern in Empfang genommen und zu einem Auto geführt wurde. Ab dann verliert sich seine Spur. Inzwischen sollte Kalle den Bericht erhalten haben."

„Vielleicht sollte ich Lisbeth fragen, ob die Lauschwanzen auch Schwedisch verstehen."

Trish lachte. Ernst werdend, meinte sie: „Wir müssen also davon ausgehen, dass sich Peter von Lohe hier in Brüssel…", Trish zögerte, „irgendwo in Belgien aufhält. Genauer können wir es wohl momentan nicht sagen."

„Zum jetzigen Zeitpunkt nicht. Immerhin haben wir einen neuen Ausgangspunkt, was sein Verschwinden betrifft. Eine Lösegeldforderung liegt nicht vor?"

„Nein, bisher nicht. Wir haben aber eine Fangschaltung bei seiner Frau eingerichtet. Auch befindet sich ein Polizeibeamter in ihrem Haus."

Schweigend setzten die beiden ihre Weg fort. Kurz bevor sie das EU-Viertel erreichten, lenkte Dale ihre Schritte zum Place Jourdan. „Schon mal was von den weltberühmten Fritten aus Brüssel gehört?"

Trish schaute Dale überrascht an: „Ja natürlich!"

Dale deutete auf eine Frittenbude: „Die hier sollen die Besten sein, gemäß New York Times. Magst du welche probieren?"

„Gerne. Haben wir denn Zeit dafür?"

„Wenn so verhindert werden kann, dass wir wegen eines Schwächeanfalls zusammenklappen und ins Spital eingeliefert werden müssen – dann haben wir mehr als genug Zeit." Dale warf einen amüsierten Blick auf Trish. Diese grinste.

„Vielleicht treffen wir sogar die beiden Parlamentarier an, die wir befragen wollen. Die Bude ist, neben zahlreicher Celebritys, auch sehr beliebt bei Abgeordneten. Liegt wohl an der Nähe zum Parlamentsgebäude."

„Wer sind denn die beiden, welche wir treffen wollen?"

„Sotirios Rianopoulos, 62 Jahre alt, Reeder und Giorgos Matikakis, 68 Jahre alt, Professeur der Mathematik im Ruhestand." Dale zeigte Trish die Fotos der Herren auf ihrem Handy. Sie ließen ihre Blicke über die Wartenden vor der Frittenbude schweifen. Und tatsächlich, beide Herren befanden sich unter den Anstehenden. Dale nickte Trish zu, und sie stellten sich hinten an.

„Mit Fritten in der Hand wird das Gespräch vielleicht entspannter", gab Dale ihrer Hoffnung Ausdruck. Trish nickte. Die Männer hatten offenbar nicht vor, ihre Fritten stehend zu verzehren. Sie entfernten sich und steuerten eine der zahlreichen Bars rund um den Place Jourdan an. Während Dale ihre Bestellung aufgab, ließ Trish die beiden nicht aus den Augen.

Dale, zwei Tüten in der Hand, schaute Trish fragend an. Diese deutet auf eine der Bars. „Sie sind da hinein gegangen. Darf man das denn? Ich meine, mit Fritten in eine Bar gehen?"

Dale bejahte: „Ja, darf man. Ein gutes Bier zu den Fritten ist fast unschlagbar."

„Das könnte mir gefallen."

Die beiden Herren hatten sich, mit einem Glas Bier, im hinteren Bereich der Bar an einen Tisch gesetzt. Dale steuerte zielstrebig auf den Tisch zu. „Dürfen wir uns zu Ihnen setzen? Mein Name ist Dale Dion, Polizei Brüssel und das hier ist Trish Lundgren, Polizei Stockholm."

Die Männer schauten die Frauen erst verdutzt an, tauschten Blicke, bevor Mr Rianopoulos auf die beiden freien Stühle deutete: „Bitte, nehmen Sie doch Platz."

„Was darf ich Ihnen zu trinken holen?", fragte Mr Matikakis äußerst zuvorkommend. Offensichtlich schien er großen Gefallen daran zu finden, dass ihnen zwei Damen Gesellschaft leisteten. Er strahlte Trish mit einem entwaffnenden Lächeln an.

Diese schenkte ihm ein angedeutetes Lächeln. „Für mich nichts, danke. Obwohl ich gerne eines dieser belgischen Biere probieren würde. Aber ich bin im Dienst."

„Lassen Sie mich doch bitte wissen, wann Sie nicht im Dienst sind. Ich lade Sie sehr gerne auf ein Bier ein. Ich bin noch nicht lange regelmäßig in Brüssel, habe aber bereits eine Vorliebe für die belgischen Biere entwickelt. Gerne stelle ich Ihnen einige vor." Seine Augen waren ob des breiten Lachens kaum noch zu sehen.

„Ich nehme an, es geht um den Vorfall im Notos, richtig? Deshalb wollen Sie mit uns sprechen?", unterbrach Mr Rianopoulos, etwas ungehalten.

„Ganz genau. Wir wüssten gerne, was Sie gesehen und gehört haben", erwiderte Dale.

Mr Rianopoulos nickte: „Hören Sie, je schneller die Sache aufgeklärt wird, desto besser. Diese ganze Geschichte ist gar nicht gut fürs Geschäft. Ich bin Reeder. Meine Geschäftspartner pochen auf einen einwandfreien Leumund! Gerade in diesen schwierigen Zeiten kann ich keine schlechte Publicity gebrauchen. Also, haben Sie die Täter gefasst? Ich bin gerne bereit, sie bei einer Gegenüberstellung zu identifizieren. Diese Angelegenheit muss so rasch als möglich aus der Welt geschafft werden."

„Sotirios, bitte! Sofia, Stelios, Kostadinka und zwei Sicherheitsleute sind tot! Und du redest nur vom Geschäft.

Meine Güte, es hätte auch uns treffen können! Bist du dir darüber eigentlich im Klaren?"

„Mein lieber Giorgos, es ist eben kein Zufall, dass wir beide hier sitzen und nicht die anderen. Ich habe Sofia gewarnt, aber sie wollte ja nicht hören." Sotirios Rianopoulos lehnte sich mit einer selbstgerechten Miene in seinem Stuhl zurück, nachdem er sich einen großen Schluck aus seinem Glas genehmigt hatte.

„Mr Rianopoulos, Sie sagten, Sie würden sich für eine Identifikation der Täter zur Verfügung stellen. Das wäre für uns natürlich äußerst hilfreich. Sie kennen die Täter also?", Trish lächelte ihn gewinnend an.

„Wie kommen Sie denn darauf, dass ich sie kennen könnte? Ich habe sie ja nicht einmal sehen können! Als die losballerten, habe ich mich sofort unter den Tisch geschmissen, ohne auch nur einen Blick auf sie geworfen zu haben", Rianopoulos schüttelte entrüstet den Kopf.

„Und was genau können Sie also bei einer Gegenüberstellung identifizieren?", fragte Dale trocken nach.

Rianopoulos starrte sie verständnislos an: „Na ihren Gang natürlich. Ich bin Reeder, das sagte ich doch schon."

Dale hob fragend die Augenbrauen. Was Rianopoulos die Augen verdrehen ließ: „Beim heiligen Neptun, meine Schiffe schippern nicht auf Binnengewässern, sondern auf allen Weltmeeren. Ruhiges Fahrwasser ist da die Ausnahme. Die Männer müssen einen festen Stand haben.

Deshalb interessiert mich, wie sie stehen, wie sie gehen. So unter dem Tisch liegend hatte ich da natürlich die beste Aussicht." Rianopoulos strahlte sie zufrieden an.

„Das ist ja wunderbar! Wir werden Sie gerne beiziehen." Trish strahlte mit Rianopoulos um die Wette: „Vorhin sagten Sie, es sei eben kein Zufall, dass Sie beide hier sitzen und nicht die anderen. Wovor haben Sie Sofia Sakorasa gewarnt?"

„Na vor diesem Irren, der ihr seit Tagen unflätige Emails zugesendet hat. Ganz zu schweigen von den Telefonaten. Einmal konnte ich mithören. Der ist wirklich nicht ganz dicht. Ich habe ihr geraten, die Polizei einzuschalten. Aber sie wollte nicht. Sie meinte, er würde es schon aufgeben, wenn sie nur nicht reagieren würde." Rianopoulos schob sich eine Hand voll Fritten in den Mund.

„Wissen Sie, was in den Mails stand?", fragte Dale nach.

„Gesehen habe ich nur eines. Voller übelsten Beschimpfungen. „Schlampe" war da noch das harmloseste. Was er genau von ihr wollte – ich weiß es nicht. Ich habe mich gefragt, ob vielleicht ihr Ex-Mann dahinter steckt. Aber da fragen sie wohl besser ihren neuen Freund." Er klopfte Giorgos Matikakis gönnerhaft auf die Schulter.

Der zuckte zusammen: „Also wirklich Sotirios! Nur weil wir ein paar Mal aus waren, bin ich noch lange nicht ihr Freund." An die Damen gewandt: „Uns verband eine

Freundschaft rein platonischer Art. Wir schätzten einander. Mehr war da nicht." Und an Rianopoulos gewandt: „Du dichtest dir da was zusammen!"

„Wirklich?", Rianopoulos grinste, „aber du hättest mehr wollen, nicht wahr? Du wärst doch gerne mit ihr ins Bett gehüpft. Kannst es ruhig zugeben."

Matikakis schüttelte bloß den Kopf.

„Hat sie Ihnen gegenüber die Mails und Telefonate erwähnt?", hackte Dale nach.

„Sie hat sie erwähnt, ja. Aber sie wollte nicht darüber reden. Sie meinte immer, wir sollten doch die Zeit genießen, die wir miteinander verbringen. Der Alltag sei schnell genug wieder zurück. Wir haben uns zu Konzerten oder Theatervorführungen getroffen. Und wie gesagt, nicht allzu oft."

„Was können Sie uns über Stelios und Kostadinka sagen, die beiden anderen Toten?"

„Ein Journalist und eine Künstlerin", meinte Mr Rianopoulos naserümpfend, „mehr weiß ich nicht von denen."

„Sotirios! Du bist ein Banause! Kostadinka hat wirklich wunderbare Werke geschaffen. Eine äußerst talentierte Künstlerin. Und Stelios ist ein begnadeter Journalist."

Rianopoulos wedelte diese Einwände mit einer Hand weg. „Brotlose Kunst! Und jetzt? Was haben sie davon? Sind beide tot."

„Denken Sie, die beiden mussten wegen ihrer Tätigkeiten sterben?"

Rianopoulos schnaubte: "Würde mich nicht wundern. Die „äußerst talentierte" Künstlerin war immer mal wieder für einen Skandal gut. Dann ist sie auch noch mit einer Frau verheiratet! Und dieser „begnadete" Journalist, also wenn Sie mich fragen, ein Schmierfink. Ein Faktenverdreher!"

„Du bist ein Faktenverdreher!", ereiferte sich Matikakis. „Galerien auf der ganzen Welt stellen die Werke von Kostadinka aus. Und Stelios wurde schon mehrfach für seine Artikel ausgezeichnet!"

„Und? Was heißt das schon. Deswegen muss ich sie nicht gut finden", fauchte Rianopoulos.

Matikakis wollte gerade zu einer Entgegnung ansetzten, als er von Dale unterbrochen wurde: „Meine Herren, beruhigen Sie sich, bitte. Ich denke, wir konnten uns einen Überblick bezüglich Ihrer Standpunkte verschaffen. Das genügt uns für den Moment. Sollte Ihnen noch etwas einfallen, hier meine Karte."

Währen Dale und Trish sich erhoben, warfen sich die beiden Männer gehässige Blicke zu.

Draußen strich sich Trish eine Haarsträhne hinters Ohr und atmete erleichtert aus. „Phu, ich hatte Angst, dass sich die beiden an die Gurgel gehen."

„Tja, über Kunst und Texte lässt sich doch immer wieder trefflich streiten. Was uns nicht wirklich weiter bringt."

Brüssel – Polizeigebäude 3. Stock

„Wir haben hier eine Videoaufzeichnung, auf welcher der Jaguar deutlich zu sehen ist", wurden Dale und Trish von Kira empfangen. Sie führte ihnen das Video vor.

„Halt mal an! Das ist vor dem Campus Erasme, richtig?", Dale deutete auf das Gebäude am oberen Rand des Bildes.

„Ja, das ist die Route de Lennik."

„Wohnt da nicht die Freundin von Tom Graham?"

„Richtig. Tatiana Käs bewohnt da ein Zimmer."

„Lisbeth, hast du schon etwas über Tatiana Käs?"

Lisbeth schaute von ihrem Laptop hoch, nickte und wies auf eine Akte.

„Val, Kira, konntet ihr mit der Dame schon ein Gespräch führen?"

„Nein, wir haben sie leider nicht angetroffen. Ein Bewohner meinte, sie sei wohl bei ihrem neuen Freund in Antwerpen."

Dale nickte nachdenklich. „Die Herren Parlamentarier haben ebenfalls über unflätige Emails und höchst suspekte Telefonate berichtet, welche Sofia Sakorasa bekommen haben soll. Sie meinten, ihr Ex-Mann könnte dahinter stecken. Lisbeth, nimm dir bitte Laptop und Telefon von Sofia Sakorasa vor. Lass uns wissen, wenn du was gefunden hast."

„Findest du im Bericht."

„Hättest du vielleicht die Güte, uns mitzuteilen, von wem die Emails und die Telefonate sind?"

Lisbeths Blick schien Dale förmlich zu durchbohren. Was diese nicht beeindruckte. „Die Mails wurden von einem Computer verschickt, der in den Büros der „Goldenen Morgenröte" steht. Keine Signatur. Die Telefonate stammen von einem Handy mit Prepaid Karte. Keine Rückverfolgung möglich."

„Büros der Zeitung oder der Partei?", fragte Kalle nach.

„Partei."

„Und was steht in diesen Mails?", wollte Kira wissen.

„Sie sind in Griechisch abgefasst."

„Zeig sie mir mal", bat Trish. Sie studierte die Ausdrucke. Stirnrunzelnd meinte sie dann: „Das ist wirklich übel. Beschimpfungen, und Morddrohungen! Wenn sie sich im EU-Parlament weiterhin für einen Verbleib in der EU einsetzt, werde sie die Erde bald von unten bestaunen können. So wie ich das sehe, sollten wir die griechischen Kollegen einschalten."

„Ich werde Carl bitten, das in die Wege zu leiten." Dale zückte ihr Handy.

Trish wandte sich an ihren Kollegen: „Kalle, hast du den Bericht bezüglich Peter von Lohe von unseren Kollegen erhalten?"

„Ja, hab ich. Und ich habe bereits meine bezaubernden Kolleginnen hier informiert. Wir denken", Kalle schaute

Zustimmung heischend zu Val und Kira, „wir sollten uns mal im Flughafen umsehen."

Trish nickte, schaute dann Dale fragend an. Diese nickte auch.

„Dann los, ihr zum Flughafen, wir nach Antwerpen. Am besten nehmen wir die Dossiers von Tom und Tatiana mit."

Antwerpen – Bei Tom Graham

Auf der Fahrt nach Antwerpen studierte Trish das Dossier von Tatiana Käs.

Tatiana Käs - **Das Dossier**

Tatiana Käs wurde 1992 in Köln geboren. Ihr Vater, Albert Käs, 1965 in Brüssel geboren, kam 1985 als Berufssoldat nach Köln in die dortige belgische Garnison, mit dem Auftrag, die Einheit, welche zeitweise die größte belgische im Ausland war, umzustrukturieren. Im Jahre 1996 wurde das Hauptquartier zurück nach Belgien verlegt. Albert Käs blieb jedoch in Köln, als Kommandant der dortigen Gendarmerieschule. 1990 heiratete er Tatianas Mutter, Diane Halef. Sie, 1970 in Brüssel geboren, studierte Spanisch in Madrid und Betriebswirtschaft an der Universität in Genf. Tatiana durchlief die ordentliche Schule im Schnelldurchlauf. Bereits mit 10 Jahren sprach sie fünf Sprachen perfekt, in vier weiteren konnte sie sich problemlos verständigen. Nach langem Kampf durfte sie, 11 Jahre alt, die Aufnahmeprüfung an der Universität zu Köln in den Fächern Physik, Mathematik, Informatik und Betriebswirtschafslehre absolvieren – und bestand in allen Fächern mit der Note „sehr gut". Fortan besuchte sie die Studiengänge Mathematik und Informatik. Anschließend Physik und Betriebswirtschafslehre. Sie schloss alle Lehr-

gänge mit „summa cum laude" ab. Im Rahmen des Aus-
tauschprogramms in der EU entschied sie sich für die Uni-
versität in Brüssel, wo sie seit diesem Jahr Geisteswissen-
schaften studiert. Im Februar nahm sie an Demonstratio-
nen teil, bei welchen die Politik aufgefordert wurde, end-
lich etwas gegen die nicht enden wollende Regierungslo-
sigkeit in Belgien zu tun. Dabei kam es zu Zusammenstö-
ßen mit der Polizei. Tatiana wurde festgenommen. Der
Vorwurf, sie habe Steine auf Polizisten geworfen, ließ sich
nicht erhärten. Seit ein paar Monaten ist sie mit Tom Gra-
ham liiert.

"Weshalb ist Tatiana Käs immer noch aktenkundig? Werden bei euch die Daten von Leuten, denen nichts nachgewiesen werden konnte, nicht gelöscht?"

„Doch."

Trish wartete auf weitere Erklärungen von Dale, aber da
kam nichts mehr nach. Dale spürte den fragenden Blick,
schaut kurz zu Trish hinüber, lenkte ihren Blick jedoch
gleich wieder auf die Straße. „Die Daten sind gelöscht."

„Meine Güte Dale, nun mach es nicht so spannend! Ich
arbeite nicht bei Europol, und habe auch nichts dergleichen vor!", tönte Trish leicht genervt.

„Lisbeth macht sich regelmäßig einen Spaß daraus, gelöschte Daten wieder aus dem schwarzen Loch herauszu-
fischen. Frag mich nicht wie – sie schafft es jedenfalls. Mit

den Daten hat sie quasi Schattendossiers angelegt, zu denen nur sie Zugang hat. Zufrieden?"

„Okay", meinte Trish schulterzuckend.

Die nächsten Minuten herrschte Stille. Trish ließ die Landschaft an sich vorbei ziehen, Dale konzentrierte sich auf das Lenken des Fahrzeuges.

„Was denkst du, wer hinter der Abhöraktion steckt?", versuchte Dale ein Gespräch in Gang zu bringen.

„Hm, keine Ahnung. Leider kenne ich niemanden bei Europol. Du?"

Dale schüttelte den Kopf: „Ich überlege schon die ganze Zeit, ob wir Carl schnellst möglich einweihen sollten."

„Du kennst ihn. Spricht etwas dagegen?", fragte Trish vorsichtig.

Dale verneinte. „Er kennt bestimmt jemanden da. Das könnte hilfreich sein", meinte sie dann nachdenklich.

Trish nickte zustimmend: „Bestimmt!"

Nachdem sie geklingelt hatten, wurde ihnen von einer jungen blonden Frau die Türe geöffnet. Ihr strahlendes Lächeln erlosch, als sie ihrer ansichtig wurde. Ganz offensichtlich hatte sie jemand anderen erwartet. Zur Begrüßung gab es ein knappes „ja?"

„Tatiana Käs?", fragte Dale.

„Wer will das wissen?", erwiderte die junge Frau kurz angebunden.

Dale zückte ihren Ausweis: „Dale Dion, das hier ist meine Kollegin Trish Lundgren. Wir hätten ein paar Fragen, die wir gerne Ihnen und Tom Graham stellen würden. Dürfen wir rein kommen?"

Die junge Frau schaute sie nochmals prüfend an, dann öffnete sie die Türe ganz, so dass sie eintreten konnten. „Tom! Kommst du mal? Hier sind zwei Damen von der Polizei. Die haben Fragen!"

Der Gerufene erschien oben am Treppenabsatz. „Oh, die Polizei muss wohl ein unerschöpfliches Reservoire an Frauen im Einsatz haben. Heute Morgen wurde ich schon von zwei äußerst attraktiven Damen befragt. Und nun, Stunden später, stehen schon wieder zwei hübsche Damen bei mir im Haus? Erfreulich, sehr erfreulich."

Bedächtig stieg er die Stufen hinunter, während er Dale und Trish anstrahlte. Wohingegen die junge Frau die Augen verdrehte und den Kopf schüttelte. Unten angekommen, legte Tom seinen Arm um ihre Schultern, drückte sie leicht an sich, während er mit der anderen Hand auf den Wintergarten wies. „Gehen wir doch da hinein. Können wir Ihnen etwas anbieten? Kaffee, Wasser, Waffeln? Ihre Kolleginnen haben nicht alle aufgegessen, vermutlich, weil sie wussten, dass sie Ihnen etwas übrig lassen sollten?" Tom Graham ließ ein dröhnendes Lachen hören.

Dale und Trish lehnten dankend ab.

„Falls Sie doch noch Lust bekommen, lassen Sie es uns wissen." Er deutete auf zwei Stühle, während er und die junge Frau auf dem Sofa Platz nahmen.

Dale übernahm die undankbare Aufgabe, Tom Graham mitzuteilen, dass seine Ex-Frau, Sofia Sakorasa tot ist.

Tom Graham nickte einigermaßen betrübt: „Sie erzählen mir nichts Neues. Ich habe es in der Zeitung gelesen."

„Wann haben Sie Ihre Frau zuletzt gesehen oder gesprochen?"

„Letzte Woche haben wir telefoniert."

„Worum ging es dabei?"

„Wir hatten etwas bezüglich unseres ältesten Sohnes zu besprechen."

„Gibt es Probleme mit ihm?"

„Nun ja, er gedenkt sein Studium hier abzubrechen, und zu meiner Frau nach Athen zu ziehen."

„Kennen Sie die Gründe?"

„Er sagt, er fühle sich in Belgien nicht mehr wohl. Wolle mal was anderes sehen. Diese Woche wollten wir uns treffen und das besprechen. Sofia, er und ich."

„Fühlte sich Ihre Frau in irgendeiner Form bedroht? Hat sie vielleicht etwas in diese Richtung erwähnt?"

„Wir sprechen nicht über persönliche Dinge. Wenn wir uns unterhalten dann ausschließlich über unsere Söhne."

„Hatte Ihre Frau Feinde?"

„Meine Güte!" Tom Graham erhob sich, „woher soll ich das denn wissen! Seit unserer Scheidung lebt und arbeitet sie in Athen."

Trish schaltete sich ein, indem sie sich an die junge Frau wandte: „Sie haben vorhin unsere Frage nicht beantwortet. Sind Sie Tatiana Käs?"

„Ja." Tatiana verschränkte ihre Arme vor der Brust, löste ihre übereinandergeschlagenen Beine und stellte sie auf den Boden.

„Wann haben Sie den Jaguar zuletzt gefahren?", versuchte Trish die junge Frau zu überrumpeln.

Tatiana blickte kurz zu Tom Graham hinüber, bevor sie antwortete: „Keine Ahnung, letzte Woche?"

„Mr Graham, wissen Sie es vielleicht genauer?", Dale richtete ihren durchdringend Blick auf ihn.

„Sagen Sie uns doch bitte erst mal, worum es geht. Was ich von Ihren Kolleginnen weiß, ist, dass der Wagen gefunden wurde und nun auf Spuren untersucht wird. Nun sind Sie hier, und befragen meine Freundin, wann sie den Wagen zuletzt benutz hat. Wozu soll das gut sein?"

Dale und Trish wechselten einen kurzen Blick.

„Die Untersuchung des Wagens ist inzwischen abgeschlossen. Wir haben ein paar Spuren gefunden. Zigarettenstummel zum Beispiel. Es wäre hilfreich, wenn wir von

Ihnen beiden eine Speichelprobe haben könnten. Im Ausschlussverfahren blieben dann nur noch die Spuren übrig, die vom Dieb oder den Dieben stammen."

Dale wandte sich an Tatiana Käs: „Mr Graham hat den Wagen diesen Montag als vermisst gemeldet. Sie wollen ihn letzte Woche möglicherweise gefahren haben?"

„Meine Güte, das Auto wurde gestohlen, nun ist es wieder da. Das genügt mir! Wer es gestohlen hat, nun ja, interessiert mich nur zweitrangig. Hauptsache, es ist wieder da. Es ist wirklich nicht nötig, dass Sie hier einen solchen Aufwand betreiben, um den Dieb dingfest zu machen", mischte sich Tom Graham, mit gerötetem Gesicht, aufgebracht ein.

„So einfach ist es leider nicht. Es könnte sein, dass das Auto für die Begehung einer Straftat verwendet wurde. Deshalb ist es für uns äußerst wichtig, zu wissen, wer den Wagen benutzt hat. Je mehr Leute wir ausschließen können, umso besser. Sind Sie also bereit, eine Speichelprobe abzugeben?"

Trish hatte Tatiana Käs nicht aus den Augen gelassen. Sie schien angespannt, verschränkte die Arme, löste die Verschränkung wieder, nur um dann offensichtlich nicht zu wissen, wohin sie mit ihren Händen sollte.

„Ja wenn das so ist – natürlich! Wir werden Sie gerne unterstützen, wenn wir können. Was müssen wir also tun?", zeigte sich Tom Graham versöhnlich.

Dale zog zwei Röhrchen aus ihrer Tasche, öffnete eines und entnahm ihm ein Stäbchen mit einem Wattebäuschchen vorne an der Spitze. „Wenn Sie einverstanden sind, so würde ich bei Ihnen beiden damit einen Wangenabstrich machen."

„Das ist nicht nötig. Die Zigaretten sind von mir." Tatiana Käs erntete mir ihrer Aussage einen mehr als verdutzten Blick von Tom Graham.

„Aber warum hast du mir das denn nicht gesagt? Wenn ich das gewusst hätte…", er schien zu überlegen.

„Nun Ms Käs? Dürften wir vielleicht mehr erfahren?" Tatiana zuckte mit den Schultern, verschränkte die Arme und lehnte sich im Sofa zurück: „Mehr habe ich dazu nicht zu sagen."

„Aber Tatiana, was soll denn das? Dass du, trotz Verbot, im Auto geraucht hast… gut", Tom Graham seufzte, „aber du kannst doch nicht einfach nichts mehr dazu zu sagen haben! Äußere dich bitte!"

Trotz aller Blicke, die auf sie gerichtet waren, blieb sie stumm.

„Ms Käs, wenn Sie nicht reden, müssen wir Sie leider mit auf das Kommissariat nehmen."

„Was genau werfen Sie Tatiana vor? Sie war mit meinem Auto unterwegs, was ich ihr erlaubt habe. Sie durfte es benutzen!" Mr Graham hatte sich erhoben und fuchtelte aufgebracht mit den Händen.

„Mr Graham, bitte beruhigen Sie sich, und setzen Sie sich wieder. Wir werfen Ihrer Freundin nichts vor. Wir möchten lediglich wissen, wann und wozu sie Ihren Jaguar verwendet hat. Das ist alles."

Tom Graham setzte sich wieder hin.

„Ms Käs", Trish versuchte es mit butterweicher Stimme, „wann waren Sie mit dem Fahrzeug unterwegs und wozu?"

Tatiana Käs schwieg beharrlich.

Tom Graham erhob sich. „Ich werde jetzt meinen Anwalt anrufen." Er schritt zu einem der kleinen Beistelltischen, auf dem, nebst der Vase mit Gladiolen, auch das Telefon stand.

Dale, die sich ebenfalls erhoben hatte, machte ein paar Schritte auf Tom Graham zu. „Selbstverständlich können Sie Ihren Anwalt anrufen. Wir werden inzwischen Ihre Freundin zur Befragung mitnehmen. Wenn Sie dies Ihrem Anwalt so ausrichten wollen. Ms Käs, darf ich bitten", sie trat mit einer auffordernden Geste auf Tatiana Käs zu.

Diese erhob sich, während Tom Graham vor dem Tisch, mit offenem Mund, stehen geblieben war. Die drei Frauen verließen den Wintergarten.

Brüssel – Polizeigebäude

Pünktlich um 7.30 Uhr schwang Hermann Müller seinen Körper, heute in schwarzen Hosen und blauem Rollkragenpullover, sein dickes Buch lässig an die Hüfte geklemmt, in das Sitzungszimmer. Mit strahlendem Lächeln ließ er ein gut gelauntes „guten Morgen meine Damen und Herrn" verlauten, an die bereits anwesenden Brüsseler und Stockholmer.

Die beiden Herren, die mit Müller den Raum betreten hatten, waren, etwas verloren, bei der Türe stehen geblieben. Müller, der, nachdem er sich an den Tisch gesetzt hatte, in seinem Buch vor und zurück blätterte, die richtige Stelle dann gefunden zu haben schien, begann, sich Notizen zu machen.

Der ältere der beiden Herren räusperte sich vernehmlich. Müller, offenbar irritiert durch dieses Geräusch, schaute zur Tür. Er sprang auf und ging mit ausgebreiteten Armen auf die beiden zu.

„Meine Güte, so kommt doch herein." Er packte beide, sich in die Mitte stellend, bei den Schultern, soweit seine Arme reichten, und führte sie an das Kopfende des Tisches. „Wie gestern angekündigt, die beiden Kollegen aus Berlin." Er klopfte beiden aufmunternd auf den Rücken, was diese mit einem Lächeln quittierten. „Hier haben wir Gerhard Galle und hier Hans Lohmann. Sie leiten die Ermittlungen im Entführungsfall in Berlin." Damit schob er die beiden in Richtung der Anwesenden und forderte sie auf, sich bekannt zu machen. Als dies geschehen war, kehrte wieder Ruhe ein. Gerhard und Hans hatten sich neben Kalle gesetzt.

Müller rieb sich aufgeregt die Hände und meinte ganz begeistert: „Nachdem wir nun vollzählig sind, schlage ich vor, wir bringen uns gegenseitig auf den neusten Stand. Wenn alle einverstanden sind, möchte ich, dass Hans uns über den Fall in Berlin ins Bild setzt."

Niemand hatte etwas einzuwenden und so zog Hans ein Dossier aus seinem Aktenkoffer, warf einen kurzen Blick in die Runde und begann: „Anna von der Krone, siebenjährig, wird seit Sonntag 2. August, vermisst. Sie begab sich nach dem Mittagessen in den Garten, um zu spielen. Die Eltern bemerkten um ca. 17.00 Uhr, dass sie verschwunden war. Um 19.00 Uhr wurden wir benachrichtigt. Gestern hat sich der Entführer gemeldet, per Email inklusive Bild der Kleinen mit einer aktuellen Ausgabe der Berliner Nachrichten. Er verlangt fünf Millionen Euro. Zahlbar bis morgen Abend. Die Modalitäten wird er den Eltern morgen bekannt geben. Bemerkenswert ist, dass er sich nicht, wie sonst bei Entführungen üblich, jegliche Einschaltung der Polizei verbat. Die Eltern, Beatrix von der Krone, geborene von Ruhe, und Adalbert von der Krone sind vermögend. Jedoch ist das meiste Geld investiert in Immobilien, Kunstgegenständen und Wertschriften. Sie sind nun fieberhaft dabei, sich flüssige Mittel zu beschaffen. Das wäre alles." Hans Lohmann, kurz geschorene blonde Haare, schloss das Dossier, verschränkte die Arme vor der Brust und schaute, offenbar mit sich selbst äußerst zufrieden, in die Runde.

„Vielen Dank, Hans. Ms Dion, Ms Lundgren, was haben Sie für uns?"

Dale wechselte einen verständigenden Blick mit Trish und begann zu rapportieren: „Wir haben Tatiana Käs, Austauschstudentin, Deutsche, festgenommen. Sie hat zur fraglichen Zeit den Jaguar gefahren. Dies hat sie zugegeben. Wo und warum sie unterwegs war – dazu verweigert sie die Aussage. Allerdings ist es auch so, dass wir bis jetzt nicht sagen können, ob der Jaguar bei den Morden im Restaurant Notos eine Rolle spielt. Wir mussten Ms Käs frei lassen, auf Kaution. Zu den fünf Toten: drei EU-Parlamentarier, Griechen, politisch links. Eine Professeurin, eine Künstlerin, ein Journalist. Aufgefallen ist, dass bei den dreien die Eltern entweder vom griechischen Bürgerkrieg oder der griechischen Militärdiktatur betroffen waren. Sofia Sakorasa, die Professorin, hat Drohungen per Email und per Telefon erhalten. Deshalb die zwei Sicherheitsleute von der Athos Ltd., die weiteren Opfer. Einer hat in der Fremdenlegion gedient, der andere war bei einem Polizeieinsatz in Athen dabei, bei dem ein 15-jähriger Junge, ein Demonstrant, erschossen wurde. Motive für die Morde gibt es also genügend. Von den Tätern, es waren zwei, fehlt jede Spur." Dale wandte sich an Trish: „Übernimmst du den Stockholmer Fall?"

Trish nickte. „Wir konzentrieren uns zur Zeit auf zwei möglich Motive: Erpressung von Geld, die Eltern von Peter von Lohe sind sehr vermögend, oder Durchsetzung von wirtschaftlichen Interessen. Cecilia Wakström, die Ehefrau, setzt sich seit ihrer Jugend für den Stopp des Erzabbaus in ihrem Heimatdorf ein."

Müller hatte während den Ausführungen seinen Kugelschreiber unablässig über die Buchseiten gleiten lassen. Nun ruhte seine Hand, nur sein Daumen drückte nervös auf das Ende des Schreibers und ließ die Miene raus und wieder rein schnellen. „Gut, gut", murmelte er, dann zu Gerhard: „Wie sieht es bei euch mit Motiven aus?"

„Ich denke, wir haben es hier mit einem stinknormalen Entführungsfall zu tun. Die Täter wollen Geld. Viel Geld. Ein anderes Motiv ist für mich nicht auszumachen." Gerhard Galle, schütteres Haar, welches er aber schwungvoll über die Stirn zu drapieren wusste, hatte völlig emotionslos gesprochen.

„Woher stammt denn deren Geld? Gibt es Neider? Ist jemand zu Schaden gekommen? Könnte ein politisches Motiv vorliegen?" Kalle hatte sich interessiert über den Tisch gebeugt, und musterte Gerhard eingehend.

Der wedelte gelangweilt mit der Hand und zuckte mit den Schultern.

Hans hingegen seufzte hörbar, verdrehte die Augen, öffnete den Mund, schloss ihn wieder, um dann tief Luft durch die Nase zu holen und mit zusammen gepressten Lippen, jedes Wort betonend, zu antworten: „Selbstverständlich haben wir den Background der Eltern auf das Genaueste ausgeleuchtet. Ich darf euch versichern: da ist nichts!"

„Das ist ja wunderbar!" Trish klang beinahe entzückt. „Mr Müller, dann müssen wir wohl diesen Fall aus unserer Trilogie entlassen?", strahlte Trish.

Müller wiegte den Kopf bedächtig hin und her, rieb sich dabei mit der Hand das Kinn, dann rief er, so als hätte ihn ein Geistesblitz getroffen: „In allen Fällen sind Europaparlamentarier involviert. Das kann kein Zufall sein! Wir können eine geplante Destabilisierung des Parlamentes nicht ausschließen. Lassen Sie uns also in unseren Ermittlungen fortfahren, nie außer Acht lassend, dass es eine Verbindung geben könnte." Müller hatte während seiner Rede jeden einzelnen eingehend und auffordernd angeschaut. „Sie sind jetzt vollzählig. Tragen Sie Ihre Informationen zusammen. Kommen Sie zu Schlussfolgerungen. Gemeinsam werden wir die Fälle lösen! Da bin ich ganz sicher."

Klingt, als ob wir uns zur Lösung eines Kreuzworträtsels eingefunden hätten, dachte Trish.

Dale saß in ihrem Büro und studierte das Dossier von den von der Krones. Lisbeth hatte es erstellt und gute Arbeit abgeliefert. Weniger gut fand Dale, dass sie Tatiana Käs hatten gehen lassen müssen. Dass Thomas Graham einen Anwalt mit dieser Sache beauftragen würde, hatte er angekündigt. Aber musste es gerade der schmierige Mr Slide sein? Nicht nur dass seine Erscheinung eine Zumutung darstellte. Mit seinen fettigen, weiß-grauen Haaren, die bis über den Kragen seines Hemdes reichten, seinem Bauch, der solche Ausmaße hat, dass ihm bestimmt kein Blick auf seine Füße vergönnt war. Und dann der Händedruck, der diesen Namen nicht verdient hatte. Von Druck keine Spur. Dale musste jedes Mal an sich halten, nicht gleich zum erst besten Waschbecken zu laufen, um sich die Hände zu waschen, so schleimig fühlten sie sich an.

Und nun auch das noch. Bettina! Dale schaute ihr Smartphone leicht angewidert an. Dass die Dinger auch jede Nachricht annehmen! Vermutlich ging es um Joel. Wir hatten wirklich gedacht, den Kleinen gemeinsam großzuziehen. Nicht mal die Einschulung haben wir geschafft. Was war nur schief gelaufen? Klar, ich Polizistin, Bettina Personalvermittlerin. Dabei, eine eigene Agentur aufzubauen. Ein schönes Haus haben wir gefunden, etwas außerhalb von Brüssel, im östlich gelegenen Woluwe-Saint-Lambert. Genug Platz für sie drei und die Agentur.

Und dann, eines Abends, es war spät geworden, wieder einmal, passte der Schlüssel nicht mehr. Klingeln und Telefonanrufe liefen ins Leere. Die Kollegen fragten nicht, machten sich wohl so ihre Gedanken, als sie Dale am nächsten Morgen auf dem Sofa in ihrem Büro vorfanden. Nach einer Woche befand Carl, es sei an der Zeit, dass Dale sich eine neue Bleibe suche. „Das ist hier kein Hotel, sondern dein Arbeitsplatz!" Die kleine 2-Zimmer Wohnung in Molenbeek-Saint Jean, ist genau richtig. Nah der Brüsseler Altstadt gelegen, kleine Quartierläden, die rund um die Uhr geöffnet waren sowie Bars, Cafés und Restaurants in unmittelbarer Nähe.

Plingg – Dale zuckte zusammen, warf dann einen Blick auf ihren Laptop. Eine E-Mail von Lisbeth. Darin enthalten, ein und.

Vor dem Kaffeeautomaten hatten sich Val, Kira, Trish und Kalle schon eingefunden. „Wo ist Lisbeth?"

Kalle hielt drei Finger in die Höhe.

Val ergänzte: „Wir müssen in den dritten Stock. Die Maschine hier spuckt nichts als Wasser aus. Keinen Kaffee."

Trish etwas maliziös: „Möglicherweise bekommt ihr ja, wenn denn die Fälle erfolgreich gelöst sind, einen etwas höheren Etat zugesprochen. Dann sollten doch funktionierende Automaten drin liegen?"

Dale verdrehte die Augen: „Das hier hat nichts mit mangelnden Geldmitteln zu tun – hier handelt es sich um ein wohldurchdachtes Fitnessprogramm. Das Motto: Ihr bewegt euch eh zu wenig, also steigt gefälligst Treppen für euren Kaffee."

Liesbeth erwartete sie schon. Eine große Kanne Kaffee und sechs Tassen standen bereit.

„Was hast du für uns?" Dale griff sich die Kanne und goss Kaffee ein.

Lisbeth musterte Dale kurz. „Kaffee", meinte sie trocken.

„Ach wie schön." Dale schien nicht zu Scherzen aufgelegt zu sein.

Lisbeth auch nicht. „Habt ihr inzwischen die Daten der NSA bekommen? Konntet ihr das Material schon sichten?" Lisbeth fixierte Dale und Trish.

Trish nickte: „Wir haben das File erhalten, jedoch sind Personalien, Orte, Telefonnummern schwarz eingefärbt. Wenig hilfreich, das Ganze. Was nützt es mir zu wissen, dass ein Anruf zwischen Moskau und Berlin stattgefunden hat, in dem von einem Kind die Rede ist, welches dringend Ferien benötigt, da es in der Schule auffällig geworden ist. Natürlich kann es sich um die entführte Anna handeln – aber selbst wenn – keine Chance, die Anrufer zu identifizieren. Dann ist da von einem Familienvater die Rede, der

Ferien in Griechenland geplant hat, und dem man doch bitte einige Angebote unterbreiten möge. Hier handelt es sich um eine E-Mail-Korrespondenz zwischen Reiseveranstalter in Stockholm und Griechenland. Die Firmen existieren, nichts deutet auf Peter von Lohe und dessen Entführung hin. Das ist alles so ein Geschwurbel, das einem schlecht werden kann!" Trish hatte sich regelrecht in Rage geredet.

Kira, nicht weniger aufgebracht: „Und wer hat da mit dem Schwarzstift gewütet? Ich dachte, wir bekommen da was in die Hand, was uns weiterhilft?"

„Zu einfach soll es ja für uns nicht sein", erwiderte Val schmunzelnd.

„Lisbeth, konntest du schon was über diesen Jack Warner rauskriegen? Können wir ihm vertrauen?" Dale machte keine Anstalten, auf die vorangegangen Bemerkungen einzugehen.

„Ich habe noch nicht genug Informationen. Was sicher ist, die beiden, Müller und Warner kennen sich von diversen Weiterbildungskursen. Müller war mehrmals in den USA, Warner umgekehrt öfter in Berlin, der früheren Wirkungsstätte von Müller."

„Dann könnte Mr Warner eventuell über die Abhöraktion Bescheid wissen", bemerkte Dale nachdenklich. „Was hast du sonst noch?" Dale nippte an ihrem Kaffee, schaute kurz auf die Uhr.

„Den Aufenthaltsort von Peter von Lohe."

Vier Augenpaare starrten sie entgeistert an, während Dale mit einem akuten Hustanfall zu kämpfen hatte. Dale räusperte sich, hustete noch einmal kurz. „Verdammt Lisbeth! Wäre es vielleicht möglich, eine kurze Einleitung zu bringen, bevor du uns die nackten Tatsachen um die Ohren haust?"

Lisbeth, bis dahin sehr mit ihrem Laptop beschäftigt, schaute kurz auf. „Du hast gefragt, ich habe geantwortet."

Dale hob die Hand, um jeglichen Kommentar zu unterbinden. „Wo?"

„In den Ardennen."

„Geht es etwas genauer?"

„In der Nähe der Baraque Michel."

„Lisbeth!", stöhnte Kira, „wie zum Teufel kommst du darauf und warum bist du dir so sicher!"

„Auf dem Parkplatz der Baraque Michel steht ein VW Tuareg. Er wurde am Flughafen Brüssel am 20. Juli von einem Hermann Köpfe gemietet. Köpfe, Deutscher und ein aktives Mitglied der „Weißen Wölfe". Vorbestraft wegen schwerer Körperverletzung, Hehlerei, Drogenhandel, Zuhälterei. Begleitet wird er von Karl Krause, ebenfalls Deutscher und Mitglied der „Weißen Wölfe". Strafrechtlich noch nicht aufgefallen. Die „Weißen Wölfe" besitzen eine Hütte in der Nähe der Baraque Michel. Ich habe mich auf dem Laptop von Köpfe umgesehen. Da ist ein Bild von

Lohe drauf. Er hält die „Le Soir" vom 25. Juli in die Kamera."

„Gib uns die Koordinaten der Hütte." Dale hatte sich erhoben.

„Überlegt euch gut, welches Auto ihr nehmt."

„Dass wir nicht den Mini von Kira nehmen ist ja wohl klar", grinste Val.

Bevor Kira darauf antworten konnte, fragte Dale: „Was genau willst du uns damit sagen, Lisbeth?"

„Unsere ganze Flotte ist mit Peilsendern versehen worden. Wenn ihr also nicht wollt, dass Europol weiß, wohin ihr fahrt, solltet ihr keines von denen verwenden."

„Also doch meinen Mini", triumphierte Kira.

„Eure privaten Autos sind mitgemeint", erwiderte Lisbeth trocken.

„Scheiße! Und was machen wir jetzt? Sollen wir etwa laufen? Ich nehme mal an, die Amden liegen nicht gleich um die Ecke?" Kalle schaute fragend in die Runde.

„Die Amden tatsächlich nicht, die Ardennen aber auch nicht. Dein Vorschlag, Lisbeth?"

Kalle zog seinen hochroten Kopf zwischen die Schultern. Es war ihm offensichtlich peinlich. Trish stupste ihn leicht an und lächelte ihm aufmunternd zu.

„Knackt eines", meinte Lisbeth ungerührt.

„Das ist nicht dein Ernst?", fragte Kira mit großen Augen nach.

„Eine gute Idee! Sowas habe ich ja schon lange nicht mehr gemacht!" Trish konnte ihre Begeisterung nur schlecht verbergen.

Dale musterte sie kurz: „Gut, wir bilden zwei Teams. Val, du und Kalle bildet das eine, Trish und ich das andere. Kira, du wirst mit Lisbeth zusammen die NSA Daten weiter auswerten. Vielleicht seid ihr erfolgreicher, als Trish und ich es waren. Des Weiteren möchte ich, dass du, Kira, mal bei der Athos Ltd. vorbei schaust. Sieh zu, dass du den Boss sprechen kannst. Noch Fragen?"

Kira, ganz entgeistert, schnappte nach Luft, schien etwas erwidern zu wollen, ließ es dann bleiben, schüttelte nur den Kopf. Val schenkte ihr ein aufmunterndes Lächeln.

„Ich werde euch führen, von hier aus. Über eure brandneuen Handys weiß ich immer, wo ihr seid. Ihr habt sie doch dabei?" Alle vier zückten die kleinen Dinger.

„Und Europol kann uns wirklich nicht orten? Ich meine, wo du es offenbar kannst", wagte Trish zu fragen, was ihr einmal mehr einen vernichtenden Blick von Lisbeth eintrug. „Okay, okay, hab schon verstanden". Trish hob entschuldigend die Hände.

„Hier also der Plan: Wir verlassen das Gebäude. Trish und Kalle, ihr macht euch auf den Weg in euer Hotel, verzieht euch auf eure Zimmer. Val und ich gehen nach Hause. Val, du und Kalle, ihr trefft euch an der Metrostation „Gare de l'Quest", Trish und ich an der Station „Heysel". Ich denke, da sollten wir Gelegenheit haben, uns ein Auto zu „besorgen"! Wir treffen uns auf dem Parkplatz der Baraque Michel."

Kira fühlte sich ausgeschlossen. Und dann immer diese Sticheleien von Val. Nur weil sie ein paar Jährchen älter war. Gut, sie hatte mehr Erfahrung. Aber musste sie das Kira immer spüren lassen? Nichts konnte sie aus der Ruhe bringen. Immer gelassen, immer spöttisch. Kira seufzte, vertiefte sich dann in das Material. Tausende Emails, Gesprächsprotokolle von Telefonaten – nach was sollte sie suchen? Wo sollte sie anfangen? Wieviel lieber wäre sie jetzt mit den anderen in die Ardennen gefahren.

Nach einer Stunde intensivem Studium stand Kira auf und begann, einige Namen, die ihr immer wieder aufgefallen waren, auf das bereitstehende Bord zu notieren:

Dragon – Ikarus – Odysseus – Wikinger – Teutone.

Drei Griechen – ein Schwede – ein Deutscher.

Passt, dachte sich Kira.

Lisbeth, die sie beobachtet hatte, nickte. „Auf diese Bezeichnungen bin ich auch schon gestoßen."

Kira drehte sich zu ihr um und schaute sie fragend an. „Und was bedeuten sie?"

Anstelle einer Antwort zuckte Lisbeth nur mit den Schulter und wandte sich wieder ihrem Laptop zu.

Kira begann in diversen Archiven zu recherchieren. Stunden später meldete Grace, Mr Sirios von der Athos Ltd. erwarte Kira in einer Stunde.

Brüssel – Bei der Athos Ltd.

Die Athos Ltd. hat ihren Sitz im Europaviertel. Das Gebäude an der Avenue de Cortenbergh fiel nicht weiter auf. Es fügte sich nahtlos in all die anderen Glasbauten ein. Auch die davor postierten zwei Sicherheitsleute passten ins Bild. Praktisch vor jedem Gebäude standen welche.

Kira wurde eingehend gemustert, konnte die Eingangstüre jedoch ungefragt passieren, und auch ohne sich ausweisen zu müssen. Die Empfangshalle dominierte ein langer, schmaler Empfangsdesk, an dem bestimmt zehn Personen Platz gefunden hätten. Tatsächlich saß nur eine junge Frau da, hinter einem Bildschirm. Sie hatte gerade einen Telefonanruf entgegen genommen.

Dies gab Kira Zeit, sich umzusehen. Links und rechts führten Lifte in die oberen Etagen. Gleich rechts der Eingangstüre stand ein Glastisch und zwei schwarze Ledersessel. Um die Bonsai-Zeder auf dem Tisch waren Athos Prospekte drapiert. An der Wand hinter der Empfangsdame hing ein imposantes Bild, welches die Schlacht auf Komboti zeigte.

Gerade als Kira die Bildlegende zu lesen begann, wandte sich die junge Frau, Ms Kürület, wie das Namensschild auf dem Tisch verriet, mit einem strahlenden Lächeln ihr zu: „Entschuldigen Sie bitte, dass ich Sie habe warten lassen. Was kann ich für Sie tun?" Kira zeigte ihr ihren Ausweis und verlangte nach Mr Sirios. Ms Kürület bat Kira Platz zu nehmen. Dann meldete sie Mr Sirios, dass Kira hier sei.

Es dauerte nicht lange und die Fahrstuhltüre zur Rechten öffnete sich. Ein kleingewachsener, unscheinbarer Herr um die sechzig, betrat die Halle und steuerte sofort auf Kira zu. Er stellte sich als Mr Sirios vor. Kira zeigte ihm ihren Ausweis. Gemeinsam fuhren sie mit dem Aufzug in den fünften Stock. Sämtliche Bürotüren, Kira zählte deren zwölf, waren geschlossen. Mr Sirios führte Kira direkt in sein Büro, welches sich ganz am Ende des Ganges befand.

Nachdem er Kira gefragt hatte, ob er ihr einen Kaffee anbieten könne, kam er gleich zur Sache. „Dass zwei unserer Leute im Einsatz getötet werden, hat es in der ganzen Firmengeschichte noch nie gegeben. Wir stehen alle noch unter Schock, können es nicht fassen. Natürlich haben wir gelegentlich gefährliche Aufträge. Nie – nie würden wir jedoch das Leben unserer Leute aufs Spiel setzen. Erscheint uns ein Auftrag zu gefährlich, nehmen wir ihn nicht an."

„Können Sie mir kurz einige Information über die Athos Ltd. und Ihre Position in diesem Unternehmen geben?"

„Die Athos Ltd. hat ihren Hauptsitz in Athen. Gegründet wurde sie 1950 von ehemaligen DSE Mitgliedern und Sympathisanten. Heute sind wir in fast allen Ländern auf der Welt tätig. Entweder sind wir mit einem eigenen Sitz vertreten, oder wir arbeiten mit lokalen Sicherheitsfirmen zusammen. Hier in Brüssel sind wir seit 1980 mit 50 Festangestellten vertreten. Je nach Bedarf können wir von anderen Vertretungen Leute anfordern. Ich selbst arbeite seit dem 1. Januar 1999 bei der Athos Ltd. Meine Aufgabe damals bestand darin, den Millenniumswechsel IT-mäßig pannenfrei über die Bühne zu bringen. Einerseits intern aber auch extern bei unseren Auftraggebern. 2005 dann wurde ich Sitzleiter hier in Brüssel, nachdem mein Vorgänger pensioniert worden war."

„Würden Sie sich als IT-Speziallisten bezeichnen?"

Bei dieser Frage musste Mr Sirios schmunzeln. Er lehnte sich in seinem Stuhl zurück, warf einen kurzen Blick aus dem Fenster, stützte seine Arme auf die Stuhllehnen, legte die Fingerspitzen seiner Hände aufeinander und wiegte den Kopf nachdenklich hin und her. „Nun, heute wohl nicht mehr. Nein, die Informatik entwickelt sich so schnell, wenn man da nicht am Ball bleibt, gerät man schnell ins Hintertreffen. Heute bin ich viel zu sehr damit beschäftigt, das Unternehmen zu führen. Da bleibt leider keine Zeit mehr, mich mit der Codierung eines Programmes auseinanderzusetzen. Um nur ein Beispiel zu nennen."

„Sie haben aber eine Ausbildung in der Informatik absolviert?"

„Ja, das habe ich. Ich wurde in Laos geboren und erhielt 1980 die Gelegenheit, ein Mathematikstudium in der damaligen DDR zu absolvieren. Dieses Studium ermöglichte es mir dann, Anfang der 90-er Jahre in die EDV, Elektronische Daten Verarbeitung, wie das damals noch genannt wurde, einzusteigen."

Kira bedankte sich für die Informationen, rückte sich ein wenig in ihrem Stuhl zurecht, bevor sie dann ihre Fragen zu den beiden Toten stellte. Mr Sirios gab bereitwillig Auskunft, nicht ohne zu bekräftigen, dass Kira mit seiner vollen Unterstützung rechnen könne, zumal es sich um zwei wirklich gute, beliebte Leute gehandelt habe. Bei der Frage allerdings, weshalb Sofia Sakorasa Personenschutz wollte und wie der Auftrag genau lautete, schüttelte Mr Sirios nur bedauern den Kopf. „Ich muss Sie um Verständnis bitten. Das darf ich Ihnen wirklich nicht sagen. Geschäftsgeheimnis, Sie verstehen?"

Mr Sirios hatte Kira bis zum Aufzug begleitet und sich dann verabschiedet. Unten angekommen, traf sie auf Ms Kürület, die sich gerade aufmachte, das Gebäude für ihre Mittagspause zu verlassen. Sie hatte nichts dagegen, dass Kira sie begleitete. Die beiden liefen die Avenue de Cortenbergh hinauf, auf der die Fahrzeuge wie immer im Stau steckten. Kurz vor der Mosche bogen sie rechts in eine Seitenstraße ab, an deren Ecke sich der Fitnessclub „Basejump" befand. Kira hatte sich gefragt, weshalb Ms Kürület wohl eine Sporttasche mit in die Mittagspause schleppte. „Ach, Sie gehen ins Fitness?"

Ms Kürület bestätigte dies mit einem schelmischen Lächeln. „Begleiten Sie mich doch. Die haben immer Freude, wenn man jemanden zum Probetraining mitbringt."

„Ich hab gerade keine Sportklamotten dabei", meinte Kira etwas lahm.

Ms Kürület fasste sie unter und erklärte ungerührt: „Die geben Ihnen was zum Anziehen und zum Duschen. Kommen Sie, das wird lustig!"

Kira ließ sich mitziehen. Ob es allerdings lustig werden würde – da war sich Kira nicht so sicher.

Ardennen – Hohen Venn

Val und Kalle erreichten den Parkplatz als erste. Sie hatten sich für einen Range Rover entschieden, welcher in einer Seitenstraße gleich hinter dem Gare de l'Quest geparkt worden war. Val hatte keine Mühe, den Wagen aufzubekommen und kurzzuschließen. Kalle war beeindruckt. So schnell hätte er das nicht hinbekommen, da war er sich sicher. Ein, „machst du das öfters?", konnte er sich nicht verkneifen. Val hatte nur den Kopf geschüttelt und war losgefahren.

Die beiden staunten nicht schlecht, als ein himbeerfarbener VW Käfer auf den Parkplatz einbog, und sie Dale und Trish dem bunten Osterei entsteigen sahen. Val und Kalle begannen schallend zu lachen. Als sie sich erholt hatten, meinte Kalle: „Ein dezenteres Auto habt ihr wohl nicht finden können?"

„Lieber Kalle, du solltest doch wissen, dass ich immer auf eine farbliche Abstimmung achte. Zu meinen Haaren hat der hier am besten gepasst", erwiderte Trish gelassen.

Kalle und Val prusteten wieder los, auch Dale schmunzelte.

„Was! Wir mussten uns entscheiden, also habe ich mein wichtiges Kriterium angewendet. Was ist so falsch daran?" Trish schaute mit ihren blau-grünen Augen ganz unschuldig in die Runde, schüttelte dann ihre kupfer-roten Haare.

„Genau Trish, und weil ich weiß, dass das ganz bestimmt nicht der Grund war, dass ihr euch für diesen Käfer entschieden habt, würde ich gerne wissen, was dann den Ausschlag für eure Wahl gab", feixte Kalle.

Trish wandte sich an Dale: „Würdest du das bitte meinem jungen Kollegen hier erklären?"

„Sicher", nickte Dale, „das schnuggelige Ding stand am genau richtigen Platz. Vorne hatten wir eine Polizeistreife im Blick, hinten rückte eine Rockergang an. Es musste also schnell gehen – wozu sich so ein Modell bestens eignet. Ohne technischen Schnickschnack, die wichtigsten Teile leicht zu erreichen. Bei weiteren Fragen wenden Sie sich bitte an den Hersteller. Können wir nun los? Ich hoffe, ihr habt schon Anweisungen von Lisbeth, welche Richtung wir einzuschlagen haben?"

Val, immer noch ein Grinsen im Gesicht, nickte: „Haben wir. Hinter dem Gasthaus führt ein Weg durch das Moor. Den müssen wir nehmen bis wir das „Kreuz der Verlobten" erreichen. Links hinter dem Kreuz führt ein schmaler Weg hin zum Vennbach. Diesem sollen wir folgen, dann werden wir die Hütte automatisch finden."

„Dann also los."

„Nun sitzen wir hier schon seit zwei Wochen! Dieses verdammte Warten geht mir mächtig auf den Sack!" Hermann stand mit einer Dose Bier am Fenster und starrte in die Abenddämmerung. Er zündete sich eine Zigarette an.

„Kannst du nicht draußen rauchen?" Karl hüstelte demonstrativ.

„Geh du doch raus, wenn es dich stört", herrschte Hermann ihn an.

„Schon gut, schon gut. Kein Grund, gleich so laut zu werden. Wie lauten eigentlich die neuesten Anweisungen?", lenkte Karl ein.

„Na wie wohl! Wir sollen hier warten! Bis neue Anweisungen vom „Kontor" kommen."

„Wer oder was ist eigentlich „Kontor"?", wagte Karl zu fragen.

Hermann zuckte mit den Schulter. „Keine Ahnung. Ich weiß nur, dass uns so langsam der Proviant ausgeht. Ganz zu schweigen vom Bier. Wenn wir hier noch lange bleiben müssen, muss einer von uns los, um Nachschub zu besorgen."

Er drehte sich um und trat zu Karl an den Tisch. „Machen wir ein Pokerspiel. Wer verliert, muss Nachschub besorgen."

„Das ist aber gegen die Anweisung", erwiderte Karl in leicht ängstlichem Ton.

„Du hast wohl immer auf deine Mutter gehört, und brav das gemacht, was sie dir befohlen hat, nicht wahr? Du Memme! Willst du hier verhungern oder was? Wir spielen jetzt und der Verlierer macht sich auf den Weg!", bestimmte Hermann. Er holte sich noch ein Bier, setzte sich an den Tisch und verteilte die Karten. Nach zwei Stunden lehnte sich Hermann zufrieden in seinem Stuhl zurück. „Dann mach dich mal auf den Weg, bevor es dunkel wird", grinste er Karl an.

„Ich geh gleich morgen früh los", seufzte Karl, sich in sein Schicksal ergebend.

„Bis morgen reicht das Bier nicht! Es ist nur noch eines da, also mach dich vom Acker!", befahl Hermann.

„Aber…", versuchte es Karl, wurde aber von Hermann so heftig am Kragen gepackt und geschüttelt, dass er sofort einlenkte. „Ich geh ja schon" brummte er. Er zog seine Jacke an und verließ die Hütte. Das Sonnenlicht drang fast kaum mehr durch die Bäume. Ich hab die Taschenlampe vergessen, dachte Karl. Hoffentlich hat es eine im Auto. Sonst muss ich wohl eine kaufen.

Er hatte gerade das „Kreuz der Verlobten" erreicht, da kamen ihm drei Frauen und ein Mann entgegen. Sie grüßten ihn und folgten dann dem schmalen Weg, der zum Vennbach führte.

Karl marschirrte forschen Schrittes weiter, als ihm plötzlich die Frage durch den Kopf ging, wohin die Wanderer wohl wollten? Um diese Zeit? Lange hielt er sich jedoch mit dieser Frage nicht auf. Was ging ihn das auch an.

Als der Mann ausreichend weit entfernt war, zückte Val ihr Handy. „Lisbeth, wie sehen die Kerle aus, die sich angeblich um Peter von Lohe kümmern?" Val beendete das Gespräch. „Die Beschreibung passt. Das muss Karl Krause sein."

„Gut, ihr beiden folgt ihm. Seht zu, dass er den anderen nicht warnen kann. Um den kümmern sich Trish und ich."

Val und Kalle machten sich an die Verfolgung des Mannes.

Dale und Trish folgten weiter dem Weg als plötzlich Dales Handy fiepte. „Ja?" meldete sie sich. Sie lauschte, dann: „Alles klar." An Trish gewandt: „Das war Lisbeth. Wir sollten nach ein paar Metern den Vennbach erreichen. Diesem folgend, können wir die Hütte nicht verfehlen."

Sie erreichten den Bach und waren ihm zehn Minuten gefolgt, als sie in der Ferne Umrisse eines Gebäudes und gedämpftes Licht wahrnahmen. Die beiden Frauen näherten sich, geduckt, Schutz suchend zwischen den Bäumen. Trish bedeutete Dale, dass sie hier warten solle, während sie sich rund um die Hütte umsehen würde. Kurze Zeit später stieß Trish wieder zu Dale: „Kein weiterer Eingang", raunte sie Dale zu.

„Denkst du, er ist alleine?", flüsterte Dale.

„Ich glaube schon."

Hermann Köpfe kam gerade die Hängeleiter hochgeklettert, als er ein lautes Scheppern vernahm. Aufgeregt stürzte er zuerst zum Fenster. Nichts zu sehen. Karl konnte es unmöglich sein. Hermann griff sich seine Pistole, löschte das Licht und öffnete vorsichtig die Türe einen Spalt breit. Lauschte. Nichts. Vorsichtig zog er die Tür weiter auf. Da! Er öffnete die Türe ganz und sprang, die Pistole in beiden Händen haltend, über die Schwelle ins Freie. Er brüllte: „Keine Bewegung oder ich schieße!"

„Nicht schießen, nicht schießen", tönte es zurück.

Hermann zog seine Taschenlampe aus der Jackentasche und leuchtete der Person mitten ins Gesicht. Er entspannte sich und meinte grinsend: „Wenn haben wir denn da? Hast du dich verlaufen?"

„Ähm... Entschuldigen Sie, ich habe Sie hoffentlich nicht geweckt? Ich hatte Durst und wollte nachsehen, ob in dem Topf da wohl etwas Wasser zu finden ist. Ach je, und nun ist er mir aus den Händen gefallen. Wie ungeschickt von mir!"

„Mach dir keine Sorgen, Mädchen. Ist ja keine Ming-Vase. Durst hast du, na dann komm rein. Mehr als Wasser kann ich dir aber nicht anbieten. Woher kommst du denn?"

„Aus Stockholm. Ich mache hier Ferien. Offensichtlich habe ich mich verlaufen. Und Sie? Woher kommen Sie? Und ist das hier Ihre Hütte?"

„Du fragst zu viel, Mädchen. Komm erst mal rein." Er winkte sie mit seiner Pistole heran.

„Könnten Sie bitte aufhören, mit der Waffe rumzufuchteln?"

„Macht dich das nervös?", grinste Hermann sie an.

„Allerdings!"

„Ach komm schon! Hätte nicht gedacht, dass rothaarige Mädchen so schreckhaft sind." Hermann ließ ein meckerndes Lachen verlauten.

Den Schlag auf seinen Arm hatte er nicht kommen sehen. Er ließ die Pistole fallen. Den nachfolgenden Tritt auf seine Brust, ließ ihn taumeln, er fiel aber nicht. Stolpernd versuchte er das Gleichgewicht zu halten. Da traf ihn auch schon ein Tritt zwischen die Beine. Er sackte stöhnend auf die Knie. Ein energischer Stoß in den Rücken beförderte ihn endgültig zu Boden. Seine Arme wurden nach hinten gerissen und schon schnappten die Handschellen zu.

„Ich dachte, du würdest nie eingreifen!", beschwerte sich Trish.

„Oh, war doch ganz spaßig, ihm zuzuhören", erwiderte Dale grinsend.

„Ach ja! Womöglich hättest du das noch stundenlang tun können?"

„Naja, wäre doch interessant gewesen, wie das mit euch beiden weitergegangen wäre", meinte Dale seelenruhig.

„Komm, lass uns nachschauen, wo von Lohe ist."

Die beiden Frauen hatten die Falltür schnell gefunden. Sie stiegen hinab und standen nach zehn Metern vor der Metalltüre. Dale wollte gerade nach dem Schlüssel greifen, der an der Wand aufgehängt war, als die Falltür mit einem lauten Knall niederging.

Karl Krause hatte den Parkplatz der Herberge erreicht. Unglaublich, mit was für Autos die Leute so rumfahren, dachte er bei sich, und musterte den himbeerfarbenen VW Käfer stirnrunzelnd. Er hatte gerade den Autoschlüssel hervorgekramt, als sich harter Stahl in seinen Rücken bohrte.

„Hände auf das Dach, Beine auseinander, aber dalli", befahl eine männliche Stimme.

Karl Krause tat wie befohlen. Kalle tastete ihn mit geübten Griffen ab und beförderte ein Messer und eine Pistole zu tage, welche er Val reichte. Dann legte er ihm Schnellbinder um die Handgelenke und zog zu. Gemeinsam führten sie ihn zu ihrem Range Rover und setzten ihn auf die Rückbank.

„Das ging einfacher, als ich befürchtet hatte", meinte Val. Sie rief Lisbeth an. „Was soll das heißen, du kannst sie nicht orten?" Sie warf Kalle einen fragenden Blick zu. Minutenlang hörte sie zu, dann beendete sie das Gespräch mit einem knappen „Danke." Sie entfernte sich einige Schritte vom Range Rover, bevor sie zu sprechen begann:

„Lisbeth kann die beiden nicht mehr orten, obwohl die Handys eingeschaltet sind. Sie haben die Hütte erreicht und sind immer noch dort. Irgendwas stimmt da nicht. Ich gehe nachschauen. Du bleibst hier bei unserm Freundchen."

„Kommt gar nicht in Frage. Du wartest hier und ich mache mich auf den Weg", insistierte Kalle.

„Du scheinst zu vergessen, dass du hier auf fremden Boden bist. Somit hast du die Anweisungen der hiesigen Polizei zu befolgen. Noch Fragen?"

Kalle verdrehte die Augen. „Und weshalb können wir nicht beide gehen? Der braucht doch keine Bewachung. Wir schließen ihn im Auto ein und fertig!"

„Kommt gar nicht in Frage. Du bleibst! Gib Lisbeth Bescheid", damit drehte sich Val weg, ohne eine Antwort abzuwarten.

Verdutzt schaute Val sich die ihr bietende Szene vor der Hütte an. Ein Mann lag, gefesselt, auf dem Boden. Zwei Männer saßen an einem Feuer und rauchten eine Zigarette. Ab und an schienen sie dem auf dem Boden liegenden, Fragen zu stellen.

Verdammt, Lisbeth hatte doch nur von zwei Männern gesprochen. Nun waren es plötzlich vier? Und wo zum Teufel waren Dale und Trish? Val überlegte fieberhaft, was sie tun sollte. Leise schlich sie sich weg von der Hütte, soweit, dass sie telefonieren konnte, ohne gehört zu werden. Sie beschrieb Kalle die Situation und bat ihn, Karl Krause nach den beiden Männern zu fragen.

Fünf Minuten später meldete sich Kalle. „Dieser Krause weiß nichts von zwei weiteren Männer. Sie waren immer zu zweit. Lohe wird im Keller festgehalten. Ich bin auf dem Weg zu dir. Bis dann", damit beendete Kalle das Gespräch.

Val konnte sich nicht entscheiden, ob sie wütend oder erleichtert sein sollte. Es dauerte nicht lange, da tauchte er auf. Gemeinsam schlichen sie sich näher an die Hütte heran. Die beiden Männer saßen nach wie vor am Feuer, der dritte lag immer noch gefesselt auf dem Boden.

Die Falltür ließ sich von innen nicht öffnen. Sie saßen fest. Einzige Lichtquelle – die Displays ihrer Handys. Dale machte sich daran, die Metalltüre zu inspizieren. Trish griff sich den Schlüssel, steckte ihn ins Schloss und drehte in vorsichtig um. Sie wollte die Türe gerade aufziehen, da wurde sie ihr mit Wucht gegen die Stirn geknallt und ein wild entschlossener Mann stürzte sich auf sie. Dale leuchtete ihm geistesgegenwärtig ins Gesicht. Der Angreifer brauchte seine Hände, um die Augen abzuschirmen.

„Beruhigen Sie sich! Wir sind hier, um Sie zu befreien."

Von Lohe stand langsam auf, schaute zuerst Trish an, die immer noch auf dem Boden lag, dann Dale, die breitbeinig vor ihm stand. „Wer sind Sie?", brachte er, nachdem er sich einigermaßen von seiner Überraschung erholt hatte, hervor. Trish übernahm die Vorstellung, in Schwedisch. „Entschuldigen Sie bitte. Das konnte ich nicht wissen. Ich dachte, es sei einer der beiden Kerle, die mich hierher verschleppt haben." Hilfsbereit bot er Trish seine Hand an und zog sie hoch.

„Sind Sie sicher, dass es nur zwei Männer waren?"

„Sie trugen zwar Masken, aber an ihren Stimmen, Körperbau und Kleidern konnte ich sie gut unterscheiden. Es waren immer zwei, die mir Essen brachten."

„Es muss aber mindestens noch jemand hier sein. Der andere Kerl, dem wir begegnet sind, kann noch nicht wieder zurück sein. Und dass sich der von uns überwältigte befreit haben könnte, halte ich für unwahrscheinlich. Also hat jemand dritter die Falltür zuschnappen lassen."

„Wie sieht es in Ihrem Gefängnis aus, Mr von Lohe?"

„Da hat es ein Fenster, das aber mit Brettern zugenagelt wurde. Von irgendwoher dringt Licht hinein."

„Das muss der Lüftungsschacht sein, an der Rückseite des Hauses."

Dale betrat den Raum und ließ den Lichtstrahl vorsichtig über das Fenster gleiten. „Trish, wie tief ist dieser Schacht?"

„Schätzungsweise fünf Meter. Gesichert ist er durch ein Gitter."

Dale gab ihr Handy Trish und begann in den Hosentaschen ihrer Jeans zu kramen. Sie bat Trish, die Bretter anzuleuchten. Glücklicherweise waren die Nägel nicht vollständig in das Holz der Bretter getrieben worden. So konnte sie diese mit der Zange an ihrem Taschenmesser herausziehen.

„Beeile dich! Die Akkus geben bald den Geist auf."

Das Fenster war nicht verriegelt. Durch den Schacht drang nur noch wenig Licht in den Raum. Bald würde es gar keines mehr geben. Während Trish den Schacht ausleuchtete, zwängte Dale sich durch das Fenster, und stieg mittels der Stahltritte, welche in die rechte Seite eingemauert worden waren, hoch bis zum Gitter. Sie hielt einen Moment inne und lauschte. Es war nichts zu hören. Vorsichtig rüttelte sie am Gitter. Moos und Fichtennadeln rieselten nieder. Dale hielt sich mit den Händen an den Tritten fest und stemmte mit den Schultern das Gitter leicht an. Mit einer Hand schob sie es zur Seite. Dann stieg sie vorsichtig wieder hinunter.

„Wir müssen was tun, verdammt", fluchte Val vor sich hin.

„Und was bitte? Solange wir nicht wissen, was mit Trish und Dale los ist, können wir da nicht einfach reinstürmen.

Lass uns noch ein wenig abwarten. Vielleicht geht ja einer der beiden mal rein. Dann können wir uns um den verbleibenden kümmern."

„Schau, da tut sich was." Val deutete auf den Busch gleich nehmen dem Eingang. Gebannt starrten beide auf das Gestrüpp. Erleichtert stellten sie fest, dass es Dale und Trish waren, die sich darin versteckten. Val und Kalle schlichen sich vorsichtig näher.

Das knackende Geräusche von brechendem Holz schreckte die beiden Männer am Feuer auf. Kalle war auf einen ausgetrockneten Ast getreten. Die vier nahmen dies zum Anlass, den Angriff zu starten. Sie sprangen gleichzeitig aus ihren Verstecken hervor, noch bevor die Männer zu ihren Gewehren greifen konnten, und richteten die Waffen sie: „Hände hoch, keine Bewegung!" Die Männer schienen so verblüfft zu sein, dass sie sich widerstandslos festnehmen ließen.

Brüssel – Polizeigebäude 7. Stock, dann 3. Stock

Stunden später versammelten sich alle in Dales Büro.

„Val, Kalle, was haben die Befragungen von Köpfe und Krause ergeben?"

„Erwartungsgemäß war Krause am gesprächigsten. Er gibt zu, bei den „Weißen Wölfen" Mitglied zu sein. Weshalb sie Peter von Lohe entführen sollten, weiß er nicht. Ihre Anweisungen bekamen sie per SMS von einem gewissen „Kontor". Wer das ist, weiß er auch nicht", fasste Kalle seine Befragung von Karl Krause zusammen.

Val konnte sich ein, „da war dein Tritt auf den Ast aber wesentlich knackiger", nicht verkneifen. Kalle warf ihr einen bösen Blick zu. „Hermann Köpfe schweigt beharrlich. Der wollte nicht mal sagen, von wem sie die Befehle erhalten haben." Val zuckte etwas ratlos die Schultern.

„Aber mir vorhalten, meine Befragung sei nicht knackig…", brummte Kalle.

„Lisbeth, kümmerst du dich bitte mal um die Handys der Herren? Vielleicht lässt sich da was zurückverfolgen. Trish, wie verlief deine Befragung?"

„Meine Name ist Wikinger, mehr wollte der zu seiner Person nicht sagen. Er und sein Kumpel seien zufällig an der Hütte vorbeigekommen und hätten den gefesselten gefunden. Sie seien dabei gewesen, ihn auszufragen. Die Falltür hätten sie aus reiner Vorsicht geschlossen. Nicht, dass da jemand reinfällt!" Trish hatte die Wörter richtiggehend ausgespuckt, so genervt schien sie.

„Nette Geschichte – ich bin beeindruckt! Nun, von seinem Kumpel habe ich genau dasselbe erzählt bekommen. Seinen Namen wollte er nicht nennen. Kein Ausweis, keine Kreditkarten, nicht mal ein Handy." Dale drehte ihren Minenbleistift nachdenklich zwischen den Fingern.

„Die einzige gute Nachricht ist also, dass Peter von Lohe frei ist", resümierte Val.

In diesem Moment betrat Kira das Büro. Von Treten konnte man allerdings nicht wirklich sprechen. Es war mehr ein Schleichen, eine Aneinanderreihung von unrunden Bewegungen. "Was um alles in der Welt hast du getrieben?", fragte Val einigermaßen besorgt.

„Ich habe meine Mittagspause im Fitnesscenter verbracht", antwortete Kira mit einem gequälten Lächeln.

"Na, da hättest du auch mit uns kommen können. Geknackte Autos, knackiger Marsch, eckige Kanten bei den Festgenommenen. Mehr Fitness geht nicht", meinte Kalle grinsend.

„Ihr wolltet mich ja nicht dabei haben", erwiderte Kira beleidigt. „Aber!", Kira hob triumphierend den Zeigfinger, „meine Fitnessstunde war äußerst informativ, wenn auch nicht so lustig. Nachdem ich mit Mr Sirios von der Athos Ltd. gesprochen hatte, habe ich Ms Kürület, sie arbeitet als Empfangsdame bei der Athos, ins Fitnessstudio begleitet. Dort habe wir dann… ach, das wollt ihr gar nicht wissen." Kira verzog das Gesicht und fuhr dann fort: „Also Ms Kürület hat mir erzählt, dass gegen die beiden Sicherheitsleute ein internes Verfahren läuft. Eigentlich wären sie für den Schutz von Sofia Sakorasa gar nicht vorgesehen gewesen."

„Aha, das ist in der Tat interessant", meinte Trish.

Kira nickte eifrig. „Die beiden wurden üblicherweise im Objektschutz eingesetzt. Bei ihrem letzten Einsatz, sie waren für die Eingangskontrolle zum Europäischen Rat eingeteilt, sollen sie mehreren Abgeordneten den Zutritt verweigert haben, weil die sich nicht ausreichend ausweisen konnten. Das führte zu heftigen Reklamationen seitens der Abgeordneten. Es soll sich sogar der EU-Präsident beschwert haben. Mr Sirios blieb nichts anderes übrig, als die beiden abzuziehen."

„Es könnte also sein, dass die Täter, wenn sie denn gezielt vorgegangen sind, die „falschen" erwischt haben?", formulierte Kalle aus, was alle dachten.

Dale nickte und an Kira gewandt: „Wir brauchen die Einsatzpläne der Athos für die vergangene Woche, sowie die Namen der Personen, die Zugriff auf diese Pläne haben. Und natürlich müssen wir wissen, wer ursprünglich für Sonntagabend vorgesehen war."

„Das habe ich gleich bei Mr Sirios veranlasst. Er war nicht sehr erfreut darüber, dass ich das mit der Versetzung der beiden raus gefunden habe. Das sei schlecht fürs Geschäft, meinte er. Heute früh werden wir die Daten haben."

„Vielleicht solltest du öfter mal fitten gehen?" Nach einem bösen Blick von Kira, schob Val ein unschuldiges, „wo das doch so eine ergiebige Quelle zu sein scheint?", nach.

Dale ging auf die Stichelei von Val nicht ein: „Sehr gute Arbeit, Kira. Wie sieht es mit dem NSA Material aus? Etwas für uns dabei?"

„Ziemlich viel Material. Und der Kaffee ist auch alle", erwiderte Kira etwas salopp.

Dale musterte sie eingehend, dann stand sie auf: „Machen wir Schluss für heute. Immerhin können wir Mr Müller morgen schon mal ein Erfolgserlebnis rapportieren."

„Sollten wir ihn nicht gleich informieren? Er wollte doch auf dem Laufenden gehalten werden?", fragte Trish gespielt arglos, mit einem Engelsgesicht.

„Nun, wir wollen Mr Müller doch nicht um seinen wohlverdienten Schlaf bringen. Er trägt wirklich viel Verantwortung". Dale wiegte besorgt den Kopf und entschied dann: „Nein, nein, morgen ist früh genug."

Keiner sagte etwas, alle grinsten nur. Kira trat an das Bord und unterstrich ein „und".

Dale schaute kurz in die Runde. „Gut, dann wünsche ich euch eine gute Nacht, kurz wird sie ja werden. Wir sehen uns dann morgen."

„Also Kira, was hast du?" Alle hatten sich im dritten Stock eingefunden. Es würde tatsächlich eine kurze Nacht werden.

„Euer „Wikinger" heißt mit richtigem Namen Mats Nilsson. Führender Kopf beim schwedischen Ableger der „Weißen Wölfen". Letzte Woche wurde er aus der Haft entlassen. Verurteilt wurde er zu fünf Jahren wegen Schmuggel und Hehlerei. Drei Jahre hat er abgesessen. Der andere nennt sich „Teutone", ist Deutscher und heißt mit richtigem Namen", hier machte Kira eine kurze Pause, „Rainer Lohmann…" Kira erntete ungläubige Blicke.

„Rainer Lohmann? Ist der etwa mit „unserem" Hans Lohmann verwandt?", fragte Val ungläubig.

„Die beiden sind Brüder", erwiderte Kira zufrieden lächeln.

„Du machst wohl Witze? Wir haben den Bruder von Hans festgenommen?", Kalle raufte sich die Haare und schmiss dann seine Brille auf den Tisch.

Dale beugte sich über den Tisch zu Kira hin: „Ich frage dich das nur einmal: Bist du ganz sicher?"

„Ja!"

Kalle trug inzwischen seine Brille wieder auf der Nase. „Was weißt du von diesem Rainer Lohmann?", wandte er sich an Kira.

„Rainer Lohmann ist drei Jahre älter als sein Bruder, also 29. Es ist nicht ganz klar, ob die beiden dieselbe Mutter haben. Nach den obligatorischen neun Jahren ging er von der Schule ab. Danach ist nicht mehr viel über ihn bekannt. Er arbeitete in diversen Clubs als Türsteher, ging zur See, verdingte sich auf Bohrinseln in der Nordsee und im Golf von Mexiko. Bei den „Weißen Wölfen" scheint er fürs Grobe zuständig zu sein, ist jedoch noch nie polizeilich aufgefallen."

Dale nickte seufzend und stand dann auf. „Was noch?"

„Dieser „Kontor" taucht in vielen Emails und SMS auf. Alle vier, die ihr geschnappt habt, hatten Kontakt mit dieser Person. Leider konnte ich nichts über deren Identität herausfinden. Köpfe und der „Wikinger" sind in derselben Branche tätig, sie könnten sich also kennen. Bei der Verhaftung des „Wikinger" damals, wurden Kunstgegenstände aus der Kultur der Samen gefunden. Mögliche Verbindung hier: Cecilia Wakström, die Ehefrau von Peter von Lohe, ist anerkannte Sachverständige für diese Kultur."

Nach einigen Minuten des Schweigens gab sich Dale einen Ruck. „Die Vernehmung der vier Festgenommenen überlassen wir den Deutschen. Bin gespannt, wie sich Hans Lohmann verhalten wird und natürlich auch Müller. Trish, was denkst du, ist es möglich, dass jemand von euren Leuten in Stockholm diese Cecilia Wakström zu den

Kunstfunden, welche beim „Wikinger" gefunden wurden, befragt hatte?"

Trish nickte: „Gut möglich. Ich werde mir die Akte kommen lassen."

„Sehr gut. Lisbeth, hast du noch was für uns?"

„Nein. Außer, dass sich die Wanzen wunderbar vermehren. Inzwischen haben sie den Weg in eure Hotelzimmer gefunden."

Kalle schüttelte den Kopf, Trish verdrehte die Augen gegen Himmel, zückte dann ihr Handy und gab ihre Anweisungen nach Stockholm durch.

Brüssel – Polizeigebäude 7. Stock, dann 4. Stock

Nach einer kurzen Nacht betrat Dale ihr Büro morgens um halb sieben Uhr. Noch war niemand da. Dale schätzte diese ruhigen Minuten, bevor alle anderen wieder an ihren Plätzen saßen. Sie sah ihre Mails durch und fand eines von der Stockholmer Polizei, angehängt war eine Datei. Sie konnte nur ahnen, dass es sich um ein Vernehmungsprotokoll sowie ein Untersuchungsdossier handelte – verstehen konnte sie nichts. War ja klar, dass es in Schwedisch abgefasst war, dachte Dale. Sie hoffte inständig, dass die Abhörer und Mailsmitleser kein schwedisch konnten. Die Chance war aber wohl gering, dass es so sein würde. Bei Europol haben sie bestimmt jemanden mit Schwedisch Kenntnissen.

Dale seufzte, das würde eine tolle Sitzung geben, da war sie sich sicher. Immerhin, versuchte sie sich zu beruhigen, haben wir Peter von Lohe. Dass sie aber auch Rainer Lohmann geschnappt hatten, bereitete ihr erhebliche Bauchschmerzen. Wobei, warum eigentlich, das war nicht ihr Problem. Im Gegenteil, könnte doch ganz spannend werden, diese Sache. Wie würden sich die Deutschen verhalten? Es schien ihr unwahrscheinlich, dass die schon wussten, was gestern Nacht vorgefallen war.

Es klopfte, und Trish streckte den Kopf zur Tür hinein: „Darf ich rein kommen?"

„Sicher, du bist schon hier?"

„Hmm, hast du die E-Mail von meinen Kollegen schon gesehen?"

„Hab ich, und musste feststellen, dass meine nicht vorhandenen Schwedisch Kenntnisse ein erhebliches Problem darstellen."

Trish grinste und nickte: „Hab ich mir schon gedacht. Ms Wakström wurde damals tatsächlich befragt. Dies vor allem in Bezug auf den Wert der beschlagnahmten Kunstgegenstände und allfälligen daran Interessierten. Den Wert schätzte sie auf ca. 10'000'000 Kronen. Abnehmer oder Auftraggeber seien wohl private Sammler, institutionelle eher weniger. Über die Herkunft der Kunstgegenstände konnte sie nur mutmaßen. Sie würden wohl aus illegalen Grabungen stammen. Der Fall wurde nie restlos aufgeklärt, da der „Wikinger" eisern schwieg."

„Es gab keine Vermutungen, wer die Hintermänner sein könnten?"

„Doch, die gab es. Die Auswertung der Handydaten des „Wikinger" ergaben, dass er über Wochen Kontakte zu einer Vereinigung Namens „Dragon" hatte. Sein Kontaktmann da war „Ikarus". Die Ermittler vermuteten Vereinigung als auch Kontaktmann in Griechenland. Eine Anfrage bei den dortigen Kollegen blieb unbeantwortet. Kurze Zeit später hat Europol den Fall übernommen."

„Interessant, Griechenland also", Dale schaute auf die Uhr, „ich bin sicher, Mr Müller wird uns da weitere Informationen geben können."

„Meine Damen und Herren, guten Morgen. Ich hoffe, Sie hatten gestern einen erfolgreichen Tag und eine erholsame Nacht. Wie sieht es aus? Wie sind Sie voran gekommen?" Müller, in rosa Hemd und weiße Jeans gekleidet, sprühte vor Tatendrang. Er hatte sein Buch nicht aufgeschlagen.

„Ach Hermann, es ja alles nicht so einfach. Uns wurden gestern die Arbeitsplätze zugewiesen, dann war plötzlich niemand mehr da", meldete sich Gerhard Galle mit weinerlichen Stimme zu Wort, und schaute anklagend in die Runde.

„Lieber Gerhard, ich bin sicher, die Kollegen wollten euch genügend Zeit geben, um euch einzurichten, nicht wahr?" Müller, sichtlich bemüht, keine schlechte Stimmung aufkommen zu lassen, musterte Dale.

Bevor diese jedoch reagieren konnte, fuhr Hans dazwischen: „Und weshalb sind eigentlich vier Brüsseler in diesem Team, während wir anderen nur zu zweit sind?" Er starrte Lisbeth an.

„Geschätzter Hans, ich weiß es sehr zu schätzen, dass das hiesige Dezernat vier ihrer besten Leute für diese Sonderkommission abgestellt hat. Ich gehe davon aus, dass du das auch tust!" Müller fixierte Hans. Dieser senkte den Blick und sagte nichts mehr.

„Wunderbar!", strahlte Müller, „gehen wir also die Sitzung top motiviert an. Hans, was haben wir in Berlin?" Müller hatte sein Buch aufgeschlagen und beugte sich, bereit für Notizen, leicht über den Tisch, den aufmerksamen Blick auf Hans gerichtet.

„Die Entführer haben sich gemeldet. Das Geld muss heute Abend um 17.00 Uhr auf ein Konto bei der Guaranty Trust Bank Ltd. auf den Bahamas überwiesen worden sein. Die Angaben sind schriftlich bei den von der Krone eingegangen. Die Kleine soll dann morgen frei kommen. Wem das Konto gehört, konnten wir bisher nicht herausfinden. Die Bank beruft sich auf das Bankgeheimnis und will keine Auskunft geben."

„Ich dachte, die hätten da die Gesetze verschärft? Müssten die nicht Auskunft geben?", wandte Kalle ein.

Gerhard nickte zustimmend: „Wir haben das Auswärtige Amt gebeten, die Generalgouverneurin in dieser Sache zu kontaktieren. Mal sehen, ob die was erreichen kann."

„Merkwürdig! Ich kann mich nicht erinnern, je einen Entführungsfall erlebt zu haben, bei dem das Lösegeld auf ein Konto überwiesen werden soll", meinte Val ungläubig.

Müller, der eifrig mitschrieb, schaute kurz hoch und meinte: „In der Tat, sehr merkwürdig. Ich frage mich, ob es ihnen tatsächlich um das Geld geht."

„Naja, die Geldforderung, die Anweisung wohin es überwiesen werden soll... ziemlich eindeutig, oder?", wollte Kalle bestätigt haben.

Müller hob den Zeigefinger und begann dozierend: „Nicht immer ist es so, wie es scheint."

„Ja, ja...", erwiderte Kalle ungeduldig, „könnten Sie uns vielleicht an Ihren Vermutungen teil haben lassen?"

Müller verschränkte die Arme auf dem Tisch und betrachtete Kalle eingehend. Dann ließ er seinen Blick über die Anwesenden schweifen und antwortet lapidar: „Ich habe keine Vermutungen."

Daraufhin herrschte erst mal Stille.

Val rang sich als erste zu einer Frage durch: „Haben die von der Krone das Geld auftreiben können?", wandte sie sich an Hans.

„Nein. Erst zwei Millionen."

„Knapp die Hälfte also", meinte Trish nachdenklich, „wird allenfalls Deutschland einspringen?"

„Offiziell nicht", verneinte Müller, „aber es findet sich sicher eine Lösung. Ms Dion, darf ich um Ihren Bericht bitten?"

„Wir haben Grund zur Annahme, dass die Drohemails und -anrufe an Sofia Sakorasa ihren Ursprung in Griechenland haben. Ich habe deshalb Carl gebeten, die griechischen Kollegen einzuschalten. Was Peter von Lohe anbelangt, so ist mittlerweile klar, dass er das Flugzeug nach Brüssel bestiegen hat und auch hier angekommen ist. Er wurde von zwei Männern in Empfang genommen." Hier machte Dale eine Pause.

Dann: „Vergangene Nacht konnten wir Peter von Lohe befreien und seine Entführer festnehmen."

Müller schaute Dale ganz verdattert an: „Wie? ... aber ..., woher?...", dann, immer noch um Fassung ringend, „dass ist ja..." Er ließ die geballte Faust auf den Tisch niedersausen, so dass die Tassen einen erschrockenen Satz taten. „Ich wusste es!" brüllte er, „gemeinsam schaffen wir das. Erzählen Sie, erzählen Sie, Ms Dion." Zufrieden rieb sich Müller die Hände.

„Um 22.08 Uhr wussten wir, wo wir von Lohe finden würden. Wir sind erst von zwei Entführer ausgegangen, mussten dann aber feststellen, dass es vier waren. Um 03.00 in der Früh war die Aktion abgeschlossen. Peter von Lohe haben wir in einem Hotel untergebracht, den vier Männer konnten wir ein Plätzchen hier in unserem Gebäude zuweisen", fasste Dale die Geschehnisse zusammen.

„Und die Namen? Die Namen der Entführer?", fragte Müller ganz aufgeregt.

„Hermann Köpfe, Karl Krause, Wikinger, Teutone." Kalle hatte Hans Lohmann nicht aus den Augen gelassen. Der zeigte keine Reaktion.

„Was wissen wir über sie? Wikinger, Teutone – was sind das für Namen? Was wissen wir über ihr Motiv?", hakte Müller, immer noch ganz aufgeregt, nach.

„Bei der Einvernahme waren die Herren nicht sehr gesprächig. Leider. Vielleicht sind sie es ja heute Morgen. Ich schlage vor, Hans und Gerhard sollen sie sich mal vorknöpfen."

Müller klatschte, immer noch ganz begeistert, in die Hände: „So machen wir es! Hans, Gerhard nehmt sie in die Mangel! Wir kommen voran. Das ist sehr, sehr erfreulich. Ms Dion, bitte erstellen Sie mir doch einen detaillierten Bericht über die Vorkommnisse der vergangenen Nacht. Wir sind nahe dran, an der Lösung. Ich spüre das! Weiter so!"

Berlin – Irgendwo in einer Wohnung

Anna ist wütend. So richtig wütend. Das ist manchmal so, bei Anna. Zwei Dinge kann Anna richtig gut. Für eine siebenjährige sowieso. Rennen und wütend sein. Manchmal fragt sich Anna, ob das mit dem wütend sein wohl bald vorbei sein würde. Immerhin wird sie bald acht.

Anna ist wütend auf die Frau und den Mann. Es ist einfach nicht fair, wenn zwei große Menschen, mit langen Beinen, einem kleinen Menschen mit kurzen Beinen nachrennen. Ohne Vorsprung! Anna ist sich da ganz sicher. Wie sollte sie da gewinnen? Im Übrigen findet Anna, dass es jetzt Zeit sei, etwas zu essen. Anna ist jetzt wütend und hungrig.

„Wir sollten ihr wohl was zu essen bringen. Du oder ich?", fragt die Frau.

„Mach mal", murmelt der Mann.

Die Frau geht in die Küche und öffnet den Kühlschrank, der gut gefüllt ist. Die Frau nimmt Butter und Käse sowie eine Cola-Büchse und stellt alles auf das Kochfeld, welches mitten im Raum steht. Sie schneidet zwei Scheiben Brot ab, bestreicht sie dick mit Butter und belegt sie mit je zwei Scheiben Käse. Neben die Brote auf dem Teller drapierte sie zwei kleine Cherry Tomaten.

„Wo ist denn das Tablet"? Sie schaut in einen Küchenschrank nach dem anderen. Im letzten schließlich findet sie es. Sie stellt Teller und Dose darauf und verlässt die Küche.

„Kannst du mir mal die Tür aufschließen? Wir wollen doch nicht, dass die Kleine entwischt. Sie ist sehr schnell auf den Beinen."

Der Mann erhebt sich, und zusammen begeben sie sich zum anderen Ende des Raumes. Die Frau stellt das Tablet auf ein Tischchen und zieht sich die bereitliegende Maske über. Der Mann tut es ihr gleich, dann schließt er die Tür auf und lässt die Frau eintreten.

„Ich hab dir was zu essen. Magst du Brot und Käse?"

Anna starrt sie an.

„Nicht?"

„Ich mag die Minions nicht!"

„Was?"

„Ich mag die Minions nicht!", wiederholt Anna mit Nachdruck.

Die Frau stellt das Tablet auf den Tisch. „Die Minis?", fragt sie nach.

Anna verdreht die Augen: „Wenn du dir schon eine Maske überziehst, solltest du schon wissen, was das für eine ist, findest du nicht?"

„Oh, ja natürlich. Du hast recht. Das sind also…?"

„Minions! Hast du den Film denn nicht gesehen?"

„Äh, nein. Hab ihn nicht gesehen."

„Und warum trägst du dann die Maske?"

„Naja, ich fand, sie sieht lustig aus und das würde dir gefallen."

Anna verschränkt die Arme und kneift die Lippen zusammen. Sie ist dabei, wütend zu werden.

Die Tür öffnet sich und ein zweites Minion streckt den Kopf herein: „Bist du bald fertig?"

„Der Kleinen gefallen unsere Masken nicht." Das zweite Minion macht die Türe kopfschüttelnd wieder zu.

„Ich bin nicht die Kleine. Ich heiße Anna und werde schon bald acht!"

„Okay, Anna. Welche Masken würden dir denn gefallen?"

„Ich mag Merida."

„Aha.."

„Du hast keine Ahnung, wer das ist, nicht wahr?" Anna schüttelte ungläubig den Kopf. „Sogar meine Oma weiß, wer Merida ist. Und meine Oma ist nun wirklich schon gaaanz alt!"

„Naja, vielleicht liegt es ja daran. Ich meine, dass sie schon ganz alt ist und ich noch nicht so alt."

Anna schaut das Minion nun etwas besorgt an. Vielleicht ist das Minion etwas zurückgeblieben? Oder einfach nur in Mathematik nicht so gut? Anna holt tief Luft: „Also, ich bin 7 ¾ und meine Oma ist 64. Du bist älter als ich und jünger als meine Oma. Es kann nicht am Alter liegen!"

Das Minion nickt: „Stimmt…" Es scheint nachzudenken, dann: „Ich werde sie googlen, deine Merida." Es nickt Anna zu und verlässt den Raum.

Anna ist beruhigt. Wenn das Minion weiß, was googlen ist, dann ist es wohl doch nicht zurückgeblieben. Anna isst ihre Brote und trinkt die Cola, auch wenn sie die nicht so gerne mag.

„Sag mal spinnst du? Sind wir hier in einer Kita oder was?"

„Wir haben den Auftrag, auf die Kleine aufzupassen und zu schauen, dass es ihr gut geht. Dazu gehört nun mal, sie bei Laune zu halten. Oder willst du, dass sie anfängt zu quengeln und womöglich krank wird?"

Der Mann schüttelt nur den Kopf und brummt: „Ach, mach doch was du willst."

Nach einer Stunde betritt das Minion wieder den Raum. Es hat Papier und Buntstifte dabei. Als es sieht, dass Anna alles aufgegessen hat, meint es: „Du hast es also gemocht?"

„Cola mag ich nicht so. Aber sonst war es okay."

„Und was magst du sonst noch nicht?"

„Fleisch. Ich habe beschlossen, kein Fleisch mehr zu essen, wegen der Tiere."

Das Minion nickt: „Gut, dann bis morgen. Schlaf gut", verabschiedet es sich.

Anna hat nicht gut geschlafen. Sie hat sich gefürchtet. Zu Hause hat sie einen großen Schrank im Schlafzimmer stehen. Darin verkriecht sie sich, wenn sie Angst hat. Hier hat es keinen. Also hat Anna sich unter der Wolldecke versteckt. Irgendwann ist sie dann doch eingeschlafen.

Jetzt lugt sie vorsichtig unter der Decke hervor. Durch die kleine Dachluke dringen die ersten Sonnenstrahlen in den Raum. Kein Monster weit und breit. Anna setzt sich an den Tisch und beginnt zu zeichnen. Ihren Fluffy. Den hat ihr die Oma geschenkt. Er ist orange mit ganz vielen Noppen und ganz großen, hervorstehenden Augen und langen Haaren.

Anna kann nicht verstehen, wie sie Fluffy nicht haben mitnehmen können, wo sie sie doch mitgenommen haben. Typisch Minions! Nur Blödsinn im Kopf. Anna ist wütend. Sie darf nicht vergessen zu fragen, wann sie gehen kann. Schließlich kommt Oma zu Besuch. Da will sie zu Hause sein. Anna überlegt, ob, wenn sie auf das Frühstück verzichtet, die Minions sie dann gehen lassen. Auch das wird sie sie fragen.

Da öffnet sich auch schon die Tür und das Minion schaut herein.

„Aha, du bist ja schon wach. Magst du Marmeladenbrot und Kakao zum Frühstück?"

„Du hast dir ja immer noch keine neue Maske besorgt!"

„Dazu ist es noch zu früh. Aber bis zum Mittagessen habe ich eine neue, versprochen. Ich habe mir auch diese Merida angeschaut. Taffes Mädchen, kein Wunder, dass sie dir gefällt", meint das Minion anerkennend.

„Ich verzichte auf das Frühstück, wenn ich dafür gehen kann. Meine Oma kommt nämlich zu Besuch. Da möchte ich zu Hause sein, musst du wissen."

„Wann kommt sie denn, deine Oma?"

„Mittwoch oder Donnerstag hat sie gesagt. Und warum habt ihr Fluffy nicht mitgenommen! Den habe ich nämlich von Oma geschenkt bekommen! Ihr könnt mich doch nicht ohne ihn mitnehmen! Also wirklich! Das bekommen auch nur Minions hin!" Anna schaut böse.

„Du musst auf das Frühstück nicht verzichten", versucht das Minion Anna zu beruhigen, „bis Donnerstag bist du wieder zu Hause, ganz sicher. Und nun sag mir, wer denn dieser Fluffy ist."

Anna hält dem Minion die Zeichnung hin, nicht ohne das Minion darauf hinzuweisen, dass es doch einige Wissenslücken habe. Das Minion schaut betrübt.

„Weißt du, du solltest mehr bei Wikipedia nachschauen. Da steht alles drin, was du zu wissen brauchst", meint Anna hilfsbereit.

Das Minion bedankt sich artig für den Tipp und verlässt den Raum. Kurz darauf kehrt es mit Marmeladenbrot und Kakao zurück, und ein paar Büchern.

„Auch wenn ich das esse, darf ich am Donnerstag gehen?", erkundigt sich Anna.

Das Minion nickt und schließt dann die Türe.

„Ich geh jetzt los, um neue Masken zu besorgen. Und vielleicht finde ich ja auch so einen Fluffy". Die Frau schaut die Zeichnung etwas ratlos an.

„Das ist nicht dein Ernst?" Der Mann schaut die Frau entgeistert an.

„Ich dachte eigentlich, ich hätte es dir bereits erklärt!"

„Ja, ja… dann tu, was du nicht lassen kannst. Aber beeil dich, und bring eine Zeitung mit. Wir müssen ein Foto von der Kleinen machen." Dann wendet sich der Mann wieder seinem Laptop zu.

Es ist bereits Mittagszeit, als die Frau zurückkommt. In der Küche holt sie ein Pizza aus dem Tiefkühler, befreit sie von Karton und Folie, schneidet eine Tomate in Scheiben und verteilt diese auf die Pizza. Dann schiebt sie sie in den Ofen.

Mit der Pizza und einem Glas Mineralwasser betritt Merida den Raum.

Anna schaut sie prüfend an. Dann nickt sie: „Nicht schlecht, die Maske. Jetzt fehlt dir nur noch Pfeil und Bogen. Und die Kleidung ist auch nicht die richtige. Aber sonst – okay."

„War gar nicht so einfach, die Maske zu finden, weißt du. So, ich muss ein Foto von dir machen. Vor oder nach dem Essen?"

„Ich mag nicht fotografiert werden!"

„Aber meine Kleine, deine Eltern müssen doch wissen, dass es dir gut geht."

Anna starrt Merida an. Diese schaut zurück, mit ihren großen Augen.

Anna holt Luft. „Von dir hätte ich wirklich mehr Grips erwartet! Erstens: ich bin nicht deine Kleine – mein Name ist ANNA! Zweitens: Gib mir dein Smartphone, dann rufe ich sie an und sag ihnen, dass es mir gut geht."

„Anna, in meiner Welt gibt es keine Smartphones. In meiner Welt schreibt man sich Briefe und schickt sie mit Brieftauben einander zu. Oder man lässt Rauchzeichen aufsteigen."

„Fotoapparate gibt es aber schon in deiner Welt?", entgegnet Anna wütend.

„Ja, gibt es. Die Hexe, du weißt schon, hat mir einen gegeben."

„Und warum hast du dir nicht ein Smartphone geben lassen?"

„Ich hatte nur einen Wunsch frei und habe mich für den Fotoapparat entschieden."

Anna schlägt sich mit der Hand an die Stirn und stöhnt: „Aber mit den Smartphones kann man auch fotografieren, dass weiß doch heute jedes Kind! Selbst die Minions wissen das!"

„Tja, die Hexe nicht. Ein Smartphone stand nicht zur Auswahl, tut mir leid. Also, wann machen wir das Foto?"

„Dann mach eben das blöde Foto."

Merida reicht Anna die Zeitung und macht ein paar Fotos von ihr mit der Digitalkamera.

Die Frau übergibt dem Mann die Kamera. Der schließt sie sofort an seinen Laptop an und lädt die Bilder hoch, während die Frau in die Küche geht. Sie schiebt zwei weitere Pizzas in den Ofen. Als sie fertig sind, reicht sie eine davon dem Mann mit einer Dose Bier. Sie selbst trinkt eine Cola dazu. Anschließend räumt sie die Teller in den Geschirrspüler, zieht sich die Maske über und schaut bei Anna rein.

„Und, hat es geschmeckt?"

„Naja, geht so. Ich mag sie lieber vom Pizzakurier als aus dem Tiefkühler."

„Oh, und woher weißt du, dass die aus dem Tiefkühler kommt?"

„Die vom Kurier ist besser gebacken. Der hat ja auch einen vernünftigen Ofen!"

„Ja dann… also, ich hab nach einem Fluffy gesucht, konnte aber nirgends einen finden. Weißt du denn, woher deine Oma ihn hat?"

„Hast du denn bei Wikipedia nicht nachgeschaut?" Anna schaut vorwurfsvoll.

„Doch habe ich. Aber ich konnte nichts finden", rechtfertigt sich Merida.

Anna seufzt: „Na gut, weil du es bist, dir sage ich's. Ist schon klar, du kannst ja auch nicht überall gut sein. Ich sag's dir aber nur, wenn du mir dafür zeigst, wie man das mit Pfeil und Bogen macht?" Anna schaut Merida prüfend an.

Merida nickt: „Abgemacht!"

„Du musst nach meiner Oma googlen. Dann findest du auch den Fluffy."

„Und wie heißt deine Oma?"

„Das ist jetzt nicht dein Ernst, oder? Du kennst meine Oma nicht? Jeder kennt meine Oma!"

„Versteh schon, deine Oma ist berühmt, richtig?"

„Meine Oma ist weltberühmt!"

Merida beschwichtigend: „Anna, vergiss bitte nicht – ich komme aus einer anderen Welt. Ich muss mich doch erst zurechtfinden, hier!"

Anna legt den Kopf etwas schief und überlegt. „Okay. Meine Oma ist Carla del Monti. Und jetzt musst du schon selbst gucken." Und mit Nachdruck: „Bei Wikipedia!"

Merida nickt: „Danke, werd ich machen."

„Kannst du Bogenschießen?", fragt die Frau den Mann.

„Nein. Wieso?"

„Ich habe einen Deal mit der Kleinen. Ich soll ihr den Umgang mit Pfeil und Bogen beibringen, dafür hat sie mir gesagt, wer ihre Oma ist."

„Jetzt übertreibst du es aber wirklich! Entweder wir lassen sie frei oder wir töten sie. Ende der Geschichte."

„Klar." Die Frau wendet sich ab und setzt sich an ihren Laptop. Nach kurzer Zeit erhebt sie sich wieder. „Ich muss nochmals weg."

„Pfeil und Bogen besorgen, nehme ich an?", ruft ihr der Mann spöttisch nach.

Anna sitzt am Tisch und zeichnet. Das Pferd von Merida, Angus. Es gelingt ihr nicht so gut. Mal sind die Beine zu lang, dann wieder der Körper zu groß, der Kopf zu klein. So geht das schon eine Weile.

Glücklicherweise kommt Merida zur Tür herein. Sie nickt Anna zu und beginnt gleich damit, eine Scheibe an die Wand zu nageln.

„Was machst du da?"

„Bevor du mit Pfeil und Bogen schießt, üben wir erst mal die Treffsicherheit."

„Auf eine Dartscheibe mit Dartpfeilen?"

„Ganz genau. Hast du das schon mal gespielt? Kennst du die Regeln?"

Anna schüttelt den Kopf. Merida erklärt Anna die Regeln. Dann beginnen sie zu werfen. Obwohl Anna verliert, hat sie Spaß. „Gleich nochmal", ruft sie begeistert.

Merida schüttelt den Kopf. „Ich kümmre mich jetzt mal um das Abendessen. Nach dem Essen spielen wir nochmal. Üb du mal weiter."

Das tut Anna.

Brüssel – Polizeigebäude 3. Stock, Verhörraum

„Mit wem wollt ihr beginnen?", fragte Dale.

Hans überlegte kurz, dann: „Wer ist der Anführer?"

„Für mich ist das Mats Nilsson, genannt „Wikinger". Er ist einer der führenden Köpfe der „Weißen Wölfe" in Schweden", antwortete Dale etwas zögerlich.

„Weiße Wölfe?" Gerhard hob fragend die Augenbrauen.

Trish musterte ihn eingehend: „Du hast noch nie von den „Weißen Wölfen" gehört?"

Gerhard schüttelte den Kopf: „Ist wohl eine schwedische Sache?"

„Ganz und gar nicht!" Trish schüttelte energisch verneinend den Kopf. „Das ist eine weltweite Sache!"

Entweder er ist ein guter Schauspieler oder er weiß tatsächlich nicht, dass sein Kollege Mitglied war oder ist, dachte Dale. Laut sagte sie: „Es handelt sich hier um eine weltweit operierende Organisation. Hermann Köpfe und Karl Kraus sind Mitglieder der deutschen Sektion. Interessant zu wissen wäre, wozu die Entführung diente. Und wer dahinter steckt."

Gerhard nickte, wandte sich dann an Hans: „Das müsste doch leicht aus den Jungs herauszubringen sein, oder?"

„Allerdings! Meine Damen, lassen sie uns nur machen. Die werden uns Antworten liefern!", zeigte sich Hans überzeugt.

Dale und Trish begaben sich in den angrenzenden Raum, um die Befragungen verfolgen zu können.

„Bin ja gespannt, wie er reagiert, wenn er seinen Bruder zu Gesicht bekommt", raunte Trish Dale zu.

„Eigentlich müsste er ja in den Ausstand treten."

„Ich gehe jede Wette ein, dass er es nicht offen legen wird", zeigte Trish sich überzeugt.

„Er wird uns doch wohl nicht für so dumm halten? Er muss doch annehmen, dass wir es wissen?", meinte Dale etwas unwirsch.

Der „Wikinger" wurde hereingeführt.

„Bitte nehmen Sie ihm die Handschellen ab. Die sind nicht nötig, nicht wahr?" Gerhard übernimmt also die Rolle des guten, väterlichen Cops, dachte Trish.

Der Polizeibeamte, der den „Wikinger" hineingeführt hatte, schaute etwas skeptisch auf Hans und Gerhard, nahm ihm dann aber kommentarlos die Handschellen ab und stellte sich neben die Türe.

Der „Wikinger" nahm Platz. Seine rot-blonden Haare hatte er zu einem Pferdeschwanz gebunden. Das Baumwollhemd, blau – schwarz – gelb kariert, trug er geschlossen, bis auf die beiden letzten oberen Knöpfe. Seinen Hals zierte ein Tattoo. Ein Spinnennetz mit einer fetten, behaarten Spinne mittendrin. Sämtliche Finger waren beringt und mit Runen tätowiert. So sieht ein Skin nicht wirklich aus, überlegte Dale. Seine schlanke Statur ließ ihn grösser erscheinen als er mit seinen 185 cm tatsächlich war.

„Mr Nilsson, ich mache Sie darauf aufmerksam, dass dieses Gespräch aufgezeichnet wird", begann Hans das Verhör.

Der „Wikinger" betrachtete eingehend die Ringe an seinen Fingern. Dann begutachtete er seine Fingernägel, einen nach dem anderen. „Kleiner, du darfst mich „Wikinger" nennen. Alle tun das, Freund wie Feind." Da er nun alle Finger durch hatte, begann er wieder von vorne.

Hans beugte sich leicht über den Tisch zu ihm hin: „Und du darfst mich Mr Lohmann nennen, das tun alle." Hans hatte leise gesprochen, nun ließ er die Faust auf den Tisch niedersausen.

Der „Wikinger" zeigte keine Reaktion, nicht mal ein Wimpernzucken.

Gerhard stand auf: „Also „Wikinger", möchtest du einen Kaffee?"

Der „Wikinger" schaute kurz auf, nickte, und begann erneut mit der Untersuchung seiner Ringe. Drehte sie, prüfte, ob sie gut über die Knöchel zu streifen waren. Dann legte er seine Hände flach auf den Tisch.

Gerhard kehrte mit drei Bechern Kaffee zurück. „Wie magst du deinen? Milch, Zucker?", fragte er den „Wikinger" zuvorkommend.

„Schwarz ist gut. Danke." Er nahm einen Schluck und stellte den Becher dann wieder auf den Tisch. „Dürfte ich denn nun von den Herren erfahren, was mir vorgeworfen wird? Und weshalb ich bisher noch nicht mit meinem Anwalt habe sprechen können!"

„Oh, sie haben dich noch nicht mit deinem Anwalt sprechen lassen? Ich werde mich sofort darum kümmern! Ist wohl vergessen gegangen. Wer ist denn dein Anwalt?", fragte Gerhard beflissen.

Der „Wikinger" grinste. „Tja, das entscheide ich von Fall zu Fall. Also, was wird mir vorgeworfen?"

Hans hatte sich diese Konservation mit vor der Brust verschränkten Armen angehört. Er stand auf, lief um den Tisch und stellte sich hinter den „Wikinger". Seine rechte Hand legte er neben die vom „Wikinger" auf den Tisch, die linke auf die Rücklehne des Stuhls, auf dem der „Wikinger" saß, seinen Kopf beugte er dicht an den des „Wikingers": „Freiheitsberaubung, Körperverletzung, Erpressung!", raunte er ihm ins Ohr.

Der „Wikinger" drehte den Kopf leicht in Richtung Hans und schaute diesen sehr erstaunt an: „Wie bitte?"

Hans stieß sich von Tisch und Stuhl ab und begab sich dann vor den Spiegel, hinter dem Dale und Trish, standen. Er zwinkerte den beiden zu und drehte sich dann wieder um. Dale und Trish schauten sich kurz an. "Angeber!", murmelte Trish.

„Was hatten Sie bei der Hütte zu tun?"

„Hab ich doch schon deinen flotten Schnitten gesagt. Sag mal, auf welche stehste denn, Kleiner? Nicht dass ich dir in die Quere komme", grinste der „Wikinger" Hans an.

Bevor dieser auf diese Provokation reagieren konnte, ging Gerhard dazwischen: „Hör mal zu, die Sache ist doch ganz einfach! Du sagst uns, was du über die Entführung weißt und wir sorgen dafür, dass es nicht allzu heftig für dich kommt." Gerhard hatte den väterlich, jovialen Ton ausgepackt. „Selbstverständlich darfst du ruhig darüber nachdenken. Wir verstehen das." Er wandte sich an den Beamten: „Bringen Sie ihn zurück in die Zelle." Er klopfte dem „Wikinger" auf die Schulter und bat ihn: „Lass uns einfach wissen, wenn du soweit bist, ja?"

Der „Wikinger" ließ sich die Handschellen anlegen und wurde hinausgeführt.

Trish konnte es nicht fassen. „Samthandschuhe sind rauer als dieses Verhör! Das war ein Kaffeekränzchen!"

„Der Kuchen fehlte", meinte Dale trocken.

„Wie kannst du nur so ruhig bleiben!"

„Ich habe nicht viel mehr erwartet. Mal schauen, wie es mit dem Bruder von Hans läuft."

Die Tür zum Verhörraum öffnete sich und der „Teutone" wurde hereingeführt. Er musste den Kopf einziehen um ihn sich nicht zu stoßen.

Dale und Trish hielten den Atem an, ließen Hans Lohmann nicht aus den Augen. Er stand am Tisch, mitten im Raum. Der „Teutone" wollte sich gerade setzen, hielt aber mitten in der Bewegung inne, als er Hans Lohmann sah.

„Was zum Teufel…", bevor der „Teutone" den Satz beenden konnte, stürmte Hans, mit hochroten Wangen, die Türe zuknallend aus dem Raum, um gleich darauf bei Dale und Trish hereinzustürmen.

„Verdammt nochmal, weshalb habt ihr mir nicht gesagt, dass ihr meinen Bruder festgenommen habt, hä?", brüllte er.

„Ach, das ist dein Bruder?" Trish gab sich völlig ahnungslos.

„Tu nicht so, als ob du das nicht wüsstest, du… du …", ihm fehlten sichtlich die Worte. Mühsam beherrscht, stieß er hervor: „Das werdet ihr büßen, darauf könnt ihr euch verlassen!" Er drehte sich auf dem Absatz um und wollte den Raum eben wieder verlassen, als er inne hielt, sich nochmals Dale und Trish zuwandte. Er verschränkte die Arme vor der Brust und setzte ein höhnisches Lächeln auf: „Ich werde diesen Vorfall melden. Ihr habt mir wichtige Informationen vorenthalten. Das wird ein Nachspiel haben, dafür werde ich sorgen." Damit verließ er den Raum.

„Oh…", murmelte Trish.

„Immerhin haben wir ihn etwas aus der Reserve locken können, findest du nicht?" Dale lächelte leicht.

„Hm, ist uns nicht schlecht gelungen." Trish schien sich diebisch zu freuen.

Brüssel – Polizeigebäude 1. Stock, dann 3. Stock

Dale klopfte an die Tür ihres Chefs. Carl hatte sein Büro im ersten Stock. Er liebe die Höhe nicht so, wie er sagte. Dale vermutete aber, dass der Grund eher darin zu suchen ist, dass, sollte der Lift mal nicht funktionieren, und das tat er ziemlich oft, Carl nur zwei Treppen hoch steigen musste.

„Was!"

Dale öffnete die Tür einen Spalt breit: „Hast du kurz Zeit für mich?"

„Meine Liebe, für dich habe ich doch immer Zeit!", Carl lächelte sehr zuvorkommend. Oh je, das ist nicht gut, gar nicht gut, wenn Carl sich so nett gibt, schoss es Dale durch den Kopf. Und richtig…

„Setz deinen verdammten Hintern hin und sag mir, was hier eigentlich läuft", schrie Carl etwas weniger zuvorkommend.

Dale seufzte, trat durch die Tür und setzte sich. „Hans hat sich schon gemeldet?"

„Das ginge ja noch! Nein, dieser Hohlkopf Müller hat sich gemeldet und verlangt deine sofortige Absetzung von den Fällen! Weshalb hat er nicht gesagt! Also, ich höre?"

„Unter den vier Verhafteten befindet sich der Bruder von Hans Lohmann."

Carl glotzte sie an, als wäre sie ein Fernseher. Dann stöhnte er: „Das darf doch wohl nicht wahr sein. Jemand anderen habt ihr wohl nicht auftreiben können?"

„Wir konnten es uns nicht aussuchen."

„Mein Gott, was für eine Scheiße!" Carl bemühte noch ein paar weitere Kraftausdrücke. „Ihr hättet ihn auch laufen lassen können, nicht wahr?"

„Das meinst du jetzt nicht ernst, oder?"

„Natürlich nicht! Und wie hängt das Ganze zusammen? Gib mir mal eine kurze Zusammenfassung."

„Komm, lass uns nach oben gehen. Mal sehen, ob die anderen noch mehr rausgefunden haben. Bei dieser Gelegenheit kannst du uns auch gleich darüber informieren, was du bei den griechischen Kollegen erreichen konntest."

Zu Carls Überraschung drückte Dale im Lift den Knopf für den dritten Stock. Dale schritt zielstrebig zum letzten Zimmer auf der linken Seite des langen Ganges und hielt Carl dann die Tür auf.

„Was ist das denn für eine Versammlung, die ihr hier abhält? Habt ihr plötzlich Höhenangst? Warum seid ihr nicht in euren Büros?" Carls Gesichtsfarbe rötete sich.

„Lisbeth, könntest du Carl kurz informieren, bitte?" Dale setzte sich und bedeutete Carl, es ihr gleich zu tun. Der stierte zuerst sie an, dann Lisbeth. Schließlich setzte er sich. Lisbeth drehte ihren Laptop so, dass Carl den Bildschirm sehen konnte.

„Die roten, kleinen Punkte zeigen die Wanzen hier im Gebäude. Die größeren die Trojaner, welche in den Computer und Servern tätig sind. Die blauen sind Sender und Kameras."

„Wanzen, Trojaner, Sender...", keuchte Carl. „Wovon sprichst du eigentlich? Willst du etwa behaupten, jemand hört uns ab?" Inzwischen zierte ein tiefes rot Carls Gesicht.

„Carl, ich muss dich das jetzt fragen. Was weißt du über diese Sache?"

Carl starrte Dale fassungslos an. Dann alle Anwesenden der Reihe nach. Dann brüllte er los: „Seid ihr denn jetzt alle verrückt geworden! Wer zum Teufel erfrecht sich, uns auszuspionieren? Hä? Redet schon, verdammt nochmal!"

„Die Daten werden, über Umwege, der Europol hier in Brüssel übermittelt." Lisbeth fixierte Carl.

„Lieber Carl, dürfen wir deine Überraschung so deuten, dass du davon nichts wusstest?" Val hatte mit Engelszunge gesprochen und schaute jetzt auch wie ein Unschuldsengel. Alle anderen beobachteten Carl.

Der schnappte nach Luft wie ein Fisch, der versehentlich an Land gezogen worden war. Trish befürchtete das Schlimmste. „Mr Stoltenberg, wenn Sie erlauben, würde ich Sie gerne Carl nennen?" Bevor Carl darauf antworten konnte, fuhr Trish fort: „Weißt du Carl, es könnte doch sein, dass Müller dir das als, na sagen wir mal, Maßnahme zur besseren Qualifikation des Personals verkauft hat? Sozusagen als Schulung on the Job? Inklusive Analyse und Briefing? Könnte doch sein, oder?"

Carl holte tief Luft, stand auf und trat ans vergitterte Fenster, ihnen den Rücken zukehrend. Nach einigen Minuten drehte er sich um und schaute in die Runde, dann legte er los: „Sehe ich etwa so aus, wie wenn ich von einem Grünschnabel wie Müller Tipps benötige? Ich vertraue meinen Leuten! Grundsätzlich! Hat sonst noch jemand eine Frage? Der soll sie jetzt stellen!"

„Carl, bitte! Du darfst das nicht falsch verstehen", versuchte Val die Wogen zu glätten, „ich meine, vielleicht wirst du ja unter Druck gesetzt? Und…"

„Denkt ihr etwa, ich lasse mich unter Druck setzen? Denkt ihr das?" Carl stand jetzt am Tisch und bei jedem Wort ließ er die Faust darauf niedersausen.

„Nein, das denken wir nicht! Sollte es jedoch jemand versucht haben, so kannst du sicher sein, dass wir dich unterstützen! Dessen kannst du dir sicher sein!" Dale war ebenfalls aufgestanden. Die beiden maßen sich mit Blicken. Carl atmete tief ein, straffte die Schultern, schritt an Dale vorbei – und – setzte sich wieder auf seinen Stuhl. Dale tat es ihm gleich.

„Was wissen wir über diese Deutschen?", fragte Carl, jetzt ganz ruhig.

Das allgemeine Aufatmen war beinahe spürbar. Lisbeth zeigte ihm die Fakten betreffend Hermann Müller, Kira orientiert ihn über Hans Lohmann und Gerhard Galle.

„Kommt mir so vor, wie wenn die uns Kuckuckseier ins Nest gesetzt hätten", brummte Carl mit gerunzelter Stirn. „Ich werde mich mal umhören, ob da jemand von uns die Finger drin hat." Dann berichtete er, was er von den griechischen Kollegen erfahren hatte.

Berlin – Irgendwo in einer Wohnung

„Ich treffe jetzt schon viel besser", empfängt Anna Merida strahlend.

Merida stellt das Tablet auf den Tisch und schaut sich die Scheibe an. „Hm", nickt Merida anerkennend, „das sieht wirklich gut aus. Iss jetzt erst mal die Spaghetti, dann spielen wir noch eine Runde."

Während Anna isst, übt Merida. Anna schaut ihr dabei zu.

„Fertig", verkündet Anna und stellt sich neben Merida.

„Sehr schön. Vorhin haben wir „Blinder Killer" gespielt. Jetzt versuchen wir es mit „Fuchsjagd". Du wirst sehen, das ist lustig."

Erst ist Anna der Fuchs und Merida der Jäger. Dann tauschen sie die Rollen.

„Gewonnen", jubelt Anna.

„Sehr gut" Merida klatscht anerkennend. „Schluss für heute. Zähne putzen und dann ab ins Bett mit dir."

„Och, jetzt wo es grad so gut läuft", mault Anna.

Merida entfernt die Scheibe von der Wand und klemmt sie sich unter den Arm. „Schlaf gut. Wir spielen morgen weiter." Merida schließt die Tür hinter sich zu.

„Hast du das Foto verschickt?"

„Klar", brummte der Mann.

„Ich geh noch mal weg."

„Was, schon wieder? Was musst du denn diesmal besorgen? Wir sollen uns doch bedeckt halten. Du kennst die Anweisungen!"

„Und ich habe dir schon mal gesagt, dass wir die Kleine bei Laune halten müssen."

„Und ich sage dir, dass das, wenn du hier ständig mit neuen Spielsachen anrückst, Aufmerksamkeit erregt. Das können wir nicht gebrauchen!"

„Meine Güte, wer kümmert sich schon darum, womit ich hier antanze?"

„Neugierige Nachbarn zum Bespiel?"

„Ach hör doch auf. Wir sind hier in einem Plattenbau und nicht in einem kleinen Dörfchen, wo jeder jeden kennt!"

„Hast du eine Ahnung! Was meinst, wie viele Menschen hinter ihren Gardinen stehen und alles ganz genau beobachten? Wer kommt, wer geht. Die haben nichts anderes zu tun, verstehst du?"

Die Frau verdreht genervt die Augen und zuckt dann mit den Schultern. „Sollen sie halt schauen. Sieht ja eh keiner, was in den Taschen ist."

„Sie sehen die Aufdrucke auf den Taschen! Verdammt, wir sind ein kinderloses Paar!"

„Stimmt. Schon mal was von Patenkindern, Nichten und Neffen gehört?". Mit diesen Worten verlässt die Frau die Wohnung.

Anna hat gut geschlafen. Die ganze Nacht ist sie geritten. Sie hat ihre drei Brüder, Drillinge, vor einem Bären gerettet. Und schließlich hat sie sich mit ihrer Mutter wieder vertragen. Und jetzt ist sie hungrig. Sie wagt einen vorsichtigen Blick zur Tür. Die öffnet sich tatsächlich. Vielleicht habe ich doch magische Kräfte denkt Anna.

Merida stellt eine Schale Cornflakes und eine Tasse Kakao auf den Tisch. „Hast du gut geschlafen?"

Anna nickt und fängt sogleich an zu essen.

„Du hast wohl Hunger?", schmunzelt Merida.

„Was denkst du denn? Ich war die ganze Nacht mit Angus unterwegs."

„Angus ist…?"

Anna hält inne, schaut Merida prüfend an, und deutet dann auf ihre Zeichnung von gestern.

Merida wirft einen Blick darauf, greift zu einem Stift und mit wenigen Strichen steht Angus so da, wie er dastehen sollte. Alles in der richtigen Größe.

„Wow, dass kannst du wirklich gut!" Anna ist beeindruckt. Merida lächelt.

„Ist Angus ein Schimmel?"

Nun ist Anna etwas weniger beeindruckt. Sie schüttelt den Kopf und sieht Merida mit schief gelegtem Kopf an. „Du weißt nicht, wie dein Pferd heißt und auch nicht wie es aussieht", stellt sie fest. „Angus ist ein Rappe. Fast, er hat nämlich eine weiße Nase."

„Also schwarz und weiß. Dann kannst du ihn ohne Probleme ausmalen, nicht wahr?"

Anna wirft einen prüfenden Blick auf die Stifte. „Ja. Schwarz ist da." Anna löffelt die Schale leer. „Kann ich noch ein Brot bekommen?"

„Sicher." Merida hat inzwischen die Scheibe wieder aufgehängt.

„Oh, ich dachte, wir schießen heute mit Pfeil und Bogen." Anna ist enttäuscht.

„Machen wir. Später. Jetzt schießen wir uns erst mal warm." Merida wirft einen abwägenden Blick auf Anna. „Nachdem du fertig gegessen hast und Angus angemalt ist."

Da Anna die „Fuchsjagd" am besten gefallen hat, spielen die beiden mehrere Runden.

„Phu, ich kann ja gar nicht mehr gewinnen", beklagt sich Merida.

Anna klatsch begeistert in die Hände: „Ich habe eben im Schlaf geübt", strahlt sie.

„Das merkt man. Gut, ich denke du bist soweit. Heute Nachmittag basteln wir uns einen Bogen und schnitzen Pfeile. Jetzt muss ich mich aber erst mal ums Mittagessen kümmern."

„Soll ich dir helfen?"

„Danke, das ist nett. Ein anderes Mal."

„Das Geld schon da?"

„Nein. Ist ja auch erst Mittag, ein paar Stunden haben sie noch."

„Hoffentlich bezahlen sie!"

„Vielleicht solltest du nicht so viel Zeit mit der Kleinen verbringen."

„Sie soll, solange sie hier ist, keine Angst haben. Das ist alles, was ich erreichen will."

„Wenn du meinst…"

Warschau – Irgendwo

Jakob erstattet Bericht. In hastigem Stakkato, dabei verhaspelte er sich, stotterte zwischendurch, holte Luft. Schweißperlen liefen ihm die Wangen hinunter. Immer wieder wischte er sich mit den Händen über seinen glatt rasierten Kopf und streifte die Hände dann an seiner Hose ab.

Felice sah und hörte sich das an, ohne Fragen zu stellen. Als Jakob endlich geendet hatte, stand Felice auf. Jakob wich instinktiv ein paar Schritte zurück. Er ließ Felice nicht aus den Augen.

Der stellte sich ans Fenster. Ein vorbeifahrender Zug erzeugte das einzige Geräusch. Felice drehte sich um und trat an den Schreibtisch. Er öffnete eine Schublade und griff hinein.

Jakob schaute kurz über die Schulter und maß den Abstand zur Tür. Vorsichtig machte er noch einen Schritt zurück. Dann noch einen.

Felice legte die Pistole auf den Tisch. Er griff in die andere Schublade. Ohne Hast begann er, den Schalldämpfer auf die Pistole zu schrauben. Dann schoss er.

Das Zimmer lag im Dunkeln. Wie immer waren sämtliche Rollos hinuntergelassen. Nur die kleine Tischlampe auf dem Schreibtisch spendete etwas Licht.

Felice hatte angeklopft und war dann, ohne eine Antwort abzuwarten, eingetreten. „Peter von Lohe wurde heute früh befreit, vier Festnahmen. Wir wissen noch nicht, wie sie uns auf die Schliche haben kommen können. Unsere Leute in Brüssel arbeiten daran. Irgendwelche Anweisungen?" Als keine Antwort kam, verließ er das Zimmer. Er begab sich auf direktem Weg in den Kontrollraum. Bei seinem Eintreten drehte sich Malte kurz um, wandte sich dann wieder den Bildschirmen zu. „Und? Was hat er gesagt?"

„Nichts."

Malte schaute kurz zu Felice hinüber und nickte dann. „Wir machen also weiter?"

Felice nahm die Sonnenbrille ab und begann, sie akribisch zu reinigen. „Wir machen weiter, wie geplant." Nachdem er die Sonnenbrille wieder aufgesetzt hatte, verließ er den Kontrollraum und begab sich in sein Büro. Er öffnete den Safe und entnahm ihm ein Telefon. Nach einem kurzen Gespräch legte er es wieder zurück in den Safe. Dann widmete er sich dem Aktenberg auf seinem Schreibtisch. Es war etwa eine Stunde vergangen, als es klopfte. „Ja."

Malte trat ein: „Das solltest du dir anschauen."

„Was denn?"

„Da ist jemand in unser System eingedrungen."

„Was? Sagtest du nicht, das sei unmöglich?"

„Ja."

„Und?"

„Schau es dir an!" Malte drehte sich um und verließ den Raum.

Felice schaute ihm ungläubig nach, seufzte, erhob sich und folgte ihm dann. Im Kontrollraum wies Malte auf einen Bildschirm: „Hier!"

Für Felice waren da nur eine unverständliche Aneinanderreihung von Buchstaben und Zahlen zu sehen. Er hob eine Augenbraue und schaute Malte fragend an. „Gestern ist jemand eingedrungen."

„Was weißt du über den Eindringling?"

„Der Angreifer hat einen Server in Estland benutzt."

„Estland… hm", Felice runzelte die Stirn, „mehr hast du nicht?"

„Nein."

„Weshalb entdeckst du das erst jetzt?"

Malte verdrehte die Augen, sagte aber nichts.

„Hat dieser Angreifer das Versteck von Peter von Lohe ausfindig machen können?"

„Möglich wäre es. Dann wäre er aber verdammt gut."

„Sieh zu, ob du noch mehr rausfinden kannst." Felice verließ den Kontrollraum und begab sich auf direktem Weg in das dunkle Zimmer.

Berlin – Irgendwo in einer Wohnung

Anna und Merida basteln.

Merida schneidet Kerben in die beiden dicken Äste einer Ligusterhecke. „Das hier wird der Bogen. Nun müssen wir mit dem Seil die Kerben an den Enden miteinander verbinden." Merida macht einen dicken Knoten an einem Ende des Seils, legt ihn in die Kerbe und umwickelt den Knoten mehrmals, biegt den Ast ein wenig und spannt dann das Seil zur anderen Kerbe, wo sie auch wieder einen Knoten in die Kerbe legt und ihn fest umwickelt.

Anna hat aufmerksam zugeschaut. Jetzt tut sie es Merida gleich. Merida hilft ihr, den Ast in die richtige Form zu biegen. „Und damit wir wissen, wo wir den Pfeil anlegen müssen, umwickeln wir die Mitte des Bogens mit zwei Schnüren. Jetzt fehlen nur noch die Pfeile." Merida nimmt einen der schmalen Äste zur Hand und beginnt die Rinde abzuschaben. Dann spitzt sie das eine Ende zu, in das andere schneidet sie eine Kerbe. Sie reicht Anna den Pfeil. „Magst du den anmalen?"

Anna nickt eifrig und macht sich sogleich ans Werk.

So werkeln sie eine Weile. Merida schnitzt, Anna malt, zehn Pfeile insgesamt.

„Sehr gut. Pfeil und Bogen haben wir. Nun basteln wir uns noch eine Zielscheibe." Merida breitet ein großes Blatt Papier auf dem Tisch aus, reicht Anna einen Zirkel: „Wir brauchen elf Kreise. Schaffst du das?"

Anna schaut ein weinig beleidigt. „Klar schaff ich das. Was denkst du denn!" Anna zirkelt Kreis um Kreis. Die Kreise malt sie, bis auf die beiden äußeren, aus. Schwarz, Blau, Rot, Gelb.

Merida stellt eine Staffelei auf und befestigt eine Scheibe aus, mit Fäden durchwirktem, gepresstem Papier darauf.

Anna ist fertig. „Und jetzt?"

„Jetzt befestigen wir die Zielscheibe." Merida nagelt. „Fertig."

Anna und Merida betrachten ihr Werk. Sie sind zufrieden damit. Merida zeigt Anna, wie sie den Pfeil auf den Bogen spannen muss. Die Pfeile fliegen nur so – an der Zielscheibe vorbei.

„Och, ich hab es mir wirklich leichter vorgestellt. Und warum triefst du eigentlich nicht besser?", will Anna von Merida wissen.

„Bin wohl etwas aus der Übung", murmelt die.

„Lass uns auf You Tube nachschauen, wie man es macht", schlägt Anna vor.

„Hm", Merida schaut skeptisch. „Okay, ich hole den Laptop."

Gemeinsam schauen sie sich mehrere Videos an. Anna ist der Meinung, sie wisse nun wie es geht. Sie stellt sich hin, spannt den Pfeil auf den Bogen und zrrr, der Pfeil fliegt und bohrt sich in die Scheibe. In einen der zwei blauen Kreise. „Cool", jubelt Anna. Merida klatscht Beifall. „Jetzt du."

Merida spannt den Bogen mit dem Pfeil und lässt ihn sausen. In einen der schwarzen Kreise. Beide haben großen Spaß. Pfeil um Pfeil saust. Viele Pfeile später. „Sieht so aus, wie wenn wir eine neue Scheibe brauchen", meint Merida, nachdem kein Pfeil mehr stecken bleiben wollte. „Die hier hat zu viele Löcher."

Anna nickt zustimmend. Merida schaut auf die Uhr: „Es ist eh bald Zeit für Abendessen. Magst du nochmals eine Zielscheibe malen? Dann können wir nach dem Essen eine weitere Runde Pfeile schießen."

Anna ist einverstanden. Anna malt, Merida macht Abendbrot.

„Es ist jetzt fünf Uhr. Kontostand?"

„Null Komma null. Sechs Stunden haben sie noch. Mit fünf Uhr ist Lokalzeit gemeint, unsere Zeit elf Uhr."

Die Frau atmet auf.

Brüssel – Café Le Cirio

Nachdem Carl die Informationen der griechischen Kollegen an sein Team weiter gegeben hatte, verließ er das Polizeigebäude. Zu Fuß, da auch sein privates Fahrzeug mit einem Peilsender versehen worden war, wie ihm Lisbeth aufgezeigt hatte. Sein Handy schien nicht auf der Liste der zu überwachenden Geräte zu stehen. Auch das hatte Lisbeth gecheckt. Carl überlegte, wo er am ungestörtesten telefonieren könnte. Sein Haus kam nicht in Frage, das stand auf der Liste der Überwacher, wer auch immer das sein sollte. Angenehm fand er das nicht – ganz und gar nicht. Und dass Dale's Wohnung ebenfalls betroffen war, machte es auch nicht angenehmer. Val und Kira hatten sich ein wenig betupft gezeigt, weil sie nicht betroffen waren. Dale und ich – schon klar, wir sind die, die ab und an Akten nach Hause nehmen. Das wird wohl der Grund sein, weshalb wir in den zweifelhaften Genuss dieser Überwachung gelangt sind, dachte Carl grimmig.

Es war ein milder Abend. Carl steuerte die Rue de la Bourse an. Bei einem Trappistenbier im Café „Le Cirio" lassen sich doch ganz angenehm ein paar Telefonate führen, befand er. Wie er vermutet hatte, saßen die meisten Gäste draußen, drinnen war nur gerade ein Tisch besetzt.

Carl setzte sich in eine der zahlreichen Ecken im hinteren Teil des Cafés und bestellte ein „Rochefort". Dann wählte er die Nummer von Mikael Carlsberg.

„Hallo?"

„Rate mal, wo ich gerade sitze und was ich trinke."

„Carl? Bist du das?"

„Café Cirio – Rochefort!", gluckste Carl ins Telefon.

„Hast du nichts Besseres zu tun, als alle Welt wissen zu lassen, wo du bist und was du trinkst?"

„Mein guter Mikael, es war mir wirklich ein Anliegen, eben nicht die ganz Welt zu informieren, sondern ausschließlich dich!"

„Ah, ich fühle mich außerordentlich geehrt!"

„Wusste ich's doch. Als Mann von Welt weißt du sowas zu schätzen!"

„Nun ist's aber genug! Du willst doch was?"

„Erst mal anstoßen, Mikael. Prost!" Carl nahm einen großen Schluck. Er hörte Mikael am anderen Ende brummen. „Erinnerst du dich an den Deutschen, den von Europol?"

„Hermann Müller?"

„Ja, ganz genau."

„Was ist mit dem?"

„Was hältst du von dem?"

„Ich kenne ihn nicht. Hab auch noch nie mit ihm zusammengearbeitet. Warum fragst du?"

Nachdem Carl Mikael ins Bild gesetzt hatte, war es erst mal still, in der Leitung. Gerade als Carl nachfragen wollte, ob Mikael noch dran ist, meldete sich dieser. „Was für eine verquirlte Scheiße ist das denn?"

„Lieber Mikael, ich könnte es nicht besser auf den Punkt bringen, als du gerade eben."

„Seit wann bis du denn so tiefenentspannt? Hast du ein paar Zen-Kurse genommen?"

„Nein. Bin nur gerade am zweiten „Rochefort". Könnte billiger sein, als so ein Zen-Kurs. Aber nun ernsthaft. Lass uns doch mal ein paar Vermutungen anstellen."

„Gut… Müller trommelt Ermittler aus Brüssel, Schweden und Deutschland zusammen. Diese setzt er auf drei Fälle an, von denen er behauptet, sie würden irgendwie zusammenhängen. Soweit richtig?"

„Richtig."

„Angenommen er steckt hinter der Überwachung…", Mikael hielt inne und schien nachzudenken, „weshalb sollte er das tun?"

„Und dann der Zeitpunkt! Die Wanzen und Sender wurden am Sonntag installiert, und zwar **bevor** die Schießerei im Notos stattfand. Für mich stellt sich die Frage, ob da jemand Bescheid wusste."

„Hm… wer ist dieser Jemand und was hat er davon?"

„Ich habe nicht die leiseste Ahnung!"

Mikael ließ ein grimmiges Knurren vernehmen. „Nochmals von vorne. Was, wenn da einer Verwirrung stiften will? Was, wenn die drei Fälle gar keinen Zusammenhang haben? Oder vielleicht nur zwei? Die beiden Entführungen zum Beispiel?"

„Möglich wäre es." Carl genehmigte sich einen Schluck.

„Würdest du wohl damit aufhören?"

„Womit denn, mein lieber Mikael?"

„Wenn du noch einmal trinkst während wir telefonieren, lege ich auf!"

„Oh das…", Carl grinste „ich überleg es mir. Da ist noch etwas: Hans muss sich fürchterlich aufgeregt haben, als ihm sein Bruder vorgeführt wurde. Dale befand seine Reaktion für echt. Sieht also so aus, als hätten die Deutschen nichts davon gewusst."

„Hör zu, ich kenne da einen Typen bei Europol. Der hat bei uns die Ausbildung durchlaufen und ist dann nach Brüssel gegangen. Ich klopf da mal auf den Busch. Vielleicht weiß er ja was."

„Okay. Gib mir Bescheid, ja?"

„Klar. Trink noch eines für mich." Mikael legte auf.

Der gute Mikael, auf den kann ich mich verlassen. Gibt es sonst noch jemanden, der etwas wissen könnte? Carl dachte sich durch seine Kontakte. Meine Ex vielleicht? Als freie Journalistin verfügte sie über ausgezeichnete Quellen, die sie immer wieder anzapfte. Einen Versuch ist es wert, befand Carl. Er wählte ihre Nummer. Sie nahm sofort ab. „Carl, was verschafft mir die Ehre?"

„Ich sitze gerade im Cirio. Hast du Zeit?"

„Bin in zehn Minuten da."

Das war etwas, was er schon immer und immer noch an seiner Ex liebte. Sie entschied in Windeseile, schnell und bestimmt. Wann immer mehrere Möglichkeiten zur Auswahl standen – Maria entschied. Immer mit guten, überzeugenden Argumenten. Die sich im Nachhinein nicht immer als die richtigen entpuppten, sich aber zum Entscheidungszeitpunkt einfach richtig anfühlten. Dann passierte das mit ihrer Tochter.

„Hallo."

Carl, so in Gedanken versunken, hatte sie nicht herein kommen sehen. Er erhob sich, sie umarmten sich. Carl beugte sich etwas zurück und musterte sie: „Gut siehst du aus!"

„Danke. Leider kann ich das von dir nicht sagen. Hast du wieder zugenommen?"

Er schmunzelte: „Du änderst dich wohl nie? Immer schön direkt."

„Je eher ein Thema abgehakt ist, desto schneller kann man über die anderen reden. Also?"

Carl musste lachen. „Gut, lass uns zur Sache kommen. Was weißt du über Hermann Müller, Chef Europol?"

Maria runzelte sie Stirn, warf ihm einen prüfenden Blick zu, und winkte dann den Kellner herbei. „Ein Glas

Chardonnay bitte." Sie wartete schweigend, bis der Kellner das Glas gebracht hatte. Maria nahm einen Schluck. „Gib mir einen Tipp."

„Erst muss ich wissen, ob du was über ihn weißt oder gehört hast."

„Zug um Zug. Das haben wir immer schon so gemacht. Also?"

Carl zögerte. „Nun, wir haben da drei Fälle aufzuklären – und Europol hat den Lead."

„Aha."

„Meine Güte, Maria, mehr kann ich dir nicht sagen, wirklich nicht!"

„Hm", Maria nickte verstehend.

Carl verdrehte die Augen. „Komm schon, du bist am Zug!"

„Einer der Fälle ist nicht etwa die Schießerei im Notos?"

„Ja."

„Ein Kollege scheint auf eine gute Story gestoßen zu sein. Mit Müller in der Hauptrolle."

„Geht es etwas genauer?"

„Dein Zug."

„Zwei Entführungen. Eine konnten wir beenden, die andere läuft noch."

„Müller hat ausgezeichnete Kontakte nach Berlin, Stockholm und Polen."

„Hm, Berlin ist klar. Da hat er mal gearbeitet. Aber Stockholm? Polen?"

„Weshalb interessierst du dich für Müller?"

„Ich muss mit ihm zusammenarbeiten!"

„Und?"

Carl musterte Maria, als wenn er abwägen würde, ob und wieviel er Maria anvertrauen könnte. Dann gab er sich einen Ruck. „Okay, wie gut kennst du den Kollegen, der an Müller dran ist?"

„Sehr gut."

„Aha..."

Maria betrachtete Carl amüsiert. Er hat ein paar Falten mehr als früher, aber sie stehen ihm gut. Wenn er nur ein paar Kilos abnehmen würde. Maria seufzte. „Er sieht wirklich gut aus. Leider ist er schwul und verheiratet. Sein Mann arbeitet übrigens bei euch."

Carl schien aufzuatmen. Er setzte sich wieder etwas lockerer hin und nahm einen großen Schluck von seinem Bier. „Denkst du, dein Kollege wäre bereit, mit mir zu reden?"

„Was würde denn für ihn rausspringen?"

„Nun, wir könnten unsere Informationen über Müller abgleichen."

„Ach, ihr habt welche?"

„Ja, haben wir."

Maria stand auf und verließ das Café. Nach ein paar Minuten war sie wieder zurück. „Wir treffen ihn in einer Stunde im „Comme chez soi". Du bezahlst."

Carl verschränkte die Arme vor der Brust: „Nobler will er es nicht haben? Und was überhaupt heißt wir?"

„Gute Informationen haben ihren Preis, findest du nicht? „Wir" heißt, dass ich dabei bin. Wir schreiben gemeinsam an der Story."

„Wie lange seid ihr schon dran?"

„Seit er im Amt ist."

„Hm, so lange schon. Was war der Auslöser?"

„Je nach dem, was du für uns hast, wirst du es erfahren. Lass uns gehen."

Brüssel – Polizeigebäude 7. Stock

Dale hatte sich in ihr Büro zurückgezogen. Nicht in einem dieser Glaskäfige sitzen zu müssen wie die anderen. Die Türe zu machen zu können und somit nicht mehr den Blicken der Kollegen ausgesetzt zu sein – manchmal brauchte sie das.

Ich sollte Bettina anrufen. Dale griff seufzend nach ihrem Handy und wählte die Nummer von Bettina. Nach dem dritten Klingeln meldete sie sich. „Gut, das du anrufst. Wir müssen reden!"

„Worum geht's?"

„Joel. Seine Lehrerin will uns sprechen."

„Aha, weißt du weshalb"?

„Probleme in der Schule. Genaueres hat sie nicht gesagt. Joel sagt, es gäbe keine Probleme."

„Wann soll das Gespräch stattfinden?"

„Freitag, nach der Schule. Wäre gut, wenn du vorher mit ihm sprechen würdest. Vielleicht sagt er dir was."

„Ich spreche mit ihm", versprach Dale und legte auf. Mittwochnachmittag, da hat er keine Schule, vermutlich spielt er Fußball, überlegte Dale. Sie nahm ihren Rucksack und das Handy. Draußen meldete sie sich bei Grace ab: „Bin mal so zwei, drei Stunden weg."

„Okay. Bist du auf dem Handy erreichbar?"

„Ja." Beim Verlassen des Gebäudes lenkte sie ihre Schritte, nach kurzem Überlegen, in Richtung Metrostation.

„Würde es euch sehr überraschen, wenn ich euch sagen würde, dass die beiden Enduros, die vor dem Notos standen, als gestohlen gemeldet sind?" Grace stand in der Tür und schaute die Anwesenden erwartungsvoll an.

Kalle ließ bei ihren Worten den Kopf auf den Tisch fallen. Val zuckte die Schultern, Kira seufzte und Trish unterbrach ihr Aktenstudium schon gar nicht.

„Seit wann, und wem gehören die Dinger?", Kalle schaute etwas zweifelnd.

Grace begab sich zum Board und schrieb „Kim Voltering" unter die orange und „Bob Solter" unter die dunkelblaue Enduro. „Die beiden haben die Motorräder vor zwei Wochen gemietet. Vergangenen Freitag wurden sie als gestohlen gemeldet. Leider war der Vermieter nicht sehr kooperationswillig. Wir mussten erst eine Verfügung vom Staatsanwalt besorgen, bevor er mit den Namen rausrückte."

„Was wissen wir von den beiden?", fragte Kalle etwas gelangweilt nach.

„Beides Studenten, wohnen im Campus Erasme. Sie kommt aus den Niederlanden, er ist Ire."

„Ach", Trishs Aufmerksamkeit war geweckt, „nun sag bloß noch, sie studieren Geisteswissenschaften?"

„Tun sie!" Grace nickte strahlend.

Kira schaute sich das Board an: „Somit wäre es möglich, dass sie Tatiana Käs kennen."

„Wäre möglich", nickte Val. „Grace, kannst du bitte dafür besorgt sein, dass die Enduro-Fahrer vernommen werden?"

„Schon veranlasst. Zwei Beamte sind auf dem Weg zu ihnen." Grace schaute beifallsheischend in die Runde.

„Gute Arbeit", nickte ihr Trish zu. „Weißt du, wo Dale steckt?"

„Sie ist nicht im Haus, aber auf ihrem Handy erreichbar."

Brüssel – Restaurant Comme chez soi

Maria und Carl hatten noch einen Spaziergang durch den Parc de Bruxelles gemacht. Nun standen sie vor dem Restaurant „Comme chez soi" und studierten die Karte. Nachdem sie eingetreten waren, steuerte sogleich der Chef de Service auf sie zu. „Ah, Madame Stoltenberg, schön Sie begrüßen zu dürfen. Wie kann ich Ihnen helfen?"

„Guten Abend Anton. Wir hätten gerne einen Tisch für drei Personen. Möglicherweise hat mein Kollege einen reserviert?"

„Das haben wir gleich. Wie lautet denn der Name?"

„Staes. Milan Staes."

Anton studierte das Reservationsbuch. „Da haben wir es ja. Kommen Sie doch bitte mit." Er führte die beiden rechts der Eingangstüre den Tischen entlang bis zum letzten in der langen Reihe auf der linken Seite.

„Darf ich Ihnen einen Aperitif bringen?", fragte Anton, nachdem Maria und Carl Platz genommen hatten.

„Sehr gerne. Mir bitte den Hausaperitif." Maria wandte sich an Carl: „Den kann ich dir wirklich empfehlen."

„Was ist denn da drin?"

„Nun, ein trockener Champagner bildet die Basis. Die weiteren Zutaten sind streng geheim. Nicht einmal ich kenne sie." Anton lächelte leicht.

„Ist das nicht ein wenig fahrlässig? Bei den heutigen Unverträglichkeiten, die die Menschen entwickeln?"

„Sie haben natürlich recht. Wir empfehlen ihn deshalb auch nur den Gästen, welche von Allergien verschont geblieben sind."

„Okay, ich versuche ihn", entschied Carl. Anton verbeugte sich leicht und entfernte sich dann.

„Seit wann bist du denn so um das Wohl der Menschheit besorgt?"

„Ich arbeite bei der Polizei – da muss ich das wohl sein! Aber um ehrlich zu sein, du glaubst gar nicht, wie die Speisekarte in unserer Kantine aussieht. Nichts als Warnungen. Da könnte dies drin sein, da jenes. Ich erwarte täglich den Hinweis beim Salatbuffet: Achtung! Könnte Würmer oder Teile davon enthalten!"

Maria musste lachen: „Gut, einen Wurm im Salat – lieber nicht. Vielleicht sollte ich mal einen Bericht über euer Kantinenessen schreiben?"

„Gute Idee. Meine Erlaubnis hast du."

In diesem Moment trat Anton an ihren Tisch mit den beiden Aperitifs sowie einer Schale Oliven, angereichert mit Schafskäse. Mit einem „zum Wohl" entfernet er sich wieder. Maria und Carl stießen an. Carl nahm einen kleinen Schluck und ließ in langsam die Kehle hinunter rinnen. Dann einen weiteren…"hm, hm", nickte er, „nicht schlecht. Du scheinst ja öfter hier zu sein. Kannst du dir das leisten?"

„Eigentlich nicht. Deshalb lasse ich mich gerne einladen", strahlte Maria ihn an.

„Hallo." Ein Mann, Mitte Dreißig, groß gewachsen mit einem durchtrainierten Körper, schwarzen Haaren und einem drei Tage Bart war an ihren Tisch getreten. Er beugte sich zu Maria hinab und sie tauschten die obligaten drei Luftküsschen aus.

„Milan, darf ich dir Carl vorstellen? Polizeivorstand im Hauptberuf, nebenamtlich mein Ex-Mann."

Die beiden Männer begrüßten sich. „Schwer beschäftigter Mann, richtig?", fragte Milan.

Carl verdrehte die Augen und seufzte dann etwas theatralisch: „Richtig! Vor allem mein Nebenamt! Sie ahnen nicht, wie zeitaufwendig das ist."

„Schön, dass Sie trotz allem Zeit finden, mit uns zu speisen", grinste Milan.

„Aber immer gerne. Pflegen Sie Ihre konspirativen Gespräche immer in solch ausgewählten Lokalen zu führen?"

„Die Lokalität richtet sich immer nach dem Gesprächspartner. Fühlen Sie sich also geehrt."

„Oh natürlich, natürlich. Den Hausaperitif kann ich übrigens nur empfehlen."

„Vielen Dank für den Tipp. Da ich jedoch an einer Laktoseintoleranz leide, kommt er für mich nicht in Frage." Milan bestellte ein Bier.

Alle drei studierten die Karte eingehend. Milan legte sie als erster zur Seite. Maria und Carl hatten kurz darauf ebenfalls entschieden und Anton nahm die Bestellung auf. Seezunge für Maria und Milan, Kalbsfilet für Carl. Anton gab eine Empfehlung bezüglich dazu passendenden Weinen ab. Carl entschied sich für einen Sauvignon Blanc.

„Kommen wir zur Sache. Von Maria habe ich erfahren, dass sie beide an einer Story über Europol-Müller dran sind?"

Milan nickte. „Und ich weiß von Maria, dass Sie, zusammen mit Müller, an drei Fällen arbeiten?"

„Notos, zwei Entführungen. Müller ist der Meinung, die Fälle hätten ihren Ursprung hier in Brüssel. Und würden irgendwie zusammenhängen."

„Und ihr glaubt das nicht?", fragte Milan neugierig.

Carl hob die Schultern und lehnte sich dann zurück. Milan wechselte eine Blick mit Maria. Die nickte ihm zu. „Ich bin schon länger an einer Geschichte über den aufkommenden Neonazismus dran. In diesem Zusammenhang tauchen immer wieder die „Weißen Wölfe" auf. Auf allen Kontinenten, in den unterschiedlichsten Branchen vertreten. Bis heute habe ich niemanden auftreiben können, der mir genaueres über Organisation und Struktur hätte sagen wollen. Warum das so ist, darüber kann ich nur spekulieren. Entweder sie sind dezentral aufgestellt. Jede

Sektion arbeitet für sich, ohne dass die eine von der anderen etwas weiß. Oder es existiert ein führender Kopf, der alles unter Kontrolle hat und die Fäden zieht." Milan verstummte, da das Essen serviert wurde. Die drei aßen ein paar Bissen, ohne zu sprechen. Carl hob sein Weinglas und sie stießen an.

„Die „Weißen Wölfe" waren und sind auch bei uns ein Thema. Nur, was hat Ihre ganze Geschichte mit Müller zu tun?"

„Soweit ich informiert bin, lautet die Abmachung: Zug um Zug?"

„Hören Sie", Carl beugte sich über den Tisch zu Milan, „wir sitzen hier in einem Nobelrestaurant. Und wir sitzen hier doch vor allem deshalb, weil ich die Rechnung begleichen soll. Das ist ein ganz schön großer Zug, finden Sie nicht?"

Maria schubste Milan, der schaute kurz zu ihr, seufzte und fuhr dann fort: „In den letzten drei Monaten habe ich mich immer mal wieder an die Fersen von Müller gesetzt. Die Reisen führten ihn nach Berlin, Athen und Warschau. In Berlin traf er sich mit ehemaligen Kollegen, soweit ich das rausbekommen habe. In Athen besuchte er ein Restaurant, das einem gewissen Sotirios Rianopoulos gehört. Wen er in diesem Restaurant getroffen hat, konnte ich leider nicht rausfinden. Ich hatte den Eindruck, dass sich die Polizei für dieses Etablissement interessiert. Da standen und saßen auffällig viele unauffällige Menschen rum. Ein griechischer Kollege hat mir dies dann später bestätigt. Die Ermittlungen betreffen einen „Ikarus", von dem sie nicht wissen, um wen es sich handelt. Was sie wissen ist, dass er Mitglied der Vereinigung „Dragon" ist. In dieser haben sich ehemalige griechische Nationalgardisten zusammen geschlossen. Zu welchem Zweck scheint unklar. Drogen? Menschenhandel? Waffen?" Milan zuckte etwas ratlos die Schultern. „Und in Warschau schließlich", fuhr er fort, „hat er sich mit Felice Corti getroffen. Über den konnte ich nur so viel in Erfahrung bringen, dass er Inhaber der Corti Ltd. ist. Ein Transportunternehmen mit Sitz in Palermo. Das Unternehmen wurde immer mal wieder verdächtigt, mit der Mafia zusammen zu arbeiten. Nachweisen konnte man aber nie etwas."

Carl hatte aufmerksam zugehört. Hin und wieder runzelte er die Stirn, wiegte mit dem Kopf. Milan und Maria warteten gespannt, was er dazu zu sagen hatte. Nachdenklich begann er: „Ikarus und Dragon könnten mit den fünf toten Griechen im Notos in Verbindung stehen, Felice Corti... hm, keine Ahnung, wo wir den unterbringen könnten, in unseren drei Fällen." Carl nippte an seinem Glas. „Zu Müller: Aus zuverlässiger Quelle weiß ich, dass Müller auf seinem Laptop diverse Dokumente zu den „Weißen Wölfen" gespeichert hat." Er schaute die beiden eindringlich an. „Das, was jetzt kommt, ist streng vertraulich – und gefährlich. Wenn irgendwas raus geht bevor ich es erlaube, kann ich für nichts garantieren, schon gar nicht für eure Sicherheit. Ist das angekommen?"

Milan und Maria wechselten kurz einen Blick, und nickten dann.

„Das ganze Polizeidepartement wird überwacht. Wanzen, Peilsender und Trojaner. Zusätzlich betroffen sind die Wohnungen von mir und Dale. Dies seit Sonntag. Die Daten werden über verschiedene Server geschickt und landen schließlich bei Europol. Wer das veranlasst hat, wissen wir noch nicht. Die Fragen, die sich daraus ergeben, muss ich wohl nicht ausformulieren, desgleichen die Gefahren."

Milan und Maria starrten ihn verblüfft an. Maria fasste sich als Erste: „Verdammt, und was hast du unternommen?"

„Mikael informiert und dich angerufen."

„Mehr nicht?"

„Maria! Woher soll ich wissen, wer da alles involviert ist? Wie weit nach oben das geht? Müller ist bestimmt nicht wegen seiner blauen Augen zum Chef von Europol gemacht worden. Und deshalb nochmals: Hier ist absolute Vorsicht geboten!"

Milan atmete tief durch. „Sieht so aus, wie wenn ich mich dieser Story wieder annehmen müsste. Ich hatte sie ein wenig zur Seite gelegt gehabt."

„Und ich werde meine Kontakte zu Europol spielen lassen. Vielleicht bekomme ich heraus, wer den Müller portiert hat", verkündete Maria.

„Hört zu, seid vorsichtig. Wir können nicht wissen, welche Gebäude zusätzlich überwacht werden."

„Danke für die Warnung, aber wir führen nicht zum ersten Mal eine Recherche durch. Wir werden vorsichtig sein," beschwichtige Milan.

„Und Ihren Ehemann lassen Sie aus dem Spiel", mahnte Carl.

Milan verdrehte die Augen.

Berlin – Irgendwo in einer Wohnung

Merida weckt Anna.

„Kannst du nicht schlafen?", fragt Anna, noch etwas verschlafen und reibt sich die Augen.

„Pst", Merida legt den Zeigefinger auf die Lippen. „Wir müssen leise sein. Nicht, dass das Minion uns hört", flüstert sie. „Komm, zieh dich an. Anschließend spielen wir eine Runde Verstecken."

„Ohw ja", freut sich Anna. Merida wartet so lange, bis Anna ihre Kleider an hat. Das geht schnell. Merida nimmt Anna bei der Hand, legt nochmals den Finger an die Lippen, und öffnet dann leise die Tür. Die beiden schleichen sich zur Eingangstür. Anna sieht aus den Augenwinkeln, dass ein Mann in der Stube, mit dem Rücken zu ihnen, an einem großen Tisch sitzt, umzingelt von mehreren Bildschirmen. Merida schiebt Anna durch die Tür und bedeutet ihr, zu warten, bevor sie die Türe wieder schließt.

Anna überlegt. Eigentlich könnte sie jetzt weglaufen. Nur, wohin? Sie beschließt, zu warten. Es dauert nicht lange, da kommt Merida auch schon. Sie nimmt Annas Hand, und gemeinsam steigen sie die Treppen hinab. Unten angekommen, bis dahin sind sie niemandem begegnet, wird die Haustüre von außen aufgestoßen, und ein älterer Herr betritt, zusammen mit seinem Hund, das Treppenhaus.

Er mustert Merida eingehend. „Ist denn schon wieder Halloween?", erkundigt er sich.

Anna weist ihn darauf hin, dass Halloween immer am 31. Oktober begangen wird und er deshalb Glück hat, dass er weder Süßes geben noch Saures bekommen wird. Dann fragt sie ihn nach dem Hund. „Das ist Basto. Fünf Jahre alt und mit lupenreinem Stammbaum". Basto wedelt zustimmend mit dem Schwanz.

„Darf ich ihn streicheln?"

„Natürlich. Hinter den Ohren mag er es besonders gern." Anna krault Basto hinter den Ohren. Basto schmiegt sich ganz fest an Anna, beinahe hätte er sie umgeworfen.

„Sagen Sie mal, sollte die Kleine nicht längst im Bett sein? Und was soll denn das mit der Maske?"

Bevor Merida antworten kann, informiert Anna den Herrn, dass sie Anna heiße und bald acht Jahre alt wird, also mitnichten eine „Kleine" sei.

Der Herr nimmt dies nickend zur Kenntnis, fragt dann aber doch nach: „Gut Anna, solltest du nicht im Bett liegen? Es ist immerhin halb elf!"

„Anna und ich haben beim Spielen etwas die Zeit vergessen. Ich bringe sie nun nach Hause. Komm Anna, gehen wir." Merida nickt dem Herrn zu, Anna verabschiedet sich von Basto mit einem letzten Kraulen.

Eine Weile sind sie schon gelaufen, da zupft Anna Merida am Ärmel. „Ich dachte, wir spielen Verstecken?"

„Tun wir. Wir verstecken uns vor dem Minion."

„Ach, aber so kann es uns ja gar nie finden!"

„Ich habe ihm gesagt, dass es in der ganzen Stadt wird suchen müssen."

„Oh", Anna denkt nach, dann nickt sie. „Es gibt ja so viele Minions, da ist es nur gerecht, wenn sie uns in der ganzen Stadt suchen müssen. Die sind viel mehr, als wir."

„Ganz genau!"

Anna klingelt. Ein Mann, den sie nicht kennt, öffnet die Tür. Er jedoch scheint sie zu kennen. „Anna?" Er schaut sie ungläubig an, dann ruft er über die Schulter: „Hey, die Kleine ist wieder da!"

Anna seufzt und fragt sich, wie oft sie denn wohl noch erklären muss, dass sie nicht die „Kleine" ist! Lange darüber nachdenken kann sie aber nicht, denn jetzt stürmen gleich mehrere Menschen auf sie zu. Schon wird sie von ihrer Mutter in die Arme genommen und mit Fragen bombardiert. „Geht es dir gut? Dein Vater und ich haben uns solche Sorgen gemacht. Hast du Hunger? Durst? Komm erst mal rein." Mutter führt Anna in die Küche, gefolgt von dem Mann, der Anna die Tür geöffnet hat, sowie ein weiterer Mann und eine Frau, die Anna auch alle nicht kennt. „So, setz dich erst mal. Hast du Hunger?"

„Könnte ich ein Glas Nesquik bekommen?"

„Aber natürlich! Ich werde gleich Berta Bescheid sagen." Beatrix von der Krone stürzt aus der Küche.

Hat ja gut geklappt, denkt Anna. Ich sollte öfters mal weg sein, dann bekomme ich auch um diese Zeit Nesquik, nimmt Anna sich vor.

Die Frau setzt sich zu Anna an den Tisch und reicht ihr die Hand. „Hallo Anna. Ich bin Mara."

Anna beäugt erst die Hand, dann die Frau. Sie reicht der Frau ihre Hand. „Hallo. Was machst du hier?"

„Ich bin Polizeibeamtin. Erzählst du uns, was du seit Sonntag gemacht hast?"

„Oh, ganz viel. Erst haben wir Dart gespielt, dann gebastelt, mit Pfeil und Bogen geschossen und dann Verstecken gespielt", zählt Anna ganz begeistert auf.

„Das ist wirklich eine ganze Menge. Und wer ist „wir"?"

„Erst mit dem Minion, dann mit Merida."

„Aha." Mara schaut etwas ratlos.

Anna guckt Mara mit schräg gelegtem Kopf von unten prüfend an. „Sag jetzt bloß, du weißt nicht, wer die Minions sind und wer Merida ist?"

„Doch, doch", beeilt sich Mara zu erwidern. „Alf, das ist mein Sohn, sammelt eifrig Minions. Er hat sein Sammelbuch schon bald voll. Und den Film mit Merida haben wir uns im Kino angeschaut. Die Brüder von Merida fand er cool und Angus auch."

Anna nickt eifrig. „Das Minion hat mir Frühstück gebracht und Fotos gemacht. Ich habe ihm dann gesagt, dass ich die Minions nicht so cool finde. Da hat es sich dann in Merida verwandelt." Anna kramt die Merida-Maske aus ihrer Jackentasche und zeigt sie Mara.

Mara wirft einen kurzen Blick zu den beiden Männern. „Darf ich die haben?", fragt sie Anna.

Anna schaut skeptisch. „Ich bekomme sie aber wieder?", fragt sie dann.

„Natürlich. Wir untersuchen sie, dann bekommst du sie wieder zurück."

„Und wie lange dauert das?"

„Nun ja, ein paar Tage schon."

Inzwischen ist Annas Mutter mit Berta wieder zurück in der Küche. Als Anna Berta sieht, springt sie auf und begrüßt sie stürmisch.

„Deine Mutter meint, du sollst ein Glas Nesquik bekommen? Hm, ich frage mich, womit du das wohl verdient hast?" Berta schaut Anna mit gespielt strengem Blick an.

Anna schaut genauso gespielt entrüstet zurück. „Na, weil ich wieder hier bin, natürlich. Und weil ich im Pfeil und Bogen schießen gegen Merida gewonnen habe!"

„Ach? Ja wenn das so ist, hast du dir ein Glas Nesquik redlich verdient." Berta nimmt Milch aus dem Kühlschrank und gießt eine Portion in die Pfanne, stellt diese dann auf das Kochfeld. Und während die Milch langsam warm wird, gibt sie einen Löffel Schokopulver in ein Glas, hält inne und schaut Anna prüfend an. „Hast du dir die Tage auch immer die Zähne geputzt?"

„Hab ich", nickt Anna. „Ich musste das Zimmer auch gar nicht verlassen. Da war ein Spülbecken und eine Zahnbürste hatte es auch. Die fand ich etwas doof. Da waren lauter so Disney Figuren drauf. Und auf der Zahnpasta auch. Trotzdem habe ich sie mir nach jedem Essen geputzt!" Anna nickt nochmals bekräftigend. Berta schaut nochmals, dann gibt sie noch einen Löffel Schokopulver hinzu, und Anna strahlt.

Inzwischen ist die Milch warm genug und Berta füllt das Glas. „So, nun setz dich wieder. Die Dame und die Herren haben sicher noch die eine oder andere Frage, nicht wahr?" Berta stellt das Glas vor Anna hin. Und während Anna ihr Nesquik trinkt, erzählt sie von ihren Erlebnissen in den vergangenen Tagen. Irgendwann gähnt sie herzhaft. Und die Mutter findet, dass es jetzt genug sei und Anna unbedingt ins Bett gehöre. Anna will dann aber doch noch wissen, wann denn nun Oma kommt „Morgen", beschied ihre Mutter. Und Anna ist zufrieden.

Brüssel – Parc du cinquantenaire

Dale hatte die Metro am Gare du Midi in Richtung Montgomery genommen. An der Haltestelle Merode stieg sie aus. Zielstrebig überquerte sie die Straße und betrat den Park. An diesem heißen August Nachmittag tummelten sich die Menschen rund um den Brunnen, der mit seiner Wasserfontäne Abkühlung versprach, zumal kein Baum da stand, um Schatten zu spenden.

Dale stieg die Treppen hoch und gelangte auf den Parkplatz, der vollgestellt war mit Autos und Bussen. Als sie den Triumphbogen durch den rechten der drei Bögen durchschritt, konnte sie, obwohl noch einige Meter entfernt, zwei wohlbekannte Gestalten ausmachen. Sie trat auf die beiden zu: „Na, wie läuft's?"

„Danke der Nachfrage. Wie immer, viele Menschen für den Park, zu wenig Bier für uns."

„Vielleicht solltet ihr einen Antrag auf eine Standleitung bei der Stadt beantragen?"

„Sehr witzig! Wir sind ja schon froh, wenn wir hier sitzen dürfen!"

„Hat euch schon jemals jemand vertrieben?"

„Das nicht… aber dass es Leute gibt, die ob unserer Anwesenheit unangenehm berührt sind, nun ja…" Der Clochard wedelte etwas unbestimmt mit der Hand.

Dale schmunzelte und steckte den beiden fünf Euro zu. Dann ging sie weiter in den Park hinein. Trotz der Hitze kamen ihr zahlreiche Jogger entgegen, der Schweiß lief ihnen in Strömen über das Gesicht. Eine Touristengruppe hatte sich vor dem Musée Royal de l'Armée versammelt und hörte andächtig den Ausführungen der Fremdenführerin zu.

An den Fitnessgeräten, die sich gleich neben dem Museum befanden, war niemand zu sehen. Auch der Basketballplatz war verweist, genauso wie der große Fußballplatz. Auf der ihn umrahmenden Tartanbahn waren ein Läufer und eine Läuferin unterwegs, aufmerksam verfolgt von einem Mann mit Stoppuhr und Klemmbrett, der sich eifrig Notizen machte. Von den beiden anliegenden, kleinen Fußballplätzen, mit Betonboden ausgelegt, waren Rufe, Pfiffe und Geschrei zu hören. Dale schaute dem Treiben eine Weile zu, um dann festzustellen, dass Joel nicht auf und auch nicht neben den Plätzen zu finden war.

Da entdeckte sie Mustafa, der am Rand des zweiten Platzes stand, bereit zur Einwechslung. Schnell trat sie auf ihn zu und frage ihn nach Joel. Mustafa zuckte nur kurz mit den Schultern, dann war er auch schon auf den Platz gelaufen. Jemand tippte leicht auf ihren rechten Arm. Ein kleines Mädchen blickte sie von unten an. „Er ist beim Turm". Das Mädchen wies in die entsprechende Richtung. Dale lächelte das Mädchen an und bedankte sich.

Der Turm, im Südteil des Parks gelegen, ganz aus Tournai-Stein gefertigt, mit einer Höhe von acht Metern und einem Durchmesser von drei Metern, stand verlassen da. Unter den großen Kastanienbäumen, die die zwanzig Meter entfernte Allee säumten, konnte Dale eine Schülergruppe, ein junges Paar mit Buggy und eine Gruppe junger Leute, wohl Studenten, ausmachen. Joel jedoch konnte sie nirgends entdecken. Entschlossen schritt sie auf den Turm zu, und schaute, durch einen der zwei Eingänge, in das Innere. Und tatsächlich: Joel saß in der Mitte auf dem Steinboden und zeichnete. Sie setzte sich neben ihn. Joel schaut kurz hoch und zeichnete dann weiter. „Hallo Joel."

„Salut."

„Darf ich mal schauen, was du da zeichnest?"

Joel schaute sie kurz an, und streckte ihr dann den Zeichenblock hin.

„Hey, das ist richtig gut!" Lachend reichte sie ihm den Block zurück. „Der Schatten von Lucky Luk ist einfach zu langsam. Ich glaub nicht, dass der das nochmal hinbekommt, seinen Colt schneller als der Mensch Lucky Luk zu ziehen."

Joel grinste. „Und dein Schatten? Ist der schneller?"

„Wir sind gleich schnell. Weil wir auch immer zusammen üben."

„Das ist sicher nicht schön für den Schatten von Lucky Luk, dass er immer der Langsamere ist."

„Hmm, vermutlich nicht." Dann schwiegen sie. Joel zeichnete weiter, Dale schaute ihm zu. Nach einer kleinen

Weile. „Sag mal, warum habe ich eigentlich zwei Mamas und keinen Vater?" brach es, fast ein wenig zornig, aus Joel heraus. Und so schaute er Dale auch an.

Dale erhob sich und stellte sich an den Eingang des Turmes. Sie überlegte kurz, gab sich einen Ruck und setzte sich wieder neben Joel. „Bettina und ich waren schon sechs Jahre zusammen. Wir wünschten uns ganz fest ein Kind. Und da ein Kind aus einem Ei im Bauch der Mutter und dem Samen des Vaters entsteht, haben wir uns auf die Suche nach einem lieben Mann gemacht, der uns mit seinem Samen helfen könnte. Und es hat geklappt! Bettina wurde mit dir schwanger! Etwas Schöneres konnte uns nicht passieren!"

Joel zog die Stirn kraus, so wie er es immer machte, wenn er nachdenken musste. „Dann bin ich also ganz normal, auch wenn ich zwei Mamas habe?"

„Und ob du das bist!"

Joel atmete hörbar ein und aus und verkündete dann strahlend: „Dann werde ich das so den blöden Typen in der Schule sagen."

„Mach das. Du bist ein wahres Wunschkind!"

„Dann bekommt das Wunschkind jetzt vielleicht ein Eis?" Joel grinste sie spitzbübisch an.

Dale knuffte ihn liebevoll in die Seite und stand auf, reichte ihm die Hand und zog ihn auf die Beine. „Übertreib es nur nicht, du Schlaumeier", erwiderte Dale lachend.

Brüssel – Polizeigebäude 7. Stock

Val, Kira und Kalle saßen brütend über den einzelnen Akten, die sie sich betreffend den Themen TTIP, Protestbewegungen und Studentenvereinigungen besorgt hatten. Lisbeth war nirgends zu sehen. Kalle hatte erst an ihrem Tisch Platz nehmen wollen, ließ es dann aber auf Anraten von Val bleiben. „Lisbeth mag es nicht, wenn man ihr ihren Platz streitig macht." Daraufhin holte er sich kurzerhand einen Stuhl aus dem anderen Büro, und setzte sich zu Val und Kira, deren Pulte einander gegenüber standen.

Dale war gerade an den Tisch von Grace getreten, da wurde die Eingangstüre mit einem lauten Knall aufgestoßen und ein wutentbrannter Hans stürmte herein, gefolgt von einem eingeschüchterten Gerhard. Dale begrüßte die beiden mit einem munteren: „Wie ist die Befragung gelaufen? Was wusste dein Bruder zu berichten? Wie hat ihm das Hohe Venn gefallen?"

„Du", Hans stürmte mit ausgestrecktem Zeigefinger auf Dale zu, „du… das wirst du noch bereuen. Damit kommst du nicht durch", zischte er.

In diesem Moment betrat Lisbeth den Raum, zwängte sich zwischen Dale und Hans hindurch, nicht ohne Hans zur Seite zu stoßen, und nahm an ihrem Tisch Platz. „Die Entführung in Berlin ist beendet." Alle starrten Lisbeth an. Hans fasste sich als erster: „Was ist das hier eigentlich für ein Sauladen! Weshalb werden wir nicht informiert! Erst wird mein Bruder verhaftet und ich erfahre es als Letzter! Und jetzt ist die Entführung, wo ich den Lead habe, beendet und ich weiß nichts davon! Nennt ihr das etwa Teamwork?", brüllte er, wild mit den Händen fuchtelnd und sich um seine eigenen Achse drehend. Gerhard versuchte ihn zu besänftigen indem er ihm die Hand auf den Arm legte. „Hans, so beruhige dich doch…"

„Ich bin noch lange nicht fertig! Mit euch allen nicht! Ich werde dafür sorgen, dass ihr, bis zum Ende eurer Karriere, Akten sortiert!"

„Bevor es soweit ist", meinte Dale in Richtung Hans, „hättest du, Lisbeth, die Güte, uns bezüglich der Vorkommnisse in Berlin ins Bild zu setzen?"

Lisbeth hatte Hans nicht aus den Augen gelassen und starrte ihn auch jetzt mit zusammengezogen Augenbrauen unverwandt an. „Erst wenn sich der da beruhigt hat." Lisbeth lehnte sich zurück und verschränkte die Arme vor der Brust.

Hans, schnaubend wie ein wütender Stiert, baute seine ganzen 170 cm vor dem Schreibtisch von Lisbeth auf, beugte sich vor und packte sie bei der linken Schulter. „Wenn du nicht sofort mit den Informationen rausrückst, prügle ich sie aus dir raus!"

Val und Kira waren aufgesprungen, Dale machte ein paar Schritte auf Hans zu. Zu spät. Lisbeth hatte bereits ausgeholt und ließ ihre rechte Faust auf die Nase von Hans sausen. Der schrie auf, taumelte ein paar Schritte zurück und hielt sich die Hände vor seine Nase, aus der das Blut nur so raus sprudelte. Kalle packte reaktionsschnell seinen Stuhl und setzte Hans darauf. Grace eilte mit einem Packen Taschentücher herbei.

„Verdammt, die hat mir die Nase gebrochen", nuschelte Hans, nun ziemlich bleichgesichtig. Gerhard scharwenzelte höchst besorgt um den Stuhl und rief ein ums andere Mal „Oh mein Gott, oh mein Gott."

Grace, die inzwischen die Sanität verständigt hatte, meinte besänftigend zu den beiden: „Es ist wohl besser, wenn sich das ein Arzt anschaut, nicht wahr? Er ist unterwegs."

Hans, erstaunlich ruhig jetzt, bedachte Lisbeth mit einem wütenden Blick, brummte etwas, während Gerhard dankbar nickte. Die anderen atmeten erst mal tief durch, wechselten Blicke und gaben sich dann alle Mühe, ein Grinsen zu unterdrücken.

Irgendwie war das überfällig, dachte Dale, aber, innerlich seufzend, durchgehen lassen kann ich ihr das nicht. „Lisbeth, Hans: ich dulde ausschließlich! ohne Ausnahme! verbale, faire Auseinandersetzungen! Ein weiterer Vorfall und ihr fliegt aus dem Team. Ist das bei euch angekommen!?"

Beide wurden einer Antwort enthoben, da die Sanitäter durch die Türe traten. Sie schauten sich Hans kurz an und entschieden dann. „Wir nehmen ihn zur Abklärung mit. Sieht gebrochen aus." Sie packten Hans in den mitgebrachten Rollstuhl und fuhren ihn raus, gefolgt von Gerhard, der kundtat, er werde Hans begleiten.

„Das tut mir ja so leid für Hans. Aber ich bin sicher, man wird ihm eine ausgezeichnete ärztliche Betreuung angedeihen lassen, nicht wahr meine Damen?"

„Sei unbesorgt Kalle. Ich bin überzeugt, dass unsere Ärzte sich mit gebrochenen Nasen auskennen. Soll ja im Sport schon mal vorkommen", beruhigte Val, obgleich es nicht allzu viel zu beruhigen gab.

„Leider können wir nicht warten, bis die beiden wieder zurück sind. Lisbeth, fühlst du dich schon in der Lage, uns über die Geschehnisse in Berlin zu unterrichten?" Alle grinsten, mit Ausnahme von Grace. Die schaute Lisbeth prüfend an, schüttelte den Kopf, und setzte sich dann hinter ihren Tisch.

„Ich brauch jetzt erst mal einen Kaffee", verkündete Lisbeth. Die anderen schauten ihr verdutzt nach, folgten ihr dann aber auf den Gang hinaus und dann in den dritten Stock. Nur Grace nicht. „Hallo? Hier steht doch eine volle Kanne Kaffee!", rief sie ihnen nach. Keiner reagierte. Na dann nicht, dachte sich Grace und beschloss, dass es für heute genug sei, packte ihre Sachen und ging.

Warschau – Sofitel Warsaw Victoria Hotel

Felice Corti hatte am frühen Morgen den ersten Linienflug von Stockholm nach Warschau genommen. Ein Tag vollgepackt mit Sitzungen erwartete ihn.

Sein Ururgroßvater, der die Corti Ltd. im Jahre 1836 in Palermo gegründet hatte, damals nur mit einem Fuhrwagen und einem Pferd, transportierte alles, was auf seinem Wagen Platz fand. Daran hat sich nichts geändert. Die Corti Ltd. transportiert alles. Heute mit Camions und Schiffen. Ihren Hauptsitz hat die Corti Ltd. nach wie vor in Palermo, mittlerweile mit Ablegern in den Balkanstaaten. In diesem Jahr sind Vertretungen in Marokko, Algerien, Tunesien und Libyen hinzu gekommen.

Gleich nach der Ankunft hatte sich Felice Corti mit dem Flughafenshuttle ins Sofitel Warsaw Victoria Hotel fahren lassen, die Junior Suite bezogen und sich dann auf die erste Sitzung vorbereitet. Immer wenn er in Warschau zu tun hatte, ließ er sich von seiner Assistentin ein Zimmer in diesem Hotel reservieren. Zentral gelegen, mit mehreren komfortablen Sitzungszimmer und über 300 Zimmern, versprach es eine gewisse Anonymität.

Das Mittagessen mit einem griechischen Fleischlieferanten im Restaurant Le Victoria war teuer gewesen. Die Vertragsunterzeichnung für zukünftige Transporte zwischen Libyen und Griechenland machte dies jedoch vergessen. Auch die nachfolgenden Gespräche verliefen äußerst zufrieden stellend. Felice Corti belohnte sich mit einem Dampfbad und einer Massage. Um 22.00 Uhr begab er sich in die hoteleigene Lounge Bar und bestellte sich einen Zoladkowa Gorzka, einen Kräuter-Wodka, den er auf seinen zahlreichen Reisen nach Warschau, schätzen gelernt hatte. Es gibt ihn in fünf verschiedenen Geschmacksvarianten und er liebte sie alle. Den traditionellen, den mit Minze oder mit Honig, klar/weiß oder, wenn es mal ein wenig extravaganter sein sollte, mit Bison-Gras.

Der Kellner hatte ihm seinen Wodka gerade serviert, die Flasche ließ er gleich da, als ein Mann die Bar betrat, sich suchend umsah, dann an den Tisch von Felice trat und sich, ohne zu fragen, setzte. Er winkte den Kellner an den Tisch und verlangte nach einem leeren Glas, welches dieser umgehend brachte und auch gleich Wodka einschenkte. Der Mann prostete Felice zu und trank dann das Glas in einem Zug leer. Er stieß einen Seufzer aus, schenkte sich nach und ruckelte sich dann in seinem Sessel zurecht.

Felice hatte sich das alles regungslos angesehen. Nun beugte er sich über den kegelförmigen, silbrigen, von unten nach oben breiter werdenden, runden Clubtisch, welcher zwischen ihnen stand. „Was zum Teufel machst du hier?", zischte er leise.

Der Mann griff nach dem Glas, doch Felice packte ihn am Handgelenk, drückte die Hand auf den Tisch bevor sie das Glas erreicht hatte und fixierte sie nun mit eisernem Griff. „Aua, du tust mir weh. Lass mich sofort los", stieß der Mann zwischen zusammen gekniffenen Lippen hervor.

„Was – machst – du – hier?", wiederholte Felice seine Frage, jedes Wort betonend.

In diesem Moment trat der Kellner an ihren Tisch, um sich zu erkundigen, ob alles zur Zufriedenheit sei, ob er ihnen etwas bringen könne. Felice ließ die Hand los, lehnte sich zurück und orderte, mit einem Lächeln an den Kellner gewandt, eine Platte Piroggen.

Der Mann hatte inzwischen schnell nach seinem Glas gegriffen und kippte den Wodka wieder in einem Zug hinunter. Dann rieb er sich das Handgelenk. Auch Felice griff sich sein Glas und leerte es in einem Zug. Dann füllte er beide Gläser.

„Wir haben ein Problem", eröffnete der Mann Felice.

„Du hast gleich ein Problem, solltest du nicht einen guten Grund haben, weshalb du hier auftauchst!"

„Das Berliner Geschäft ist geplatzt."

Felice hob fragend die Augenbrauen: „Wie muss ich das verstehen?"

„Es wird kein Geld fließen." Der Wodka schon. Der Mann leerte auch das nächste Glas in einem Zug.

„Hör auf zu saufen! Warum nicht?", fauchte Felice.

Verlegen zu Boden blickend und mit den Füssen scharrend murmelte der Mann. „Der Tauschgegenstand ist nicht mehr in unserem Besitz."

Felice schloss kurz die Augen und wollte gerade nachfragen, als der Kellner die bestellten Piroggen, je zwei Teller, Gabeln und Servietten brachte. Er drapierte alles auf dem, dafür etwas engen Tisch, wünschte einen guten Appetit und entfernte sich wieder. Felice angelte sich eine Teigtasche, zerteilte sie mit der Gabel und führte die eine Hälfte in den Mund. Der Mann tat es ihm gleich. Schweigend vertilgten die beiden Tasche um Tasche bis die Platte leer war. Sie wischten sich die Münder mit den Servietten ab. Der aufmerksame Kellner eilte herbei, ließ sich bestätigen, dass es geschmeckt habe, und räumte Platte und Teller ab. Die beiden spülten die Essenreste mit Wodka hinunter.

Felice starrte den Mann nun unverwandt an. So sehr, dass diesem ganz unbehaglich zu Mute wurde. „Der Gegenstand ist euch also abhandengekommen", stellte Felice knapp fest.

Der Mann nickte bestätigend.

„Hat er sich in Luft aufgelöst? Ist er auf Weltreise gegangen oder einfach nur mal kurz in den Ausgang?", höhnte Felice.

„Einer unserer Mitarbeiter hat den Gegenstand begleitet", antwortete der Mann kleinlaut.

„Begleitet?", schnappte Felice.

„Wir haben den Mitarbeiter aus den Augen verloren,
wissen nicht, wo er ist. Der Gegenstand hingegen ist wieder da, wo wir ihn uns geholt hatten."

„Hervorragende Arbeit! Wirklich! Erst Stockholm, nun
Berlin. Was zum Teufel ist hier eigentlich los? Irgendjemand pinkelt uns ständig ans Bein. Das muss aufhören!"
Felice holte tief Luft, dann: „Wer hat die Leute in Berlin
ausgewählt?"

„Das war ich", antwortete der Mann mit eingezogenem
Kopf.

„So, so. Was wissen wir von ihnen?"

„Ein Mann und eine Frau. Für den Mann lege ich meine
Hand ins Feuer. Die Frau wurde mir von unserem Mann in
Berlin empfohlen. Die Überprüfung hat nichts Auffälliges
ergeben. Die Aufgaben davor haben sie zuverlässig und zu
unserer vollsten Zufriedenheit erledigt."

„Und du hast sie natürlich gesprochen, bevor du sie auf
den Gegenstand angesetzt hast?", fragte Felice lauernd.

Der Mann verneinte mit einem Kopfschütteln.

Felice sog Luft durch die Nase ein und entließ sie dann
mit einem Schnauben. „Wer von den beiden hat den Gegenstand begleitet?"

„Die Frau."

„Finde sie! Und zwar schnell! Das ist deine letzte Chance. Habe ich mich verständlich ausgedrückt?", fragte Felice ganz freundlich nach.

Der Mann nickte beflissen, stand auf und eilte, fluchtartig, aus der Bar.

Felice bestellte noch eine Flasche Wodka. Dem Kellner, der sie brachte, schob er unauffällig 500 Euro zu. Kurz darauf trat eine sehr junge Dame an seinen Tisch, blondes schulterlanges Haar, dezentes Make-up, gekleidet in ein türkisfarbenes Cocktailkleid. Um den Hals trug sie eine Halskette mit einem Herz & Pfeil-Anhänger der keck auf den Busen hin wies. Könnte doch noch ein guter Abend werden, dachte Felice.

Brüssel – Taverne Le Sanglier

Es war bereits nach elf Uhr, als Dale und Trish das Gebäude verließen. „Lass uns noch was essen gehen", schlug Dale vor.

„Oh ja. Kennst du was, wo man Moules et Frites essen kann?"

Dale warf einen belustigten Blick auf Trish. „Du hast dich wohl mit unseren Essgewohnheiten auseinander gesetzt?"

„Du wirst es nicht glauben, aber auch in Stockholm hat man von der Belgischen Küche schon etwas gehört. Wir haben viele Restaurants mit internationaler Küche."

„Ich bin beeindruckt! Ich dachte, bei euch gäbe es nur Smörrebröd", foppte Dale.

„Smörrebröd ist ein traditionelles Mittagessen der Dänischen Küche. Und Dänen und Schweden…naja, eine etwas komplizierte Geschichte."

„Ups, da hab ich wohl bei der Sesamstraße nicht richtig aufgepasst, entschuldige, das wusste ich nicht."

„Entschuldigung angenommen. Du darfst mich zum Essen einladen."

Dale lachte. „Schön. Bist du noch fit genug für eine Fahrradtour?"

Trish schaute Dale etwas unsicher an: „Wenn es nicht gleich die Flandernrundfahrt wird?"

Gleich um die Ecke gab es eine Velostation, wie sie überall in der Stadt zu finden sind. Einmal bei der entsprechenden App angemeldet, fordert man einen Code an, um mit diesem das Fahrrad aufzuschließen. Dale entriegelte zwei. Die beiden radelten los, quer durch die Stadt. Nach einer viertel Stunde, nur noch wenige Autos waren unterwegs, erreichten sie die Avenue Brigade. Nachdem sie die Räder abgestellt hatten, überquerten sie die Straße und betraten die Taverne Le Sanglier.

Am Tisch gleich beim Eingang saßen vier Männer und eine Frau vor ihren Biergläsern. Ansonsten waren keine Gäste auszumachen. Hinter der Theke machte sich ein älterer Mann an den Zapfhähnen zu schaffen, stoppte seine Tätigkeit jedoch sofort, als er der beiden Frauen ansichtig wurde. Er stürzte hinter der Theke hervor, laut rufend: „Martine, Martine komm schnell, schau wer gekommen ist!" Der großgewachsene, sehr dünne Mann umarmte Dale herzlich und strahlte sie an.

Und dann kam Martine. Klein, nicht mehr ganz jung, mehr breit als hoch. Die Küchenschürze brachte ihren mächtigen Busen aufs Beste zur Geltung. Sie flitzte auf die drei zu, heftig schimpfend, mit einer Holzkelle bewaffnet. Dann erkannte sie Dale. Sie knallte die Holzkelle auf den nächst gelegen Tisch, stieß den alten Mann unsanft zur Seite und schon versank Dale in einer nicht enden wollenden Umarmung. Glücklicherweise war Dale grösser als

Martine, man hätte sonst um sie bangen müssen. Der Erstickungstod wäre wohl unausweichlich gewesen. Der alte Mann, er hatte sich, nach dem Rempler von Martine, nur knapp auf den Beinen halten können, schien sich eben solche Sorgen zu machen: „Martine, nun lass sie doch los! Du erdrückst sie ja!"

Martine lockerte ihre Umarmung ein wenig, hielt Dale aber immer noch fest im Griff, wenn auch nur auf Armeslänge. Sie musterte das Subjekt in ihrem Griff von oben bis unten und von unten bis oben. Dann das Verdikt: „Mädchen, DU ISST ZU WENIG! Bald wirst du nur noch ein Strich in der Landschaft sein. Wie oft muss ich dir denn noch sagen, dass das nicht gesund ist!" Sie riss Dale wieder in ihre Umarmung.

Diese fand, dass es nun genug sei: „Martine, darf ich dir Trish vorstellen, eine Kollegin aus Stockholm. Sie ist der Meinung, es gäbe in Stockholm ausgezeichnete Belgische Küche zu genießen, insbesondere Moules et Frites. Was sagst du dazu?"

Nun wurde Trish eingehend gemustert. Dann: „Mann, stell dich hinter die Töpfe. Wir haben hier zwei, die dringend Fleisch auf die Knochen bekommen müssen! Und diesem Stockholmer Mädchen zeigen wir, wie die Belgische Küche in Belgien zu schmecken hat." Der alte Mann grinste und verschwand in der Küche.

Die fünf Gäste hatten die Szene interessiert verfolgt. Der älteste von ihnen, Stiernacken, Bierbauch und Glubschaugen, hätte er nicht auf der Sitzbank Platz genommen haben, würde er zwei Stühle besetzen, tat seine Meinung kund: „Martine, es können nicht alle so vollschlank sein, wie wir beide. Es muss auch die anderen geben. Schau dir doch dein Marc an. Hättest du den geheiratet, wenn mehr an ihm dran wäre?"

„Tintin, halt die Klappe! Dich hat keiner gefragt!" Tintin schmunzelte gutmütig.

„Also, ich finde das lustig", gluckste einer der jüngeren mit nicht mehr so klarer Aussprache, „wenn die Frau den Mann unter den Arm nehmen kann. Stellt euch vor, Martine klemmt sich Marc unter den Arm und geht mit ihm spazieren. Ist doch ein lustiges Bild, findet ihr nicht?", kicherte er vor sich hin.

Martine drehte sich behände und mit einer Eleganz um, die man bei ihrer Körperfülle nicht vermutet hätte und baute sich vor dem Tisch auf. „Hör zu, du Milchgesicht. Wenn du weiterhin hier drin bedient werden willst, dann malst du deine lustigen Bilder im Kopf und lässt sie auch da. Platz hat es da genug, sonst ist ja nichts drin." Sie versetzte ihm einen Klaps auf den Hinterkopf.

Betroffen zog der seinen Kopf ein und murmelte so etwas wie, dass er es nicht so gemeint habe.

„Aber Martine, nimm das doch nicht so persönlich, bitte. Wir scherzen doch nur", versuchte Tintin zu vermitteln.

„Ein Scherz, hä?" Sie bedachte Tintin mit einem bösen Blick, drehte sich um, griff sich die Kelle, wedelte damit energisch Richtung Gäste und entschwand dann in die Küche.

Dale und Trish hatten sich in der Zwischenzeit an einen Tisch am Fenster niedergelassen. „Auch wenn ich nicht mal die Hälfte verstanden habe, so kann ich doch sagen: eine herzensgute Dame", folgerte Trish belustigt. Dale nickte bestätigend.

„Du bist wohl öfter hier?"

„Schon ja. So oft es eben geht. Ich wohne gleich um die Ecke. Wenn ich heim komme und noch offen ist, schaue ich rein."

Martine rauschte aus der Küche. Ein Tablett in der Hand, watschelte sie zielstrebig, den Tischen behänd ausweichend, auf ihren Tisch zu. Den Teller stellte sie in die Mitte, daneben den Brotkorb, Olivenöl und die Butter. „So Mädels, das wird jetzt gegessen! Alles! Mit ordentlich viel Brot und Butter. Was wollt ihr trinken?"

Die Mädels entschieden sich je für ein Glas des roten Hausweines. Martine nahm die Bestellung erfreut nickend entgegen. „Bringe ich gleich. Bevor der Teller nicht leer ist, gibt es keine Moules", drohte sie mit erhobenem Zeigefinger.

Der Teller war reich bestückt mit diversen Sorten Käse, garniert mit Salami, Essiggurken, Zwiebeln und Knoblauch. Das Brot, frisch gebacken, roch verlockend. Die Mädels hatten Hunger und griffen zu.

Martine brachte den Wein und schaute den beiden, die Hände in die Hüften gestemmt, ein Weile beim Essen zu. Die beiden machten das offenbar zufrieden stellend. Martine entfernte sich wieder. Es dauerte nicht lange, dann war der Teller leer gegessen.

Aus der Küche war ein gedämpftes, „muss ich denn hier alles selber machen! Mann, bist du nicht mal fähig, ein paar ordentliche Fritten zu machen? Los, los, geh nachschauen, ob die Mädels artig aufgegessen haben", zu vernehmen.

Marc kam aus der Küche geflüchtet, eilte an ihren Tisch und guckte sich den Teller an. „Ah, das wird Martine gefallen. Alles weg, sehr schön." Marc war die Erleichterung anzusehen. „Das muss ich ihr gleich melden", strahlte er die Mädels an, deckte den Tisch ab und verschwand wieder in der Küche.

Die beiden Mädels lehnten sich, fürs erste gesättigt, in ihren Stühlen zurück und prosteten sich mit dem Wein zu. „Ein tolles Paar. Liebe pur", meinte Trish. „Sind sie schon lange zusammen?"

Dale zuckte mit den Schultern: „Keine Ahnung. Ich kenne sie nur so."

„Und wie lange kennst du sie schon?" Trish musterte Dale interessiert über den Glasrand hinweg.

„Sei ich hier wohne, das sind nunmehr…", Dale rechnete nach, „etwas mehr als zwei Jahre."

Trish stellte ihr Glas ab: „Und? Wohnst du da alleine?"

„Hm", bejahte Dale.

„Und wenn dir langweilig ist, in deiner seltenen Freizeit, schaust du die Sesamstraße."

Dale betrachtete Trish, eine Augenbraue hochgezogen, das andere Auge etwas zusammengekniffen. Dann senkte sie den Blick, betrachtete eingehend den Stiel ihres Glases. „Die Sesamstraße schaue ich zusammen mit Joel. Er mag die. Und manchmal ist sie auch wirklich lustig."

In diesem Moment rauschte Martine mit einem riesigen Tablet an ihren Tisch. Geradezu sanft stellte sie dieses auf den Tisch daneben und begann aufzutischen. Je eine Casserole de Moules, dazu einen leeren Teller und vier kleine Schüsseln mit Saucen. Marc stellte die Fritten und Schalen mit Zitronenwasser dazu. Zufrieden betrachteten die beiden den Tisch. Marc hatte seinen Arm um die Schultern von Martine gelegt: „Liebling, da haben wir uns mal wieder selbst übertroffen, findest du nicht?"

Martine brummelte zustimmend. Und an die Mädels: „Auch das wird aufgegessen!", ermahnte sie sie. Dann legte sie ihren mächtigen Arm um die Hüften ihres Mannes und gemeinsam entfernten sie sich in Richtung ihrer anderen Gäste.

Und die Mädels machten sich über die Muscheln und die Fritten her. Es herrschte absolute Ruhe. Zu hören war nur Schlürfen und zufriedenes Seufzen.

Viele Muscheln und Fritten später: „Und wer ist Noel?", hakte Trish nach.

Dale hielt kurz inne, wischte sich Hände und Mund mit der Serviette sauber, nahm einen kräftigen Schluck Wein und gab dann Antwort: „Joel ist mein Sohn."

Trish hätte sich beinahe an ihrem Muschelfleisch verschluckt, welches sie gerade schlürfend aufgesogen hatte. Sie hustete drei Mal kurz. „Du hast einen Sohn?"

Dale warf ihr einen kurzen Blick zu und nickte. „Hm".

Trish lehnte sich zurück und betrachtete Dale eingehend. „Das… hätte ich jetzt nicht gedacht. Dann bist du… verheiratet?", fragte sie zögernd nach.

„Nein. Wir waren ein Paar. Seit zweieinhalb Jahren sind wir es nicht mehr."

„Oh! Was ist schief gelaufen?"

„Vermutlich das Übliche? Die Arbeit, fehlende Zeit? Wir haben uns auseinandergelebt, so sagt man wohl."

„Und Joel lebt bei seinem Vater?"

Dales Hände schienen eine besonders eingehende Betrachtung nötig zu haben. Durstig schien sie auch zu sein…" Er wohnt bei seiner Mutter."

Trish schien nicht weiter erstaunt zu sein. „Habt ihr ihn adoptiert?"

Dale seufzte leise: „Du willst es ganz genau wissen, nicht wahr?"

Trish nickte bestätigend. „Das gehört schließlich zu unserem Beruf!"

„Nein wir haben ihn nicht adoptiert. Wir haben eine Samenspende in Anspruch genommen. Bettina, meine Ex-Freundin, hat ihn ausgetragen. Er ist jetzt acht Jahre alt. Bettina und ich waren während 15 Jahren ein Paar, aber nicht verheiratet. Habe ich etwas vergessen, was dich auch noch interessiert?"

„Nein, eigentlich nicht. Oder doch – wie geht Joel damit um?"

Dale schaute kurz auf, widmete sich dann wieder ihren Fritten, unschlüssig, welche Sauce sie wählen sollte. Schließlich entschied sie sich für Vin Blanc. „Womit?", fragte sie dann.

„Mit eurer Trennung. Und, dass er zwei Mütter, aber keinen Vater hat."

„Ganz gut, denke ich. Wir sind beide für ihn da. Natürlich verbringt er mehr Zeit mit Bettina, er wohnt ja bei ihr. Wir haben keine festen Besuchszeiten oder Wochenenden ausgemacht, an denen er bei mir ist. Wir überlassen das ihm."

„Und einen Vater vermisst er nicht?"

Nun wurde es Dale zu bunt. „Weshalb interessiert dich das?"

Trish lächelte sie an. „Ich bin neugierig und ich möchte dich näher kennen lernen", meinte sie leise.

Sie betrachtete angelegentlich den Wein in ihrem Glas, dann: „Und... Clem, meine Freundin, wir sind seit zwei Jahren zusammen, möchte ein Kind. Das führt immer wieder zu Diskussionen... Clem ist 35, ich 48..." Trish nahm einen Schluck Wein und fuhr dann fort: „Ich bin mir einfach nicht sicher, ob wir das tun sollten. Clem ist Musikerin, genauer DJeanne, arbeitet meist nachts, ist häufig unterwegs, überall in der Welt. Momentan auf Ibiza. Meine Arbeitszeiten sind auch alles andere als regelmäßig. Klar, Einsätze wie dieser hier, sind selten. Trotzdem, wie sollen wir uns da um ein Kind kümmern?" Den letzten Satz stieß Trish schon beinahe verzweifelt aus.

Dale betrachtete sie nachdenklich. „Die alles entscheidende Frage ist: Willst DU ein Kind?"

Trish wich dem Blick von Dale aus, schaute sich im Raum um, spielte mit dem Weinglas. „Nein", erwiderte sie leise.

„Du wirst es Clem sagen müssen, wenn du es noch nicht getan hast."

Trish nickte, fast schon ergeben „Ja, ich weiß. Ich sollte es ihr sagen. Das aber bedeutet unweigerlich die Trennung. Sie will unbedingt ein Kind."

Trish holte tief Luft und schaute Dale dann mit einem verzweifelten Blick an: „Es wäre unfair ihr gegenüber, wenn wir noch länger zusammen blieben, nicht wahr?"

„Ja, das wäre es", erwiderte Dale leise.

Die Teller waren leer gegessen, die Gläser leer getrunken. Dale hatte bezahlt und, nach einer herzhaften Umarmung von Martine und Marc, und einer Ermahnung, bald wieder zu kommen weil nur so für eine gesunde und ausreichende Nahrungsaufnahme gesorgt sei, verließen sie die Taverne.

Trish hakte sich bei Dale unter und schweigend schlenderten sie auf die Rue du Sonnet zu. Dale schloss auf und ließ Trish eintreten. Trish schaute sich neugierig um, drehte sich dann um, trat auf Dale zu, legte die rechte Hand in ihren Nacken, zog den Kopf zu sich heran und küsste sie. Dale, erst überrascht, erwiderte den Kuss, leidenschaftlich. Langsam zog sie die Bluse aus Trishs Hosenbund, ließ ihre Hände über den Rücken von Trish streichen. Trish stöhnte leise. Vorsichtig öffnete Trish die Jeans von Dale und ließ eine Hand in die Unterhose von Dale gleiten. Dale hielt kurz den Atem an, bevor sie langsam wieder ausatmete. Sie löste ihren Mund aus dem Kuss und strich sanft über die Wange, wanderte bis zu ihrem

Ohr, biss zärtlich in das Ohrläppchen und flüsterte: „Lass uns ins Schlafzimmer gehen." Mit sanftem Druck dirigierte sie Trish in Richtung Schlafzimmer, ohne von ihr zu lassen.

Brüssel – Rue Van Soust / Quartier Saint-Gilles

Nach dem Essen im Comme chez soi verabschiedete sich Milan von Maria und Carl, schwang sich auf sein Fixie und radelte los in Richtung Büro.

Eigentlich böte die Wohnung, die er zusammen mit Romain bewohnte, genug Platz, um sein Büro dort zu haben. Aber er zog es vor, für die Arbeit jeweils sein Zuhause verlassen zu müssen. Oft genug kam es vor, dass er auch Daheim noch bis spät in die Nacht arbeitete. Wenigstens aber war da der Arbeitsweg und das Nachtessen mit Romain. Das verschaffte ihm eine Pause, ein Abschalten von der Arbeit. Wenn er sich dann wieder an seinen Text setzte, reihten sich die Buchstaben fast von alleine aneinander. Heute allerdings war Romain für die Spätschicht eingeteilt. Die Wohnung würde also leer sein und darauf hatte er jetzt keine Lust.

Die Chaussée de Ninove, sonst chronisch verstopft, war wie leergefegt. Als er am La Tourelle vorbei kam, überlegte er kurz, ob er sich einen Kaffee holen sollte, entschied sich aber dagegen. Das konnte er auch später noch tun, die hatten ja bis 03.00 Uhr offen. Er bog in die Rue Van Soust ein. An der Nr. 613 bremste er, und stieg vom Fahrrad. Wie immer stand die Eingangstüre des Waschsalons offen und das Licht brannte. Er hatte rund um die Uhr geöffnet. Ein junger Mann wartete, lesend, auf das Ende seines Waschganges.

Milan schloss die Eingangstüre auf und stieg, sein Fixie geschultert, die Treppe hoch bis in den ersten Stock. Er lief den schmalen Gang entlang, an den beiden ersten Türen vorbei bis ans Ende, zur dritten Türe. Diese schloss er auf und trat ein. Die rechte Pedale seines Fahrrades schrammte den Türrahmen. Nicht das erste Mal wie die blätternde Farbe am Türzargen verriet.

Sein Zimmer, früher wurde hier gewohnt, wie immer noch in den darüber liegenden Stockwerken, lag gleich neben der Küche. Die drei weiteren Zimmer hatten Maria und zwei Kollegen in Beschlag genommen. Sie teilten sich die Miete, wodurch sie für jeden erschwinglich wurde. Die Stube benutzten sie als Sitzungszimmer und die Küche hatten sie so eingerichtet, dass man sich darin wohl fühlte. Großer Buchentisch mit bequemen Stühlen. Hier aßen sie, tranken ihren Pausenkaffee, tauschten sich aus.

Er stellte das Fahrrad an die Wand neben dem Fenster, schmiss den Rucksack auf seinen Schreibtisch, setzte sich, klappte den Laptop auf und drückte auf den Startknopf. Während der Computer hochfuhr, öffnete er den Rucksack und holte sein Notizbuch hervor. Er überflog die Stichworte, die er sich während des Abendessens mit Carl und Maria gemacht hatte. Nachdenklich betrachtete er dann den Bildschirm und die abgespeicherten Dokumente auf dem Desktop. Eine mit der Bezeichnung „Müller" oder „Europol" oder „Weiße Wölfe" war nicht zu finden. Wie auch, er hatte schon seit Wochen nicht mehr an dieser Story gearbeitet. Genauer seit er aus Warschau zurück war. Andere Themen waren in den Vordergrund gerückt.

Er hatte mehr Zeit im Europaviertel zugebracht, als ihm lieb war. Dieses Viertel behagte ihm nicht. Seltsam leblos kam es ihm vor. Diesen Glas- und Stahlbauten konnte er nichts abgewinnen. Daran änderten auch die zahlreichen Kunstskulpturen und –installationen nichts. Und auch nicht die herum wuselnden Menschen. Alle schienen sie ein Ziel zu haben und spät dran zu sein.

Seufzend begann er, in seinem Archiv nach dem vernachlässigten Dokument zu suchen. Nicht mal an den Namen des Ordners konnte er sich erinnern. Fünf Minuten später hatte er den Text gefunden, abgespeichert unter „Müller H." Und plötzlich, nachdem er zwei Seiten gelesen hatte, begann es zu kribbeln im Bauch. Er begann das Dossier akribisch zu studieren, ging den Verweisen nach, die er erstellt hatte und legte sich dann einen Plan zurecht, wen er morgen sprechen wollte, welche Informationen er sich beschaffen musste.

Maria hatte Carl nach Hause begleitet. Er hatte sie noch auf einen Schlummertrunk eingeladen, sie hatte jedoch abgelehnt.

Damals, kurz nach dem Tod ihrer Tochter, war sie es gewesen, die aus dem gemeinsamen Haus ausgezogen war. Sie hatte das Schweigen nicht mehr ausgehalten. Alle Versuche, die sie unternommen hatte, mit Carl darüber zu sprechen, prallten an ihm ab. So packte sie ihre Koffer, zog kurzfristig bei Milan und Romain ein und reichte die Scheidung ein. Irgendwie hatte sie gehofft, diese Handlungen würden etwas bei Carl auslösen. Nichts dergleichen geschah. Er nahm es einfach hin, fügte sich in alles. Mittlerweile hatten sie wieder ein gutes Verhältnis, fand sie. Und er scheint doch tatsächlich immer noch eifersüchtig zu sein, schmunzelte sie.

Drei Monate hatte sie eine Wohnung gesucht, bis sie im Quartier Saint-Gilles fündig geworden war. Die Erleichterung darüber war auf beiden Seiten groß. Milan und sein Mann hatten wieder ihre Privatsphäre zurück und sie war das Gefühl los, zu stören. Die Situation hat sie mehr belastet, als sie sich eingestehen wollte. Arbeits- und Privatleben waren gleichermaßen betroffen. Milan und sie sahen sich öfter als ihnen lieb war.

Sie schloss die Eingangstüre auf und stieg die steilen Treppenstufen hoch. Gerade als sie den zweiten Stock hinter sich gelassen hatte und den Aufstieg in den nächsten in Angriff nehmen wollte, öffnete sich die Türe im zweiten und ein Kopf lugte ins Treppenhaus. „Ah, Frau Stoltenberg, Sie sind es." Der Kopf schob seinen ganzen Körper in den Türrahmen, schaute prüfend, um nicht zu sagen vor-

wurfsvoll, auf die Uhr am Handgelenk, um dann festzustellen: „Ganz schön spät, finden Sie nicht? Sollten Sie
nicht schon längst schlafen? Sie müssen doch morgen bestimmt wieder zur Arbeit?"

Es könnte hier so schön sein, dachte Maria, drehte sich
um und antwortete: „Guten Abend Madame Van Stapen.
Sie haben recht, es ist tatsächlich spät geworden. Für Sie
doch aber auch?"

„Wissen Sie, in meinem Alter braucht man nicht mehr
so viel Schlaf. Außerdem schlafe ich äußerst schlecht,
wenn ich weiß, dass nicht alle Bewohner dieses Hauses
daheim sind. Aber jetzt sind alle da!"

„Wie schön! Dann können wir ja jetzt alle beruhigt
schlafen, nicht wahr Madame Van Stapen?"

„Richtig, richtig. Heutzutage, wo es immer mehr
Fremde gibt, müssen wir schauen, dass wir aufeinander
Acht geben, finden Sie nicht auch?"

Maria nickte ergeben, wünschte dann einen schönen
Abend, drehte sich um und stieg die weiteren Stufen hoch.

„Ihnen auch eine angenehme Nacht und vergessen Sie
nicht, dass morgen Ihr Waschtag ist", rief ihr Madame Van
Stapen hinterher.

Maria murmelte ein Danke und beeilte sich, ihre Woh-
nungstüre im dritten Stock zu erreichen, bevor da noch
was nachkam. Phu, geschafft. Maria atmete tief durch, und

schloss hinter sich ab. Diese Van Stapen! War es ihr eigentlich je gelungen, unbemerkt das Haus zu verlassen oder betreten zu können, ohne dass diese Frau sie abgefangen hätte?

Maria zog die Schuhe aus, ging in die Küche, füllte ein Glas mit Wasser und trank es, ohne abzusetzen, leer.

Sie hatte Milan von Madame Van Stapen erzählt. Als er eines Abends bei ihr vorbei schaute, sie wollten an einem Text arbeiten, klingelte er erst bei Madame, stellte sich ihr vor und erstattete Bericht: „Madame, Maria ist eine Arbeitskollegin. Wir haben morgen einen Abgabetermin für einen Bericht, an dem wir gemeinsam geschrieben haben. Ist es für Sie in Ordnung, wenn wir das oben bei Maria in der Wohnung tun?"

Madame hatte gnädigst ihre Bewilligung erteilt. Was hatten sie gelacht. Am nächsten Morgen hatte sich Madame veranlasst gesehen, Maria darauf aufmerksam zu machen, dass es unanständig spät geworden sei, bis dieser, dass musste sie zugeben, nette Monsieur wieder gegangen sei. Sie hatte mahnend den Zeigefinger erhoben und Maria darauf hingewiesen, dass so späte Besuche, „und dann auch noch Herrenbesuche!", in diesem Haus nicht gern gesehen werden. Um loszukommen blieb Maria nichts anderes übrig, als reuig zu nicken, und zu versichern, dass es eine absolute Ausnahme gewesen sei. Nur kurz hatte sie erwogen, Madame mitzuteilen, dass Milan schwul sei. Da sie aber nicht abschätzen konnte, wie Madame diese Information aufnehmen würde, hatte sie davon abgesehen.

Maria goss sich ein Glas Wein ein, setzte sich an den Sekretär in der Stube, auf dem ihr Laptop stand. Milan und sie glichen die Texte, an denen sie gemeinsam arbeiteten über VPN ab. Damit war gewährleistet, dass sie immer über die aktuellste Version verfügten. Sie rief die Datei „Müller H." auf und begann zu lesen. Als sie damit fertig war, auch das Glas war inzwischen leer, wusste sie, was sie morgen tun würde.

Brüssel – Polizeigebäude 4. Stock

Val und Kira saßen bereits am Sitzungstisch, die vor ihnen liegenden Akten konzentriert lesend, als Kalle in das Zimmer trat. Auch er hatte einen Ordner dabei, den er, nachdem er sich neben Kira gesetzt hatte, aufschlug. Er zückte einen Stift und begann in dem ebenfalls mitgebrachten Notizbuch eifrig Notizen zu machen. Es herrschte absolute Stille, nur von Zeit zu Zeit von einem Blättern unterbrochen.

Plötzlich, ein lauter Knall, gefolgt von ausgiebigem Klirren, riss die drei aus ihrer Konzentration. Kira brummte genervt: „Das kann nur Grace sein." Und tatsächlich, da tänzelte auch schon Grace in den Raum. In grotesk verrenkter Haltung. In der einen Hand ein Tablett balancierend, unter den anderen Arm einen Ordner geklemmt, aus dem stetig Blätter zu Boden flatterten, versuchte sie, kleine Schritte machend, den Tisch neben der Eingangstüre zu erreichen. Dies gelang ihr ganz gut. Dem Tablett verschaffte sie eine sichere Landung auf dem Tisch, dem Ordner verhalf sie zu einem sanften zu Boden gleiten. Mit einem „Uff, das wäre geschafft" schaute sie enthusiastisch lächelnd in die Runde. Es schien ihr entgangen zu sein, dass sie eine Spur Blätter gelegt hatte.

Carl erschien in der Tür, schnaubend, hochrot im Gesicht, einen Stapel Blätter und zwei Ordner in der Hand.

Grace hob den Ordner auf, warf einen Blick hinein. „Oh, da habe ich wohl das eine oder andere Blatt verloren?"

„Das eine oder andere Blatt? Und was ist mit diesen Ordner hier? Und die Scherben im Gang?" Carl schien wenig begeistert.

„Carl! Von zehn Tassen haben acht überlebt! Ganz zu schweigen von der Kaffeekanne! Sieh sie dir an! Bis oben hin gefüllt, steht sie in ihrer ganzen Pracht da. Zucker, Sahne – alles da. Und die Ordner und Blätter hast ja nun du gebracht. Vielen Dank", strahlte sie Carl an. Dann leicht tadelnd: „Ich wünschte, du wärst nicht immer so destruktiv. Wir haben es hier mit einem halb vollen Glas zu tun und nicht mit einem halb leeren!" Damit nahm sie Carl die Ordner und Blätter ab und mit einem, „ich sortiere das wieder ein", verließ sie den Raum.

Carl schaute ihr entgeistert nach, raufte sich die Haare und ließ sich dann auf einem Stuhl nieder. „Sollten wir sie vielleicht in ein „Wie-organisiere-ich-meine-Aufgaben-ohne-grössere-Katastrophen-zu-verursachen"-Seminar schicken?"

Die Entscheidung darüber musste warten, denn in diesem Moment betrat Hermann Müller, gefolgt von Dale und Trish den Raum. Die Drei nahmen sich Kaffee und setzten sich dann. Müller neben Carl, Dale neben Val und Trish neben Kalle.

Dieser beugte sich zu Trish und flüsterte: „Du hast wohl intensiv an der „Internationalen Zusammenarbeit" zwischen Schweden und Belgien gearbeitet?"

„Wie kommst du darauf", schmunzelte Trish.

„Du bist nicht zum Frühstück erschienen und auf deinem Zimmer warst du auch nicht", erwiderte Kalle in vorwurfsvollem Ton.

Trish bekam keine Gelegenheit, darauf zu antworten. Hermann Müller ergriff das Wort: „Meine Damen und Herren, fangen wir an. Leider müssen wir auf die wertvolle Anwesenheit von Hans und Gerhard verzichten. Hans liegt im Krankenhaus, mit gebrochener Nase." Müller wiegte seinen Kopf zögerlich hin und her, blätterte in seinem dicken Buch und wandte sich dann an Dale: „Ms Dion, Hans ist der Meinung, Sie würden Informationen zurückhalten. Nun, wenn Sie mir eine stringente Erklärung dafür liefern können, weshalb er nicht informiert wurde, dass Sie seinen Bruder verhaftet haben, so bin ich gerne bereit, seine – nun – Anschuldigungen und Vorwürfe seinem momentanen Befinden zuzuschreiben."

Dale, auf der alle Augen ruhten, nahm einen Schluck Kaffee, lehnte sich im Stuhl zurück, fixierte Müller und begann: „Möglicherweise haben wir Sie, Mr Müller und auch Hans und Gerhard zu wenig genau darüber informiert, dass wir hier mit einem Informationssystem, einer Datenbank, arbeiten, in welcher sämtliche Informationen

244

zeitnah abrufbar sind. Die Einspeisung der Daten wird von Grace erledigt – sehr gut erledigt, möchte ich betonen. Sie alle hier, Hans und Gerhard sind mitgemeint, haben eine E-Mail von Lisbeth erhalten, mit den Zugangsdaten. Ich habe dies, gleich anschließend an unsere erste Sitzung, veranlasst. Der Vorwurf, Informationen würden zurück behalten, ist somit nicht haltbar."

Hermann Müller, der den Ausführungen von Dale, aufmerksam zugehört hatte, erhob sich, nahm sein Smartphone zur Hand und begab sich zur Eingangstüre. Über die Schultern ließ er ein, „wir machen eine kurze Pause" vernehmen, bevor der den Raum verließ.

Carl lehnte sich über den Tisch und zischte: „Verdammt Dale, du hättest dich entschuldigen können oder mindest dein Bedauern zum Ausdruck bringen können!"

„Entschuldigen? Bedauern? Wovon sprichst du?", gab sich Dale ahnungslos.

„Da liegt einer mit gebrochener Nase im Krankenhaus! Schon vergessen?", erwiderte Carl aufgebracht.

Müller betrat das Zimmer wieder, gefolgt von Grace. Diese verkündete ungefragt: „Ich habe soeben Mr Müller eine kurze Einführung in unser Informationssystem gegeben. Er ist ganz begeistert, nicht wahr Mr Müller? Sind sie doch?" Grace hatte ihren treuherzigen Blick auf Müller gerichtet. Der nickte ergeben. Sie fuhr fort: „Leider sind mir ja vorhin ein paar Seiten aus einem Ordner geglitten. Deshalb fehlen jetzt ein paar Ermittlungsstunden. Inzwischen sind die Seiten sortiert und ich bin sie am Eintippen. Dann ist alles wieder ajour." Grace strahlte in die Runde machte rechts umkehrt und schwebte davon.

Carl schnaubte, Val seufzte, Kira verdrehte die Augen, Trish konnte sich ein Grinsen nur knapp verkneifen und Kalle ließ seinen Stift heftig auf seinem Notizblock vibrieren. Dale hatte die Arme vor der Brust verschränkt und starrte auf den Tisch. Kurzum, eine entspannte Atmosphäre machte sich breit.

Müller lächelte aufmunternd in die Runde: „Das kann ja mal passieren. Ich bin sicher, Grace hat das schnell wieder in Ordnung gebracht." Er klatschte in die Hände und meinte dann: „Widmen wir uns unserer Aufgabe. Ich übernehme den Berliner Part in Vertretung. Ihre Informationen, bitte."

Carl begann als Erster mit seinem Bericht, in der Absicht, Dale etwas aus der Schusslinie zu nehmen. „Ich hatte die griechischen Kollegen in Athen gebeten, den Parteibüros der „Goldenen Morgenröte" einen Besuch abzustatten. Dies ist inzwischen geschehen und ich habe ihren Bericht vorliegen. Der Parteivorsitzende hat unumwunden zugegeben, dass sie, ich zitiere, „sanften Druck" auf die EU-Abgeordneten ausüben, wenn diese sich nicht wohl verhalten. Sanften Druck umschreibt er auf Nachfrage der

Kollegen mit: Mails, Anrufen, Anklagen in den Sozialen Medien und Strafanzeigen. Auf die Frage, ob dies für alle Parteimitglieder gelte, gab er zu Protokoll, dies sei die Parteiraison. Ob sich alle daran halten würden, könne er unmöglich abschätzen. Was diese in ihrer Freizeit täten, ginge ihn nichts an und die Partei sei dafür auch nicht verantwortlich. Sie hätten zu keiner Zeit zu Morden oder anderen Straftaten aufgerufen. Soweit die Aussage des Parteivorsitzenden." Carl schaute von seinen Notizen auf, lehnte sich zurück und meinte seufzend: „Mehr konnten die Kollegen nicht tun. Um einen Durchsuchungsbefehl zu bekommen, benötigen sie handfesteres, als das, was wir haben."

Hermann Müller schaute kurz hoch, wie immer hatte er sich eifrig Notizen gemacht, nickte. „Weitere Ermittlungen in diese Richtung scheinen mir nicht angezeigt. Was haben wir noch?"

Er scheint ja richtig zufrieden zu sein, mit diesem Nichts, stellte Carl verblüfft fest. Ein kurzer Blickwechsel mit Dale bestätigte ihm, dass sie das genau so sah.

Val übernahm nun die Berichterstattung. „Die Enduros, die kurz vor der Tat vor dem Restaurant Notos abgestellt waren, wurden am Freitag davor als gestohlen gemeldet. Sie waren von Kim Voltering und Bob Solter, zwei Studenten, am 17. Juli angemietet worden. Die Befragung der beiden hat zu keinen weiteren Erkenntnissen geführt. Die

Enduros sind bis heute nicht wieder aufgetaucht", schloss Val ihren Bericht.

„Ich nehme an, Sie arbeiten daran?", erkundigte sich Müller.

„Ich habe Lisbeth beauftragt, sich dieser Sache anzunehmen", ließ Dale sich vernehmen.

Müller brummte etwas und schaute dann fragend in die Runde.

„Griechische Militärdiktatur, Griechischer Bürgerkrieg, Linksradikale, Fremdenlegion", ratterte Kira runter.

Müller schaute sie so entgeistert an, dass Kira sich genötigt sah, eine Erklärung nachzuschieben: „Motive oder Tatverdächtige. Wir sind da ganz offen, wollen nichts ausschließen. Kurz, wir ermitteln in alle Richtungen", schloss Kira.

„Aha… aber genaueres haben Sie nicht? Namen, Organisationen, was weiß ich?", fragte Müller zögerlich nach.

„Doch, doch, wir haben ein paar Namen von Organisationen, die noch eine Rechnung offen gehabt haben. Mit den Toten." Kira ließ ihren Charme aufblitzen, „aber wir wollen da erst noch tiefer gehen. Ich werde Sie selbstverständlich persönlich auf dem Laufenden halten", schloss Kira mit einem leisen Lächeln, gefolgt von einer koketten Handbewegung, mit der sie sich eine Haarsträhne hinter das linke Ohr strich.

„Tun Sie das, Ms Vasilis", nickte er Kira mit einem Lächeln zu. „Wie sieht es im Stockholmer Fall aus?"

„Ich würde gerne Peter von Lohe nochmals befragen. Inzwischen sollte er sich etwas erholt haben. Im Übrigen erwarten wir heute Cecilia Wakström, seine Frau. Auch mit ihr würde ich gerne ein Gespräch führen. Vielleicht ergibt sich daraus ein Motiv für die Entführung." Ganz im Gegensatz zu Kira hatte Trish, obwohl in der Möglichkeitsform, ihre Anregung sehr bestimmt vorgetragen. Alles andere als eine Zustimmung zu diesem Vorgehen schien undenkbar.

Das sah Müller auch so. Er winkte das Ganze mit einer nonchalanten Handbewegung durch, um dann seine Ausführungen zum Berliner Fall zu starten: „Die Entführung in Berlin ist beendet. Die Kleine ist wieder aufgetaucht. Unversehrt. Lösegeld wurde keines bezahlt. Die Deutschen Kollegen werden heute versuchen, von der Kleinen mehr Informationen zu bekommen. Ist das nicht wunderbar?" Müller breitete seine Arme aus, wie wenn er alle Anwesenden umarmen wollte. „Beide Entführungen sind unblutig zu Ende gegangen. Niemand musste bezahlen oder sonst eine Bedingung erfüllen. Ich bin wirklich höchst zufrieden. Es bleibt allerdings spannend." Müller war aufgestanden. Stütze sich mit seinen beiden Händen, die er zu Fäusten geballt hatte, auf dem Tisch ab und meinte eindringlich: „Lassen Sie nicht nach in Ihren Anstrengungen.

Geben Sie alles. Lassen Sie uns die Verbindung finden! Es muss eine geben!" Etwas außer Atem, mit roten Backen, schloss er seine Brandrede mit einem: „An die Arbeit!"

Berlin – Bei Anna von der Krone

Anna hat gut geschlafen. Kein Wunder, wo sie doch Fluffy wieder hat. Erst hat er sich gar nicht knuddeln lassen wollen. Er war beleidigt. Sie hat ihm erklären müssen, weshalb sie weg war und ihn nicht mitgenommen hat. Jetzt ist alles wieder gut. Gemeinsam haben sie die Sterne betrachtet.

Oma und Anna haben sie alle eigenhändig an die Decke geklebt. Anna, im Schneidersitz auf dem Bett sitzend, ein aufgeschlagenes Sternenbuch auf den Knien, hatte Oma gesagt, wo sie welchen Stern hin kleben soll. Damit waren sie einen ganzen Nachmittag beschäftigt. Am Ende befanden sie ihr Werk für äußerst gut gelungen.

Mama weniger. Sie hat mit Oma und Anna geschimpft. Oma hat zurück geschimpft. Beide waren ziemlich laut. Anna hat sich in ihrem Lieblingsschrank versteckt und das Ganze abgewartet. Irgendwann hat Oma in den Schrank geguckt, Anna bei der Hand genommen, und dann sind sie mit Omas Auto losgefahren, Eis essen.

Anna findet, es sei Zeit für das Frühstück. Sie ist hungrig, also tapst sie, Fluffy im Arm, die Treppe hinab. Sie guckt in die Küche. Da ist niemand. Das stört Anna nicht. Sie stellt Fluffy an den Fensterrahmen. Damit er auch sieht, was sie tut. Sie nimmt eine Schale aus dem Schrank. Die sind nicht so weit oben, sie kann sie gut erreichen. Im Schrank daneben steht der Sack mit ihrem Lieblingsmüsli.

Vorsichtig schüttet sie eine Portion in die Schale. Immer schauend, dass genug Schokostücke mit dabei sind, neben Rosinen und Haferflocken. Anna schaut kurz, ob auch wirklich niemand da ist. Dann klaubt sie ein paar Schokostücke aus dem Sack und schiebt sie sich schnell in den Mund.

„Beklag dich später nicht, wenn es keine Schokolade mehr drin hat."

Ertappt! Anna hat Berta nicht kommen hören. Die steht breitbeinig, die Hände in die Hüften gestemmt in der Küche. Wie kommt es, dass Erwachsene immer dann auftauchen, wenn man mal was macht, was nicht so ganz in Ordnung ist? Anna hat dieses Rätsel noch nicht gelöst.

„Setz dich an den Tisch." Berta holt die Milch und den Eistee aus dem Kühlschrank. Sie gießt die Milch über das Müsli in der Schüssel und schenkt ein Glas Eistee ein. Beides stellt sie vor Anna hin. Während Anna das Müsli mampft, macht sich Berta an der Abwaschmaschine zu schaffen.

„Ah Anna, hast du gut geschlafen?" Annas Mutter, die mit einer Tasse in der Hand in die Küche kommt, schaut etwas besorgt. Anna nickt. Sie hat sich gerade einen großen Löffel Müsli in den Mund geschoben. Annas Mutter ist beruhigt.

Dann sieht sie Fluffy. Jetzt ist sie nicht mehr so beruhigt. „Anna! Ich hatte dich doch gebeten, Fluffy nicht mit in die Küche zu bringen. Das ist nicht hygienisch! Wie oft muss ich dir das denn noch sagen?!"

Anna beginnt aufzuzählen: „Ich bin ein paar Tage weg gewesen. Ohne Fluffy! Was meinst du, wie er sich fühlt! Da kann ich ihn doch nicht einfach im Schlafzimmer lassen. Und er soll was lernen. Ist doch gut, wenn er weiß, wie man Frühstück macht, findest du nicht?"

Anna schaut unschuldig. Ihre Mutter seufzt. „Ich wünschte, deine Oma würde sich etwas mehr Gedanken machen, bevor sie dir etwas schenkt."

„Warum? Fluffy ist doch voll in Ordnung! Wann kommt denn nun Oma?"

„Genau konnte sie es nicht sagen. Sie hofft, den Morgenflug zu erwischen. Dann wäre sie wohl kurz vor dem Mittagessen hier." Mehr zu sich selbst meint Annas Mutter, „ich hoffe, sie schafft es nicht. Nachmittag ist auch noch früh genug."

Anna versteht das nicht, deshalb fragt sie nach: „Aber sie ist doch deine Mutter! Da musst du dich doch freuen, wenn sie uns besuchen kommt?"

Annas Mutter versucht eine Erklärung: „Weißt du, deine Oma und ich, wir sind nicht immer gleicher Meinung."

„Deshalb streitet ihr euch", stellt Anna fest. Annas Mutter nickt nur, gießt sich Kaffee ein und verlässt die Küche.

Anna denkt nach, während sie ihr Müsli isst. Als sie damit fertig ist – mit Nachdenken und Essen – findet sie, es könne nicht schaden, Berta zu fragen. „Streitest du dich auch mit deiner Mama?"

Berta, die gerade einen Stapel Teller in den Küchenschrank verstauen will, hält inne. „Naja, manchmal schon. Wir sind auch nicht immer einer Meinung. Genau wie du und deine Mama. Das mit Fluffy zum Beispiel. Deine Mama will ihn nicht in der Küche haben, du aber schon. Da seid ihr euch nicht einig."

Anna guckt in ihr Glas und muss schon wieder nachdenken. Das ist anstrengend. Aber Anna muss das jetzt wissen. „Dann ist es normal, dass sich Mütter mit ihren Töchtern streiten?"

Berta nickt: „Du wirst dich doch sicher ab und an mit deinen Mitschüler streiten? Mit den einen mehr, mit den anderen vielleicht gar nicht?"

Anna nickt heftig.

„Siehst du, und das ist ganz normal. Nicht mit jedem versteht man sich gleich gut. Aber, man sollte es versuchen. Streit ist nicht so schön. Auf jeden Fall soll man sich anschließend wieder vertragen."

Das leuchtet Anna ein. Sie nimmt Fluffy in den Arm. „Dann sage ich Mama jetzt, dass Fluffy in Zukunft nicht mehr in die Küche darf", verkündet sie, nickt Berta zu und geht ihre Mutter suchen.

Anna sitzt im Wohnzimmer auf dem Sofa. Sie hat Besuch. Die Polizisten Mara und Wolfgang. Sie hat die beiden gleich nach der Merida Maske gefragt. Die hatten sie nicht dabei. Nun wollen sie von Anna alles wissen. Wirklich alles.

Anna erzählt: „Das Mittagessen war nicht so toll. Kartoffelstock mit Sauce und Gemüse. Blumenkohl! Den mag ich nicht so gern. Ich hab aber alles aufgegessen. Dann hab ich im Garten mit Fluffy gespielt. Das Murmelspiel. Wisst ihr, wie das geht?"

„Hm, einer wirft eine Murmel und die anderen müssen versuchen, ihre Murmel so nah wie möglich an diese Murmel zu werfen?", mutmaßt Mara.

Anna nickt eifrig. „So kann man das spielen, ja. Wir mögen es lieber, wenn man mit seinen Murmeln in ein Loch treffen muss. Das dürft ihr Mama aber nicht sagen. Sie hat es nicht so gerne, wenn ich im Garten Löcher mache."

„Keine Angst, wir sagen deiner Mutter nichts. Sagst du uns dafür, wer Fluffy ist?"

Anna guckt Wolfang groß an. Manchmal versteht sie die Erwachsenen einfach nicht. Sie macht Wolfang freundlich darauf aufmerksam, dass Fluffy doch schon die ganze Zeit neben ihr sitzt. Jetzt macht Wolfgang große Augen.

„Mit wie vielen Murmeln habt ihr denn gespielt?", fragt Mara.

„Fluffy hat sieben, ich zehn, also hab ich angefangen. Und auch gleich das Loch getroffen. Fluffy hat auch getroffen. Dann waren plötzlich der Mann und die Frau da. Die haben sich vor das Loch gestellt. Erst dachte ich, die möchten vielleicht mitspielen. Dann hab ich Angst bekommen und bin weggelaufen. Ich kann sehr schnell laufen. Aber die haben mich eingeholt. Die sind doppelt so groß wie ich!" Anna ist jetzt wütend. Mara findet auch, dass das nicht fair war. Die beiden hätten ihr in jedem Fall einen ordentlichen Vorsprung geben müssen. Anna nickt zustimmend.

„Was passierte dann? Als sie dich eingeholt hatten?", fragt Wolfgang ungeduldig.

Anna überlegt. Mara scheint ja ganz in Ordnung zu sein. Aber Wolfgang? Kann jemand, der nicht mal weiß, wer Fluffy ist, in Ordnung sein? Sie beschließt, ihm noch eine Chance zu geben. „Sie haben mir was ins Gesicht gedrückt. Dann bin ich in einem Zimmer aufgewacht. Dann kamen die Minions. Und alles andere hab ich euch ja schon gestern erzählt."

„Stimmt. Wie ihr Dart gespielt habt und mit Pfeil und Bogen geschossen habt", fasst Mara zusammen.

„Bevor du weggelaufen bist, hast du dir die beiden angeschaut?", fragt Wolfgang nach.

„Klar. Sie waren groß, der Mann etwas mehr als die Frau. Sie trugen so komische Masken. Und Handschuhe. Wer trägt denn Handschuhe, wenn er das Murmelspiel spielen will?"

„Kann ich mir auch nicht vorstellen – mit Handschuhen Murmeln zu werfen. Was waren das denn für Masken?"

„Die waren weiß. Augen, Mund und Nase mit schwarzer Farbe drauf gemalt." Anna nimmt ihr Smartphone und sucht nach „Maske". Sie zeigt Mara und Wolfang das Ergebnis auf Wikipedia. „Etwa so, wie die hier. Wisst ihr, wenn ihr was nicht wisst, so könnt ihr Wikipedia fragen. Die weiß es", erklärt Anna ihnen. Es sind Anonymus Masken, die zu sehen sind.

„Hast du die beiden auch mal ohne Masken gesehen?", will Wolfgang wissen.

Anna schüttelt verneinend den Kopf.

„Du hattest doch die Maske von Merida dabei. Als die Frau die abgezogen hat, hast du sie da gesehen?"

„Ich musste mich umdrehen. Durfte nicht gucken. Dafür habe ich dann die Maske bekommen. Das war die Abmachung", strahlt Anna.

„War denn der Mann auch dabei?"

„Wir haben verstecken gespielt. Und das Minion musste uns finden", meint Anna ein wenig vorwurfsvoll, „da kann er ja wohl nicht dabei gewesen sein. Sonst wäre es ja nicht ein Versteckspiel, nicht wahr?"

Das müssen Mara und Wolfgang zugeben. „Dann hat die Frau, also Merida, mit dir die Wohnung verlassen. Hat der Mann das mitbekommen?"

„Nö, der saß an einem Tisch mit vielen Bildschirmen drauf. Wir waren auch ganz leise. Merida ist dann nochmals in die Wohnung gegangen und ich musste warten. Da wollte ich weglaufen. Aber ich wusste nicht, wohin. Also hab ich gewartet."

„Das hast du gut gemacht", lobt Mara. „Und dann? Als Merida wieder da war, habt ihr da den Lift genommen oder die Treppe?"

„Wir sind die Treppe runter gegangen. Drei Stockwerke. Pro Stockwerk zwei Treppen. Pro Treppe acht Stufen. Das macht dann 48 Stufen", rechnet Anna ihnen vor.

„Wow", zeigt sich Mara beeindruckt, „du bist ja richtig gut im Rechnen!"

„Eigentlich nicht. Ich mag Buchstaben und Wörter lieber. Oma sagt, rechnen ist wichtig. Sonst wird man übers Ohr gehauen, sagt sie. Also übe ich das eben."

„Da hat deine Oma unbedingt recht! Sag mal, ist dir sonst noch was aufgefallen? Im Treppenhaus?"

„Als wir raus wollten, war da ein nicht so intelligenter Mann und Basto."

„Ach, und warum denkst du, dass der Mann nicht so intelligent ist? Und wer ist Basto?", will Wolfgang wissen.

Anna seufzt. Wolfgang weiß auch gar nichts, denkt sie. Sie schaut ihn prüfend an. „Er hat gefragt, ob Halloween ist!" Anna verdreht die Augen. „Weißt du, wann Halloween ist?", fragt sie Wolfgang.

Der zögert etwas, schaut hilfesuchend zu Mara. Doch die lässt ihn hängen. So versucht er es mit einem „Ende Oktober?"

„Am 31. Oktober ist das. Das habe ich ihm gesagt."

Mara grinst und erkundigt sich dann nach Basto.

„Basto ist sein Hund. Der ist groß, aber lieb. Er mag es, wenn er hinter den Ohren gekrault wird. Das hab ich gemacht. Da hatte er Freude und mit dem Schwanz gewedelt." Anna scheint auch Freude zu haben.

„Wie sieht Basto denn aus?"

„Er hat ein schwarzes Fell". Anna holt ihr Handy hervor und fragt Wikipedia. Die antwortet mit einer Flut von Rassen und Bildern. Anna hat Basto rasch ausgemacht. Sie zeigt ihn Mara und Wolfgang. Es ist ein schwarzer Labrador.

„Der sieht tatsächlich nett aus. Was habt ihr dann gemacht?

„Dann sind wir losgelaufen. Dann haben wir den Bus genommen. Dann die Metro. Und dann sind wir vor meiner Schule gestanden. Da hat mir Merida dann die Maske gegeben und ist gegangen. Und ich bin nach Hause gelaufen."

„Fällt dir vielleicht irgendein Straßennamen ein oder eine Metrostation?"

„Klar", und Anna zeigt ihnen auf ihrem Smartphone die Route, die sie mit Miranda genommen hat. Mara und Wolfgang sind begeistert.

Anna ist es auch. Denn jetzt läutet die Hausglocke. Anna springt auf und rennt, mit einem „das ist bestimmt Oma", hinaus.

Brüssel – Café Le Cirio

Carl hatte sich gleich nach der Sitzung in sein Büro zurück gezogen. Gerne hätte er jetzt Mikael angerufen. Aber das ging ja nicht, wenn er denn nicht wollte, dass die, die mithörten, mitbekamen, ob und was Mikael in Erfahrung gebracht hatte. Er seufzte. So musste er sich wohl oder übel den Personalakten, die sich auf seinem Schreibtisch türmten, widmen. Er liebte seine Arbeit, kümmerte sich gerne um seine Leute. Wenn nur nicht dieser ganze Papierkram wäre. Manchmal wünschte er sich in den Streifendienst zurück. Wobei, auch da musste man Protokolle und Berichte schreiben. Dann doch lieber Boss sein, da konnte er es sich wenigstens selber einteilen.

Er griff sich die oberste Personalakte. Eine Polizistin, die seit Anfang Monat bei ihnen arbeitete. Sie war von Antwerpen hierher versetzt worden. Und das nicht auf eigenen Wunsch, sondern wegen „unüberbrückbaren Differenzen" mit ihrem Vorgesetzten. Näheres war nicht vermerkt. Mal sehen, was ihr jetziger Vorgesetzte zu sagen hat. Carl rief ihn zu sich und hörte sich seinen Bericht an. Es gab keine Klagen und so entschieden sie, die Polizistin solle weiterhin hier Dienst tun. So ging das den ganzen Vormittag. Carl hatte sich ganz nach unten des Aktenberges gearbeitet als sein Handy fiepte. „Maria! Was gibt es?"

„Wie wäre es mit Mittagessen im Le Cirio?"

„Klingt gut. Wann?"

„13.00 Uhr. Milan wird auch dabei sein."

„Gut. Bis dann."

Maria und Milan waren schon da, als Carl das Le Cirio betrat. Auch heute saßen die meisten Gäste draußen an den Tischen. Sie würden sich also ungestört unterhalten können. Carl hatte auf dem Weg hierher sorgfältig darauf geachtet, ob ihm jemand folgte. Das war nicht der Fall. Er setzte sich zu den beiden und begrüßte sie. Sie bestellten eine Platte Moules et Fritte und eine Karaffe Wein.

Während sie darauf warteten begann Milan mit seinem Bericht: „Nach unserem Gespräch gestern, habe ich Kontakt mit einem Journalisten, nennen wir ihn Georg, der „Athens News" aufgenommen. Die stehen alle noch unter Schock, wegen des Todes von Stelios Kouloglo. Er war einer der besten Journalisten in Griechenland. Unbestechlich und investigativ. Seine Storys waren immer gut recherchiert und gut geschrieben. Öfter hatten sie die politische Bewegung „Morgenröte" zum Thema, wofür diese die Zeitung regelmäßig vor den Kadi zerrte. Wie es nun mit der Zeitung weiter gehen soll, scheint mehr als unsicher zu sein. Die Leute befürchten die Schließung oder die Übernahme durch eine andere Zeitung. Stelios war ja Besitzer, gemeinsam mit Eva Kailios. Da die beiden ein Paar sind, gehen alle davon aus, dass sie nun Alleinbesitzerin wird. Ihr aber trauen die Mitarbeiter einen Stil, wie ihn

Stelios gepflegt hat, nicht zu. Sie halten sie für eine Person, die es allen recht machen will und keinesfalls anecken möchte. Ihr Hauptaugenmerk gilt der Auflagenzahl. Regelmäßig soll sie bei den Redaktionssitzungen diejenige gewesen sein, die Stelios zu bremsen versucht hat. Immer mit dem Hinweis, dass sie sich wieder Ärger einhandeln würden, wenn sie diese Story veröffentlichen würden. Die anschließenden Abstimmungen verlor sie genauso regelmäßig. Sie wurde immer überstimmt. Kein Wunder sind die Leute verunsichert. Ich habe Georg gefragt, ob er wisse, woran Stelios gearbeitet hat. Georg wusste es nicht nur, er hat mit Stelios gemeinsam an der Geschichte gearbeitet. Wir haben vereinbart, dass wir beide weiter daran arbeiten werden. Entweder wird das Ganze in der „Athens News" veröffentlicht oder ich schaue, dass wir sie in einer anderen Zeitung unterbringen können. So, und nun ratet mal, was unser Thema ist?" Milan schaute Maria und Carl mit glänzenden Augen an. Er konnte ihre Antworten kaum abwarten, musste sich aber noch gedulden, denn der Kellner brachte das Essen.

Carl stürzte sich sofort auf das Ratespiel. „Wenn wir das Thema erraten, dann bezahlen Sie das Mittagessen, einverstanden?"

Milan grinste und erklärte sich einverstanden. Er schien sich seiner Sache sicher zu sein. Trotzdem bestand er darauf, dass sie nur einen Tipp abgeben dürfen.

Carl erklärte sich damit einverstanden. „Ihr schreibt", Carl nahm sich eine Muschel und schlürfte sie genüsslich aus, „über", ein paar Fritten, vorher in Knoblauchsauce getunkt, folgten der Muschel…

Milan platze fast vor Ungeduld: „Nun rücken Sie schon raus, mit Ihrem Tipp!"

Carl erhob das Glas, prostete erst Maria, dann Milan zu, nahm einen Schluck, ließ diesen ein wenig im Mund zirkulieren, schluckte: „Ausgezeichnet! Findet ihr nicht auch?"

Maria schmunzelte nur, Milan verdrehte die Augen himmelwärts und knurrte dann: „Ihr Tipp!"

„Oh ja, natürlich. Euer Thema ist die DSE", meinte Carl ganz gelassen. Milan glotze ihn an, mit halb offenem Mund. Intelligent sieht er jetzt nicht gerade aus, fand Carl.

Eine Weile braucht Milan, dann hatte er sich gefasst: „Woher zum Teufel wissen Sie das?"

„Ich habe es getroffen? Ach wie schön!" Carl zeigte sich ironisch begeistert. Dann ernsthaft: „Das Schicksal der Eltern von Stelios wurde maßgeblich von der DSE beeinflusst. Da muss man nicht unbedingt Journalist sein, um mehr darüber wissen zu wollen. Eure Recherche könnte hilfreich bei der Aufklärung der Morde sein." Carl nickte Milan aufmunternd zu.

Dieser schüttelte nur den Kopf und gab sich geschlagen. „Ihr seid eingeladen", brummte er.

Maria klatsche in die Hände: „Ich sehe schon. Wir kommen voran. Ich habe mich heute mit Susanna getroffen. Sie arbeitet bei der NSA, und ist da für die Zusammenarbeit mit Europol zuständig. Mit Müller hat sie nicht direkt zu tun, aber mit der Assistentin seines Stellvertreters, Gerd Annemans. Ein Belgier, der schon lange bei Europol ist. Als der Vorgänger von Müller, Hug Bayet, ebenfalls Belgier, in den Ruhestand ging, gab es keine Zweifel, dass Gerd Annemans, schon da Stellvertreter, sein Nachfolger werden würde. Umso überraschend kam dann für alle die Wahl von Müller zum Direktor von Europol. Und nun ratet mal, wie das zustande kam?" Maria schaute gespannt in die Runde.

Carl und Milan wechselten einen Blick und zuckten dann ratlos mit den Schultern. Maria lehnte sich zurück, griff zu ihrem Glas und nahm genüsslich einen Schluck Wein.

„Nun spann uns nicht so auf die Folter", zeigte Milan sich ungeduldig.

„Erst ein kleiner Exkurs. Das oberste Organ der Europol ist der Verwaltungsrat. Der setzt sich aus je einem Vertreter der Mitgliedstaaten und einem Vertreter der europäischen Kommission zusammen. Muss ein neuer Direktor gewählt werden, so macht eben dieser Verwaltungsrat einen Dreiervorschlag an den Rat der Europäischen Union.

Dieser wählt dann einen der Dreien mit qualifizierter Mehrheit. Soweit alles klar?"

Die beiden Männer nickten ergeben. Milan forderte Maria mit wedelnder Hand auf, fortzufahren.

„Gut. Es standen also drei Namen auf der Liste: Gerd Annemans, Max Ricci, Rob Wudwright."

Carl starrte Maria ungläubig an. „Gewählt wurde Hermann Müller, der gar nicht auf der Liste stand?"

„Du hast es erfasst!" bestätigte Maria.

„Wenn sein Name nicht auf der Liste stand, wie konnte er dann gewählt werden?"

„Ich konnte Einsicht nehmen, in das Protokoll von jener Sitzung. Dass dieses streng vertraulich ist, muss ich wohl nicht erwähnen?" Maria musterte die beiden eingehend. Diese bestätigten, dass sie verstanden hatten. „Das kam so: Am Tag der Wahl präsentierte der Polnische Vertreter Informationen über die drei Kandidaten. Woher er diese hatte, wollte er nicht preisgeben. Jedoch bezeichnete er seine Quelle als absolut vertrauenswürdig. Über Gerd Annemans wusste er zu berichten, dass dieser innerhalb seiner Ausbildung mehrere Tests nicht beim ersten Mal bestanden habe. Fazit: nicht intelligent genug. Max Ricci, Italiener, sei bei einigen Partys, Stichwort „Bunga – Bunga", des einstigen Premierministers dabei gewesen. Fazit: erpressbar. Rob Wudwright, Engländer, befürworte den Brexit, über welchen die Briten nächstes Jahr abstimmen. Fazit: nicht tragbar für eine europäische Institution. Dann präsentierte er ... wer von euch weiß es?" Maria lehnte sich grinsend zurück und griff zu ihrem Glas.

„Hermann Müller", stöhnte Carl.

„Ganz genau! Und der wurde einstimmig gewählt."

„Wer war dieser Polnische Vertreter?" Milan hatte sich über den Tisch gebeugt, wartet die Antwort jedoch nicht ab. „Lass mich raten. Es war Janusz Mikke, der Polnische Innenminister, richtig?"

„Ja, woher weißt du?", Maria war ein wenig enttäuscht.

„Als ich in Warschau war, habe ich Müller und Corti bis zum Innenministerium verfolgt. Nachdem die beiden in dem Gebäude verschwunden waren, habe ich beim Portier nachgefragt, was die Herren denn hier wollten. Sie hätten eine Verabredung mit dem Innenminister, gab er zur Antwort. Diese Information hat mich zwar einige Zloty gekostet, die waren sie aber wert. Ich fasse zusammen: Hermann Müller wird Direktor bei Europol aufgrund zweifelhafter Anschwärzungen der offiziellen Kandidaten. Die Frage ist doch, von wem hatte Mikke die Informationen? Milan war kaum zu bremsen. „Ich werde mich in Warschau umhören. Ich kenne da ein paar Kollegen."

„Sei bloß vorsichtig. Polen scheint mir momentan nicht ganz unbedenklich, was die freie Presse anbelangt", ermahnte ihn Maria.

Carl hatte nachdenklich zugehört. „Ist sowas schon mal vorgekommen? Ich meine, dass ein Direktor gewählt wird, der sich nicht auf der Liste befindet?"

Maria verneinte: „Noch nie. Verständlicherweise war die Verunsicherung bei Europol mit Händen zu greifen. Keiner wusste, wer dieser Müller ist und wie seine Agenda aussieht. Susanna meint, dass sei bis heute so. Manche Entscheidungen von Müller seien nicht nachvollziehbar, selbst für seine engsten Mitarbeiter. Dass Annemans Probleme mit Müller hat, liegt wohl auf der Hand."

„Konnte er den denn nicht absetzen?", fragte Carl verwundert.

„Nein, konnte er nicht. Annemans wurde vom Rat zum Stellvertreter gewählt. Das dann schon."

„Dieser Annemans… kann man dem trauen?"

„Tja, ich weiß es nicht. Ich habe Susanne gebeten, mal die Fühler auszustrecken."

Carl nickte: „Gut, warten wir mal ab, was sie rausbekommt. Haltet ihr mich auf dem Laufenden?", bat Carl. Maria und Milan nickten. „Heute Morgen hat uns Müller darüber informiert, dass die Entführung in Berlin beendet ist. Keine Lösegeldzahlung. Sollten die Fälle also einen Zusammenhang haben, so fühlt sich jemand gerade ziemlich auf den Schlips getreten. Es ist also Vorsicht geboten. Keinesfalls dürfen wir Aufmerksamkeit auf uns ziehen, was deshalb nicht einfach ist, weil wir nicht wissen, wer alles mit drin hängt. Ich halte euch ebenfalls auf dem Laufenden." Mit diesen Worten erhob sich Carl, verabschiedete sich und verließ das Le Cirio.

Warschau – Bei Marek

Marek hatte schlecht geschlafen. Nun saß er am Küchentisch in seiner Wohnung und trank einen Kaffee. Es war 04.00 Uhr in der Früh. In einer Stunde wollte er losfahren. Er musste unbedingt in Erfahrung bringen, was da in Berlin schief gelaufen war. Felice hatte ja recht, er musste Alice finden. Was hatte sie bloß bewogen, die Kleine frei zu lassen? Bevor Lösegeld bezahlt worden war? Marek vermutete, dass es wohl so ein verdammt sentimentales Frauending war. Er nahm sich vor, nie, nie wieder eine Frau bei einer solchen Operation einzusetzen. Frauen hatten ihre Gefühle nicht im Griff und taten dann Dinge, die so unvorbereitet kamen, wie ein Regen aus vermeintlich heiterem Himmel. Hätte man genauer hingeschaut, hätte man die Wolken gesehen und wäre auf einen Schauer vorbereitet gewesen.

Marek zermarterte sich den Kopf, aber er konnte beim besten Willen keine Wolke bei Alice ausmachen. Es musste aber eine geben und die hatte er übersehen. Beim Gedanken, was sie mit ihm machen würden, wenn er Alice nicht finden würde, bevor die Polizei ihrer habhaft wurde, brach ihm der kalte Schweiß aus. Er spürte die Rinnsale, wie sie aus den Achselhöhlen langsam an den Seiten nach unten liefen.

Wütend auf sich selbst, knallte er die Tasse auf den Tisch und stürmte ins Badezimmer. Dort entledigte er sich der Kleider, stellte sich, seit er aufgestanden war bereits zum zweiten Mal, unter die Dusche und ließ eiskaltes Wasser über seine Körper fließen. Danach fühlte er sich besser, klarer, ruhiger. Er trocknete sich ab, ging beschwingten Schrittes ins Schlafzimmer und stellte sich vor den Kleiderschrank. Seine Wahl fiel auf ein weißes T-Shirt und schwarze Bundfaltenhosen. In die bereitstehende Sporttasche packte er ein paar Kleider zum Wechseln und sein Waschbeutel. Er warf sich einen Pullover über die Schultern, steckte Portemonnaie und Pass zusammen mit seinem Laptop in den Rucksack.

Während er auf den Lift wartete, dieser führt direkt in seine Loft, schaute er sich nochmals in der Wohnung um. Alles in Ordnung, befand er, stieg in den Lift und fuhr direkt in die Garage. Dort stieg er in seinen schwarzen 5-er BMW und fuhr los. Es war 05.00 Uhr.

Nach vier Stunden Fahrt passierte er die Grenze zu Deutschland, ohne kontrolliert worden zu sein. Wie erwartet, er hatte die Strecke schon oft zurück gelegt, war er gut voran gekommen. Flüssiger Verkehr, wenige Lastwagen. An der ersten Raststätte nach der Grenze legte er einen Halt ein. Er tankte seinen Wagen voll und holte sich anschließend einen Espresso. Während er diesen trank, wählte er mit seinem Handy die Nummer seines Mannes in Berlin, doch der meldete sich nicht. Irgendwas stimmte da nicht. So langsam beschlich ihn wieder die Angst. Es lagen noch etwa eineinhalb Stunden Fahrt vor ihm.

In Berlin dann, er fuhr bereits auf der Frankfurter Chaussee, beschloss er, erst bei der Wohnung in der Karl-Marx-Allee vorbei zuschauen. Das war zwar nicht ohne Risiko, möglicherweise wartete die Polizei schon da, aber das musste er jetzt eingehen. Er bog von der Alt-Friedrichsfelde Straße in die Andreasstraße ein. Als er die Karl-Marx-Allee zur linken Seite passierte, warf er einen kurzen Blick zur Eingangstür und beschleunigte dann sofort. Vor der Nummer 65 standen zahlreiche Fahrzeuge, darunter auch zwei mit „Polizei" gekennzeichnete. Verdammt, die Wohnung hatten sie also bereits ermittelt. Haben sie Alice geschnappt? Hat sie ihnen von der Wohnung erzählt? Und was war mit seinem Bruder Stanislaus? Er musste sofort Kontakt mit seinem Mann hier aufnehmen. Weshalb war der eigentlich nicht erreichbar? Seit gestern nicht mehr!

Bernd hatte es sich gerade auf dem schon ziemlich durchgesessenen Sofa gemütlich gemacht, als es läutete. „Mann, kann man denn nicht mal in Ruhe seinen Frühschoppen genießen", brummelte er vor sich hin, auf dem Weg zur Tür. Kaum hatte er aufgeschlossen, wurde diese ihm auch schon vor die Stirn geknallt, und Marek stürmte hinein.

Bernd hielt sich die schmerzende Stelle. Das würde eine tolle Beule geben. Er wollte sich gerade darüber beschweren. Doch Marek kam ihm zuvor. „Warum zum Teufel erreiche ich dich nicht?", brüllte er Bernd an.

Der glotze ihn blöd an, nahm die Hand von seiner Stirn und deutete auf die rote Stelle. „Sag mal, spinnst du? Hier einfach so rein zu stürmen wie ein Überfallkommando?"

Marek packte ihn kurz entschlossen am Hemdkragen, und schüttelte ihn durch. Bernd lief langsam rot an, japste nach Luft und ruderte heftig mit den Armen, ohne jedoch Marek zu treffen. Nach einer Ewigkeit, so kam es Bernd vor, ließ er ihn los. Marek machte ein paar Schritte weg von Bernd und betrachtete ihn. Dann wandte er sich ab und ging zum Fenster. Draußen donnerte gerade eine U-Bahn vorbei.

Bernd hatte sich soweit erholt, dass er wieder einigermaßen normal atmen konnte. Er rückte seinen Kragen zurecht und ging zum Salontisch vor dem Sofa, auf dem seine Bierdose stand. Er griff nach der Dose und wollte sie gerade an den Mund setzen. Doch Marek war mit wenigen Schritten bei ihm und schlug sie ihm aus der Hand. Die Dose segelte mehrere Zentimeter durch die Luft, landete mit einem „Plob" auf dem Teppichboden, wo sie noch ein Weilchen hin und her rollte.

Das war zu viel. Bernd stürzte sich auf Marek und versuchte, ihn mit seinen Fäusten zu traktieren. Marek hatte keine Probleme, den Schlägen auszuweichen. Sie waren nicht sonderlich platziert. Bernd holte gerade zu einem nächsten Schlag aus, als Marek ihm gezielt zwischen die Beine trat. Bernd sackte zusammen wie ein leerer Kartoffelsack.

Marek ließ ihn eine Weile stöhnen und jammern. Dann packte er ihn erneut am Kragen und setzte ihn aufs Sofa. Er zog einen Sessel hinzu, setzte sich und beugte sich zu Bernd vor. „Nochmal von vorn. Weshalb erreiche ich dich nicht?" zischte er.

„Jemand hat mir gestern früh das Handy geklaut", nuschelte der.

„Wer?"

„Stell dir vor, er hat sich nicht vorgestellt."

„Falls es dir entgangen sein sollte – ich bin nicht zu Scherzen aufgelegt. Also: Wer und wo?"

„Es muss wohl im Supermarkt passiert sein. Als ich hier angekommen bin, war es nicht mehr da."

„Was ist mit der Ortung?"

„Ortung?" Bernd schaute reichlich belämmert.

Marek sprang auf und griff sich Bernd am Hemd, vor der Brust. „Hast du diese Funktion etwa nicht aktiviert", brüllte er Bernd an. Dann ließ er ihn los, sank auf seinen Sessel zurück und beantwortete seine Frage gleich selbst. Aufstöhnend, „natürlich nicht."

„Was ist denn so schlimm dabei. Ich besorg mit ein Neues. Wir sollen doch sowieso öfter mal die Nummer wechseln, oder?"

„Mann! Wie dumm kann man eigentlich sein? Irgendjemand läuft da draußen mit deinen Handy rum, sieht deine Kontakte, mit wem du Gespräche geführt hast. Was denkst du, wenn die Polizei das in die Hände bekommt?"

„Hm, daran hatte ich nicht gedacht", meinte Bernd kleinlaut.

„Hast du etwas von Alice gehört?", wechselte Marek das Thema.

Bernd schüttelte den Kopf.

Marek zückte sein Smartphone und wählte eine Nummer. Bernd verstand nichts von dem, was Marek da ins Telefon sprach. Während er sprach, ließ er Bernd nicht aus den Augen. Das Gespräch dauerte nicht mal eine Minute.

„Tja, sieht nicht gut aus." Entgegen seinen Worten, lächelte er Bernd an.

Das war das Letzte, was Bernd sah. Das Lächeln von Marek – das Messer hatte er nicht kommen sehen.

Wo nur sollte er Alice suchen? Marek tätigte einen weiteren Anruf. Der half ihm nicht weiter. Natürlich hatte sie sich ihres Handys entledigt. Letztmals war es in der Wohnung in der Karl-Marx-Allee benutzt worden. Und nun hatte es wohl die Polizei, vermutete Marek. Er beschloss, die Wohnung an der Friedenstrasse aufzusuchen. Die lag nicht unweit der Karl-Marx-Allee. Es war also Vorsicht geboten, wollte er nicht der Polizei in die Arme zu laufen.

Brüssel – Polizeigebäude 3. Stock

Zurück in seinem Büro, hatte Carl gleich eine E-Mail mit einem <u>und</u> an alle seine Leute geschickt. Bin mal gespannt, ob das klappt, dachte er. Denn der Inhalt der E-Mail war so belanglos, administrative Anweisungen, dass er sicher war, nicht viele würden das lesen. Und die, für die das <u>und</u> bestimmt war? Er begab sich in den dritten Stock. Und siehe da, er fand Dale, Val und Kira bereits wartend vor. „Wo sind denn die Stockholmer?"

„Die sind auf dem Weg zum Flughafen. Cecilia Wakström wird", Dale schaute kurz auf ihre Uhr, „in einer halben Stunde landen."

„Lisbeth?"

„Ist noch mit den…" begann Dale, da öffnete sich die Türe und Lisbeth trat ein.

Da alle ihre Blicke auf sie gerichtet hatten, sah sie sich genötigt zu fragen: „Was?"

„Hast du die Enduros gefunden?", wagte Kira zu fragen.

„Ja." Lisbeth schritt zum Board, nahm einen Filzstift zur Hand und zog einen Pfeil vom Bild der Enduros nach „Berlin".

„Sie sind in Berlin?", fragte Carl ungläubig.

Lisbeth nickte. „Die Enduros wurden an der Friedrichstrasse gefunden. Die liegt nicht unweit der Karl-Marx-Allee und da haben die Berliner Kollegen die Wohnung ausfindig gemacht, in der Anna festgehalten wurde."

Sie klappte ihren Laptop auf. „Die Spurensicherung läuft noch. Sie haben einen toten Mann vorgefunden. Nach ersten Erkenntnissen wurde er erschossen. Vermutlich kurz bevor Anna mit einer unbekannten Frau geflüchtet ist."

Carl rieb sich nachdenklich das Kinn, dann stand er auf und betrachtet sich das Board: „Hm, irgendwelche Interpretationen?", fragte er dann in die Runde.

„Die Enduros werden am Freitag 31. Juli gestohlen, am Sonntag 2. August stehen sie vor dem Restaurant Notos, bevor es zur Schießerei kommt, anschließend sind sie weg. Könnte es sein, dass die Mörder vom Notos auch die Entführer in Berlin sind? Sie also nach der Tat in Brüssel gleich nach Berlin losgefahren sind?"

Dale nickte Kira zu. „Das wäre gar nicht so abwegig. Schauen wir, ob es zeitlich möglich wäre. Für die Strecke Berlin – Brüssel braucht man um die acht Stunden. Die Eltern von Anna entdeckten deren Verschwinden um 17.00 Uhr. Die Schießerei im Notos fand um ca. 20 Uhr statt. Somit müsste die Entführung um die Mittagszeit über die Bühne gegangen sein, dann die Fahrt nach Brüssel, die Schießerei, die Rückfahrt nach Berlin… sie wären um vier Uhr in der Früh wieder zurück bei Anna gewesen. Tja, ich weiß nicht…" Dale zuckte etwas zweifelnd mit den Schultern.

„Aus dem Befragungsprotokoll mit Anna geht hervor, dass sie immer pünktlich ihr Essen bekommen hat und dass eine Frau viel Zeit mit ihr verbracht hat." Lisbeth schaute nicht mal von ihrem Laptop auf.

„Würde ich eine Antwort auf meine Frage, woher du Einsicht in diese Protokolle hast, bekommen?" fragte Carl spitz.

„Nein."

„Weshalb nur bin ich nicht überrascht?" Carl schüttelte den Kopf.

„Sollten wir nicht vielmehr darüber erstaunt sein, dass Müller uns diese Informationen vorenthält? Er hat doch sicher Kenntnis von den Aussagen?", wandte Val sich an Lisbeth. Diese nickte bestätigend.

„Lassen wir Müller und dessen Absichten mal beiseite. Wir können also davon ausgehen, dass sich immer jemand um Anna gekümmert hat. Und es war wohl immer dieselbe Frau. Somit müssten es mindestens drei Personen sein, wenn zwischen Berlin und Brüssel hin und her gefahren wurde", fasste Dale zusammen.

„Anna hat ausgesagt, dass sie von zwei Personen entführt wurde. Ein Mann und eine Frau. Sie trugen Masken. Anonymus Masken", ließ Lisbeth verlauten.

„Anonymus Masken und Enduros. Wie verhält es sich bei von Lohe?"

Val konsultierte kurz die Akten: „Während der Fahrt war er ruhig gestellt Das Essen haben sie ihm durch eine Schiebetüre gereicht. Und als sie das Foto machten, trug der Entführer eine Sturmhaube."

„Wäre ja auch zu einfach gewesen, wenn hier auch noch Anonymus Masken mit im Spiel gewesen wären", seufzte Carl.

„Immerhin, wir haben einen Mann, wenn auch tot, der mit der Entführung von Anna zu tun hat. Sobald wir seine Identität kennen, können wir mögliche Verbindungen zu unseren Fällen suchen. Ungemütlich dürfte es für die Frau sein. Wer auch immer hinter der Entführung steckt, wird ihrer habhaft werden wollen", sinnierte Val.

Dale nickte: „Lisbeth, wer ist in Berlin mit dem Fall betraut?"

„Mara Koller und Wolfgang Hinze, Beamte der Mordkommission Berlin, leiten die Ermittlungen. Sie haben die Anweisung bekommen, direkt an Müller zu rapportieren."

Alle schreckten hoch, als Carl seine flache Hand auf den Tisch nieder sausen ließ: „Nun habe ich aber die Schnauze voll! Ich will endlich wissen, wem wir diese Abhöraktion zu verdanken haben. Ich werde Müller zur Rede stellen!" Carl war erstaunlich behände aufgesprungen und machte sich daran, aus dem Raum zu stürmen.

Dale stellte sich ihm in den Weg. „Carl, ich meine, es ist noch zu früh, um diesen Schritt zu tun. Wir wissen einfach noch zu wenig, wie das alles zusammenpasst, oder eben auch nicht."

Carl holte tief Luft, blies die Backen auf und ließ ein lautes pfff verlauten. Er drehte sich um und setzte sich wieder hin. Nach einigen tiefen Atemzügen hatte er sich soweit beruhigt, dass er seine Leute über die Erkenntnisse von Maria und Milan ins Bild setzten konnte.

Brüssel – Hotel von Peter von Lohe

Trish und Kalle hatten sich von Grace den Weg zum Flughafen erklären lassen. Nun saßen sie im Flughafen Sprinter, einem Zug, der sie in knapp 15 Minuten von der Metrostation Schuman zum Airport Zaventem bringen würde.

„So, nun erzähl mal. Was läuft da zwischen dir und der undurchdringlich scheinenden Madam Dion?"

„Wie kommst du darauf, dass da was läuft?"

„Spiel nicht die Ahnungslose! Mir machst du nichts vor! Also, ich höre?"

„Für deine 25 Jahre bist du schon reichlich abgeklärt", stellte Trish seufzend fest.

„Geschenkt, also?", wedelte Kalle mit der Hand das Kompliment weg.

„Wir waren essen, dann ist es spät geworden und ich habe bei Dale übernachtet", fasste Trish etwas kurz angebunden die Geschehnisse zusammen.

„So, so…", Kalle musterte Trish eingehend und zuckte dann mit den Schultern.

Beide schwiegen eine Weile und ließen die Wohnblocks, einige zierten großflächig Graffitis, Brachen gefolgt von putzigen Häuschen mit eigenem Graten, an sich vorbei ziehen.

„Was läuft zwischen dir und Kira?", unterbrach Trish das Schweigen.

„Netter Versuch", nickte Kalle ihr mit spöttischem Blick zu.

„Sag bloß, du findest sie nicht attraktiv?" Trish musste lachen. „Im Übrigen liegt ihr euch so oft in den Haaren – was sich liebt, das neckt sich, heißt es", grinste Trish.

„Ach hör doch auf", winkte Kalle ab, „mit ihren grünen Augen, ganz zu schweigen von ihren Krallen… wenn sie die ausfährt, erinnert sie mich an die Katze meiner Mutter. Die lässt sich erst streicheln, um einem dann ohne Vorwarnung einen Pfotenhieb zu verpassen. Nein, die ist ganz sicher nichts für mich."

„Na, langweilig würde es mit ihr nicht werden", vermutete Trish schmunzelnd.

„Bestimmt nicht", stimmte Kalle ihr zu. „Allerdings", fügte er zögernd hinzu, „muss ich mir da, glaube ich, keine weiteren Gedanken machen."

Trish schaute ihn fragend an. Kalle zuckte mit den Schultern. „Wenn ich das richtig sehe, so steht sie auf Frauen, im Besonderen auf Val", meinte er dann leicht resigniert.

„Wirklich? Bist du sicher?"

„Denke schon, dass ich da richtig liege. Es ist immer dasselbe. Entweder stehen die Frauen, die ich attraktiv finde, auf böse Typen oder auf gar keine Typen. Nette wie mich sind einfach nicht mehr gefragt."

„Oh du Ärmster! Du tust mir ja so leid!"

„Ja, ja, spotte du nur. Du hast ja gut lachen." Kalle schaute demonstrativ aus dem Fenster.

Trish gab ihm lachend einen Klaps auf den Oberschenkel. „Hey nicht eingeschnappt sein. Komm, lass uns über Cecilia sprechen." Trish zog das Dossier aus ihrem Rucksack und schlug es auf. Kalle setzte sich neben sie und gemeinsam beugten sie sich über die Akte.

Cecilia Wakström – Das Dossier

Cecilia Wakström wurde 1983 in Kiruna, der nördlichsten Stadt in Schweden, geboren. Ihr Vater, Sigvard Wakström, ein Sámi, arbeitet im örtlichen Eisenerzbergwerk. Die Mutter, Åsa Larsson, schreibt Kriminalromane. Durch den Erzabbau, der in einer vulkanisch-exhalativen Lagerstätte erfolgt, die schräg unter der Stadt Kiruna verläuft, werden die Stadtteile darüber zu unsicherem Gebiet. Die Stadt droht regelrecht einzubrechen. Die Folgen für die Einwohner: sofortiger Stopp des Abbaus oder aber Umsiedlung. Cecilia Wakström hat sich für erstere Variante eingesetzt. Sie hat sich schon mit jungen Jahren der Organisation „Stoppt den Abbau!" angeschlossen. Im Jahre 2000 wurde sie deren Sprecherin. In der Bevölkerung fand die Organisation nur mässigen Rückhalt. Das schwedische Bergbauunternehmen LKAB ist der einzige Arbeitgeber in der Region. Würde kein Abbau mehr stattfinden, verlören viele Menschen ihre Lebensgrundlage. So auch die Familie Wakström. Der Stadtrat von Kiruna beschloss, die Stadt müsse innerhalb der nächsten Jahrzehnte um vier Kilometer verschoben werden. Nach diesem Entscheid, er fand breite Unterstützung in der Bevölkerung, verliess Cecilia Wakström Kiruna in Richtung Stockholm. Dort fand sie ein geeignetes Lokal, in welchem sie kulturelle Veranstaltungen zum Thema „Samen, die Kultur" organisiert und durchführt. Das kulturelle Erbe der Samen, der Urbevölkerung Lapplands, liegt ihr sehr am Herzen. Mittlerweile ist sie als Expertin auf diesem Gebiet anerkannt. Sie erhält immer wieder Einladungen für Vorträge, auch an der Universität Stockholm, welche sie gerne und oft annimmt. Peter von Lohe war Teilnehmer an einer dieser Vorträge. So lernten sich die beiden kennen. Im Jahre 2014 zog Cecilia Wakström für drei Monate wieder nach Kiruna. Sie wollte für die Region ins EU Parlament gewählt werden. Dies gelang, seither politisiert sie in der Fraktion der Allianz der Liberalen und Demokraten.

Nach der Ankunft des Zuges im unterirdischen Bahnhof, nahmen sie die lange Rolltreppe, hoch zur Ankunftshalle. Der Flug aus Stockholm wurde pünktlich erwartet. Sie hatten noch ein wenig Zeit, deshalb begaben sie sich an die Kaffeebar und bestellten einen Cappuccino und einen Latte Macchiato. Gerade hatten sie ihre Tassen geleert, als die Anzeigetafel den Flug als „gelandet" meldete. Kurz darauf trat Cecilia Wakström durch die Schiebetür Sie hatte nur einen kleinen Rollkoffer und eine Handtasche bei sich. Leichtes Gepäck, was ihr ein Warten auf die Ausgabe des Gepäcks ersparte.

Trish trat auf sie zu und begrüßte sie. Gemeinsam verließen sie die Flughalle. Draußen bestiegen sie eines der wartenden Taxis. Kalle gab dem Fahrer, er hatte sich auf den Beifahrersitz gesetzt, die Adresse des Hotels, indem Peter von Lohe untergebracht war.

„Nun Cecilia, glücklicherweise konnten wir Ihren Mann befreien und seine Entführer dingfest machen. Leider verweigern sie jede Aussage darüber, weshalb sie Ihren Mann entführt haben. Es gibt da allerdings etwas... erinnern Sie sich an den Kunstraub vor drei Jahren?"

Cecilia legte ihre Stirn in Falten und überlegte.

„Man hatte Sie damals zu gestohlenen Kunstgegenständen befragt", versuchte Trish ihr auf die Sprünge zu helfen.

Und tatsächlich: „Aber ja! Das waren wirklich außergewöhnliche Exponate! Heute kann man sie im Ethnologischen Museum in Stockholm bewundern. Nicht auszudenken, wenn diese Gegenstände in irgend einer privaten Sammlung verschwunden wären!"

„Einer der Festgenommenen war der Hauptverdächtige in diesem Fall damals. Er wurde zu fünf Jahren Haft verurteil. Wegen guter Führung kam er vorzeitig frei. Könnte es sein, dass die Entführung Ihres Mannes in einem Zusammenhang mit Ihrer Tätigkeit als Kunstsachverständige steht?"

„Das kann ich mir nur schwer vorstellen. Ich verfüge über keinerlei Zugriff auf irgendwelche Exponate, bin damit also nicht erpressbar. Darauf wollen Sie doch hinaus, nicht wahr?"

Trish nickte bestätigend.

„Ich denke eher, sie hatten es auf das Geld von Peters Eltern abgesehen. Sie können ja nicht wissen, dass wir, seit wir geheiratet haben, keinen Kontakt mehr mit ihnen haben." Cecilia schwieg eine Weile, und betrachtete die vorbei ziehenden Häuserzeilen. Dann gab sie sich einen Ruck. „Sollte es jedoch um meine Person gegangen sein, so kann ich mir nur einen Umstand dafür erklären", sie machte eine kurze Pause, warf einen prüfenden Blick auf Trish, dann „mein Engagement gegen den Erzabbau in meiner Heimatstadt."

„Wie sieht es damit momentan aus?"

„Sie meinen mit dem Erzabbau?" fragte Cecilia nach. Trish nickte. „Es wird nach wie vor abgebaut. Allerdings konnten wir eine Verlangsamung erreichen. Wurden 2008 noch 24 Millionen Tonnen jährlich abgebaut, so dürfen es heute „nur" noch 10 Millionen Tonnen jährlich sein. Diese Beschränkung gilt solange, bis nachgewiesen ist, dass die Verschmutzung des Grundwassers nichts mit dem Abbau zu tun hat."

„Und wer muss diesen Nachweis erbringen?"

„Eine Untersuchungskommission. Sie wurde, auf meinen Antrag hin, dieses Jahr vom EU-Parlament, eingesetzt, mit dem Auftrag bis Ende Jahr einen Bericht vorzulegen."

„Darüber dürften nicht alle gleichermaßen erfreut sein? Wer sind denn die heftigsten Kritiker?"

„Vorneweg natürlich das Bergbauunternehmen LKAB. Das Unternehmen hat eine ganze Reihe von Lobbyisten auf die Parlamentarier losgelassen. Die gingen mit einer Aggressivität vor… unglaublich. Ich muss ihnen leider zugestehen, ihre Arbeit mit einigem Erfolg verrichtet zu haben. Die Diskussion wurde in teilweiser gehässiger Art geführt. Das Abstimmungsergebnis war denn auch denkbar knapp." Cecilia schien die Ereignisse immer noch nicht ganz verdaut zu haben.

„Könnten Sie die Untersuchungen zum jetzigen Zeitpunkt stoppen?"

„Nein. Es wurde abgestimmt, die Kommission eingesetzt. Die müssen nun ihre Arbeit tun."

„Hmm, mir ist nicht ganz klar, weshalb da die EU mitzureden hat. Handelt es sich hier nicht um eine innerschwedische Angelegenheit?"

„Das ist richtig, ja. Jedoch hat die EU Fördergelder für die Erhaltung der historischen Provinz Lappland gesprochen. Es geht für die EU um die Frage, ob diese Gelder weiterhin fließen sollen. Es ist mir deshalb unverständlich, weshalb gerade die Abgeordneten, die sich über verschwendete Steuergelder beschweren, keine Untersuchung wollten."

Das Taxi war inzwischen vor den Hoteleingang vorgefahren. Der Taxifahrer stieg aus und öffnete Cecilia Wakström zuvorkommend die Tür. Kalle hatte bereits seine Brieftasche hervorgenommen und bezahlte die Fahrt. Ein Portier eilte herbei, um den Koffer von Cecilia in Empfang zu nehmen. Er betrat die Empfangshalle und führte die drei zum Concierge. Sie ließen sich die Zimmernummer von Peter von Lohe geben und begaben sich dann zu den Liften. Im dritten Stock wandten sie sich nach rechts, liefen den langen Gang, der mit marineblauem Teppich ausgelegt war, bis zur Nummer 303. Dort klopfte Cecilia an die Türe. Es dauerte nicht lange und sie wurde mit Schwung geöffnet, von einem strahlenden Peter von Lohe. Er breitete die Arme weit aus und umarmte dann seine Frau.

Trish und Kalle hatten sich während der Begrüßung der beiden im Hintergrund gehalten. Als die Umarmung dann aber fast kein Ende nehmen wollte, hüstelte Kalle diskret. Cecilia löste sich etwas aus der Umarmung und bat um Einlass. Peter grinste und machte ein paar Schritte in das

Zimmer, ohne seine Frau loszulassen. Trish und Kalle traten nun ebenfalls ein, Kalle schloss die Türe hinter sich.

„Schön, dass Sie meine Frau mitgebracht haben". Peter drückte Cecilia an sich.

„Wir möchten Ihr Wiedersehen nicht lange stören. Auf der Fahrt hierher konnten wir schon ein paar Worte mit Ihrer Frau wechseln. Wollen wir uns kurz setzen?" Trish schaute Peter und Cecilia fragend an.

„Aber natürlich! Wie unaufmerksam von mir! Bitte, nehmen Sie doch Platz." Peter wies auf die Sitzgruppe, welche sich in der linken Ecke des Zimmers befand. Dort standen bereits Getränke bereit.

„Rate mal, wer gerade jetzt auf unsere beiden Jungs aufpasst?" Cecilia schaut Peter über den Rand ihrer Tasse an, während sie an ihr nippte.

Peter schien nachzudenken, setzte die Tasse ab und mutmaßte dann: „Hmm, viel Auswahl gibt es da nicht. Aber wenn du schon so fragst… sind etwa Sam und Holger bereits von ihrer Weltreise zurück?"

Cecilia schmunzelte, und an Trish und Kalle gewandt: „Sam und Holger sind unsere Nachbarn", und zu Peter „und immer noch auf Weltreise. Zweiter Versuch?"

„Na, die Nachbarn zur Linken kommen wohl eher nicht in Frage. Oder haben sie etwa über Nacht ihre Liebe zu Kindern entdeckt?"

Cecilia schüttelte den Kopf. „Vorher lassen sie zu, dass wir unser Auto vor unserer Einfahrt parken dürfen, ohne dass sie uns mit der Polizei drohen. Aber auch das ist mehr als unsicher", seufzte Cecilia.

„Klingt nach einer besonders netten Gattung von Nachbarn", stellte Kalle fest.

Peter verdreht die Augen: „Da haben Sie recht. Also Cecilia, wer ist es?"

„Deine Eltern", antwortete Cecilia ganz gelassen.

„Du machst Witze?" Peter starrte seine Frau ungläubig an.

„Ganz und gar nicht. Deine Mutter hat gestern angerufen, um zu fragen, ob sie uns irgendwie unterstützen könnten. Ich habe die Gelegenheit beim Schopf gepackt, und sie gefragt, ob sie auf die Jungs aufpassen können, während wir in Brüssel sind. Sie hat sofort zugesagt und heute Morgen sind sie eingetrudelt, haben sich alles zeigen lassen und sich eingerichtet. Dein Vater hat mich dann zum Flughafen gefahren."

Peters Augen waren während dieser Ausführungen immer grösser geworden und seinen Mund bekam er schon gar nicht mehr zu. Er kniff sich in die Backe, um sicher zu sein, dass er nicht träume.

„Ihre Eltern wurden von uns benachrichtigt. Die Möglichkeit bestand, dass sich die Entführer bei ihnen melden, um Lösegeld einzufordern", mischte Kalle sich ein. „Das ist jedoch nicht passiert. Mr von Lohe, ist Ihnen noch etwas eingefallen? Irgendetwas, was uns weiterhelfen könnte?"

„Leider nein. Keiner der Männer hat sich mit mir unterhalten. Meine Fragen blieben unbeantwortet."

„Und hier in Brüssel? Bei Ihrer Arbeit als Abgeordneter, war da etwas Außergewöhnliches?"

Peter von Lohe runzelte die Stirn, wiegte den Kopf hin und her und begann dann etwas zögerlich: „Da war allerdings was… keine Ahnung, ob es eine Bedeutung hat. Merkwürdig fand ich es jedenfalls. Bei meinem letzten Aufenthalt in Brüssel, das war eine Woche, bevor ich entführt wurde, hat mich ein Grieche im Plenarsaal angesprochen. Ich hatte ihn vorher nie wahr genommen. Er lud mich zum Abendessen ein. Es seien noch ein paar andere Abgeordnete dabei. Auf meine Frage, was denn der Grund für das Treffen sei, meinte er nur, es handle sich um ein gemütliches Beisammensein, wie es öfter mal stattfinde. Ich sei noch nie dabei gewesen, deshalb habe er sich gedacht, er frage mich. Da das Essen erst um 20.30 Uhr stattfand und ich meinen Rückflug nach Stockholm, er ging um 22.00 Uhr, schon gebucht hatte, musste ich absagen."

„Das ist allerdings sehr interessant!" Kalle beugte sich interessiert nach vorne. „Können Sie sich an den Namen des Griechen erinnern?"

„Nein, aber …", Peter von Lohe erhob sich und ging zum Schreibtisch, auf dem sein geöffneter Aktenkoffer lag. Er wühlte ein wenig in einer Seitentasche und förderte dann eine Visitenkarte zu Tage, welche er Kalle reichte. Der reichte sie, nachdem er den Namen gelesen hatte, an Trish weiter.

„Sieh an, „Sotirios Rianopoulos, Reeder", las Trish laut vor. „Hat er Ihnen das Restaurant genannt, indem das gemütliche Beisammensein stattfinden sollte?"

„Oh, ja… es war etwas griechisches, glaube ich…"

„Notos? War das der Name?"

„Ja, ganz genau! Woher wissen Sie?"

Trish und Kalle wechselten rasch einen Blick. „In einem weiteren Fall, indem wir ermitteln, spielt das Restaurant Notos eine Rolle. Hat Mr Rianopoulos Sie nochmals kontaktiert?", fragte Kalle ein wenig zappelig.

„Nein, wann auch. Danach kam ja die Entführung."

Trish erhob sich und reichte Cecilia und Peter zum Abschied die Hand. „Dann lassen wir Sie jetzt Wiedersehen feiern. Sollte sich Mr Rianopoulos melden, so lassen Sie uns das bitte wissen, ja?"

Peter von Lohe nickte und begleitete Trish und Kalle zur Tür.

Berlin – Friedenstrasse

Felice fand, dass der gestrige Abend doch noch gut verlaufen war. Die Dame hatte ihn gut bedient. Er fühlte sich wohlig zufrieden und leicht beschwingt. Nach dem Frühstück hatte er sich zum Flughafen bringen lassen. Nun saß er im Flugzeug nach Berlin. Dort erwarteten ihn zwei Geschäftspartner. Worum es gehen soll, hatten sie ihm nicht gesagt. Nur, dass eine „äußerst diffizile Ware" zu befördern sei. Solche Aufträge liebte er. Einerseits forderten sie ihn, andererseits waren sie sehr lukrativ. Da ließ sich gutes Geld verdienen. Nur erwischen lassen durfte man sich nicht. Dass es sich um illegale Ware handelte, war für ihn glasklar. In Gedanken rieb er sich die Hände. Dann aber dachte er daran, was ihn zuerst beschäftigen würde. Marek und sein Problem. Gleich nach dem Abgang von Marek aus dem Sofitel Hotel, hatte Felice beschlossen, ihn nicht mehr aus den Augen zu lassen. So stieg er gleich nach der Landung in Berlin Tegel in ein Taxi und ließ sich zur Friedenstrasse fahren.

Marek betrat die kleine 2-Zimmer Wohnung an der Friedenstrasse. Die Kochnische war das erste, was man sah, wenn man zur Türe hereinkam. Links ging eine Tür ab. Dahinter war das Badezimmer mit Toilette. Um den kleine Mauervorsprung rechts war ein Sofa mit Holztisch zu sehen. Die Türe dahinter führte ins Schlafzimmer, eingerichtet mit einem 120 cm auf 80 cm Bett und einem Kleiderschrank. Für mehr war kein Platz.

Marek setzte Wasser auf, um sich einen Kaffee zu brauen. Er trat auf den kleinen Balkon und steckte sich eine Zigarette an. Von hier aus konnte er nur das Dach der Karl-Marx-Allee sehen. Er kehrte zurück in die Wohnung, goss den Kaffee auf, öffnete den Kühlschrank und entnahm ihm einen in Alufolie verpackten Gegenstand. Nachdem er auf dem Sofa Platz genommen hatte, löste er vorsichtig die Folie und ein Handy kam zum Vorschein. Er wählte die einzige Nummer, die sich in den Kontakten befand. Das Gespräch wurde sofort, nach einmal Klingeln, entgegen genommen.

„Ja!"

„Wie sieht's aus?"

„Sag du's mir."

„Stanislaus hat abgesagt."

„Weiß ich. Noch was?"

„Bernd kann auch nicht."

„Ah ja?"

„Ging nicht anders."

„Sicher. Was ist mit Alice?"

„Ich konnte sie bisher nicht erreichen. Hast du was gehört von ihr?"

„Nein."

„Natürlich nicht. Ich dachte nur…ähm, ist Felice da?"

„Nein. Er ist in Berlin."

Dann wurde am anderen Ende aufgelegt. Marek lehnte sich zurück und ließ die Augen durch den Raum wandern. Gerade wollte er aufstehen, als es an der Tür läutete. Er schrak leicht zusammen, überlegte, wer das sein könnte. Er erwartete niemanden. Hoffentlich nicht ein neugieriger Nachbar. Das konnte er jetzt gar nicht brauchen. Vorsichtig schlich er zur Tür und schaute durch den Spion. Was er da sah, ließ seinen Kopf erstaunt zurück fahren. Träumte er? Langsam näherte er sein rechtes Auge erneut dem Spion. Nein, er träumte nicht. Eine große Zufriedenheit machte sich in ihm breit. Breit war auch sein Grinsen, als er den Schlüssel im Schloss drehte und aufmachte. Er bat den Gast herein und schloss die Türe.

Brüssel – Polizeigebäude 3. Stock

„Es gibt Neuigkeiten aus Berlin", verkündete Lisbeth, nachdem Carl schnaufend und prustend den Raum betreten hatte.

„Das hoffe ich schwer", schnaubte Carl, sich den Schweiß mit einem Taschentuch von der Stirn wischend.

„Seht her, in Sachen körperlicher Fitness macht unserem Chef keiner so leicht was vor", foppte ihn Val.

„Solltest du deine Spesen weiterhin ausbezahlt bekommen wollen, rate ich dir, jetzt zu schweigen! Warum die immer gleich an beiden Liften Revisionsarbeiten durchführen müssen, hat sich mir noch nie erschlossen. Also, was gibt es so Wichtiges, dass ich mich hier hoch bemühen musste?" Carl schaute Lisbeth auffordernd an.

„Der Tote in der Wohnung an der Karl-Marx-Allee, in der Anna festgehalten wurde, ist identifiziert. Stanislaus Wetziak, gebürtiger Pole, vorbestraft, Raubüberfall mit schwerer Körperverletzung, Mitglied der „Weißen Wölfe". Seine Handydaten führten zu einem Marek Wetziak. Der hat die Wohnung gemietet. Eine weitere in der Friedenstrasse, nur ein paar Ecken von der Karl-Marx-Allee entfernt. Dort fanden die Beamten zwei weitere Tote. Marek Wetziak und Felice Corti."

„Felice Corti…", Carl grübelte „wo hab ich den Namen schon mal gehört… jetzt hab ich's. Milan hatte ihn erwähnt. Müller hat diesen Corti, einen Transportunternehmer, in Warschau getroffen."

Lisbeth nickte. „Sie haben beim Toten ein Flugticket Warschau-Berlin gefunden."

„Wenn ich richtig mitgezählt habe, so haben wir in Berlin nun drei Tote? Findet da gerade ein Rachefeldzug statt? Eine Abrechnung?", fragte Kalle in die Runde.

„Hm…", Dale war aufgestanden und ans Fenster getreten, den anderen den Rücken zukehrend, „möglicherweise liegt der Schlüssel für all das bei der Frau, die bei der Entführung dabei war. Weshalb hat sie Anna frei gelassen? Hat sie alleine gehandelt? Oder auf Anweisung? Wissen die in Berlin schon was über sie?"

„Nein", erwiderte Lisbeth.

Carl lachte schnaubend durch die Nase: „Was haben wir sonst noch?"

Brüssel – Europaviertel

Maria hatte es nicht geschafft. Ganz knapp nicht. Gerade als sie auf Zehenspitzen die Türe von Madame Van Stapen passiert hatte, öffnete sich diese. „Madame Stoltenberg, Sie wollen schon gehen? Wann gedenken Sie denn, zu waschen?"

Maria drehte sich seufzend um. „Guten Morgen Madame Van Stapen. Ja, waschen… nun, vielleicht ergibt es sich heute etwas später am Tag. Genau kann ich es nicht sagen."

„Sehen Sie zu, dass es sich ergibt. Wissen Sie, der Samstag ist ein Reservetag. Wenn jeder am Samstag waschen würde, wie Sie, ergäbe das große Probleme. Das ist Ihnen doch klar?"

„Natürlich, Madame Van Stapen. Ich werde mich bemühen." Maria lächelte Madame an in der Hoffnung, nun entlassen zu sein. Sie hätte es besser wissen müssen.

„Sagen Sie mal, wie oft geben Sie eigentlich Ihren Geranien vor dem Fenster Wasser? Die schauen ziemlich durstig aus. Das macht keinen guten Eindruck!" Madame von Stapen unterstrich dies mit erhobenem Zeigefinger.

„Sie werden heute Abend Wasser bekommen", beeilte sich Maria zu versichern, „und nun muss ich los. Ich habe gleich einen Termin." Maria winkte Madame kurz zu und trabte dann eiligen Schrittes die Treppe hinunter.

Madame von Stapen, solchermaßen stehen gelassen, blieb nur ein „diese jungen Leute! Immer haben sie es eilig und für die wirklich wichtigen Dinge keine Zeit", zu murmeln. Empört zog sie sich in ihre Wohnung zurück.

Maria eilte schnellen Schrittes zur Metrostation Louise. Mit der Linie 6 fuhr sie bis ins Europaviertel, zur Station Schumann. Dort hatte sie sich im Starbucks mit Susanna verabredet. Die saß bereits vor einer Latte Macchiato. Maria setzte sich mit ihrem Café au lait zu ihr. „Sag mal, musste es ein Starbucks sein? Es gib hier doch so herrliche kleine Cafés und Brasseries?"

„Hier bin ich ziemlich sicher, keinen Kollegen zu treffen. Wie du richtig bemerkt hast, es gibt schönere Orte, um einen Kaffee zu trinken", erwiderte Susanna. Sie war sichtlich nervös, schaute sich immer mal wieder im Raum um. „Ich muss mal auf die Toilette. Machst du mir den Gefallen, und schaust so lange auf meine Tasche? Da sind Dokumente drin…", Susanna schaute Maria beschwörend an, stand dann auf und machte sich auf, zu den Toiletten einen Stock tiefer.

Maria griff sich sofort die Taschen und zog das Aktenstück hervor, das sich darin befand. Sie begann zu lesen. Als Susanna wieder an den Tisch trat, stand die Tasche wie zuvor an ihrem Platz und Maria hatte ein unschuldiges Lächeln aufgesetzt. Die beiden plauderten noch ein wenig, dann verabschiedeten sie sich.

Brüssel – Rue de Birmingham

Milan hatte einen Namen und eine Telefonnummer von seinem Kontaktmann, ein Kleinkrimineller, der ihm noch etwas schuldete, erhalten. Nun stand er in der Rue du Boulet, eine unscheinbare Seitenstraße, nicht unweit der Börse, vor einem roten zweistöckigen Backsteinhaus mit knallroter Eingangstür, so groß wie ein Garagentor. Bei allen drei ebenerdigen Fenstern waren die Rollos unten. Die vier darüber liegenden, dreiteiligen, hatten alle die rechte Seite gekippt. Der Briefkasten neben der Tür quoll über. Werbeflyer und Zeitungen lugten aus dem Schlitz.

Hier also sollte er den Mann treffen, der ihm etwas zur DSE erzählen konnte? Milan war gerade dabei, sich ein paar Sätze für seinen Kontaktmann zurecht zu legen, als ein Mann in die Seitenstraße einbog und eiligen Schrittes auf ihn zukam. Er schien immer grösser zu werden, je näher er kam.

Das war er dann auch. Er überragte Milan um bestimmt 50 cm. Und bestimmt war er auch doppelt so breit. Mindest was den Oberkörper betraf. Zu den Hüften hin wurde es wieder vergleichbar, fand Milan. Ein veritables V führte der Typ spazieren. Dunkler Teint, das schwarze, schulterlange Haar zu einem Rossschwanz zusammengebunden, den Bart akkurat getrimmt.

Während der Mann in seiner Hosentasche kramte, fragte er: „Bist du Milan?" Milan nickte. Der Mann beförderte einen Schlüsselbund aus den Tiefen seiner Hosentasche hervor und schloss mit einem der Schlüssel die große Eingangstüre auf. Er winkte Milan herein und schloss dann die Türe wieder ab. Sie standen in einer großen Halle. Fitnessgeräte wechselten sich mit Boxrings ab. Es roch nach Schweiß und Bohnerwachs.

„Gehen wir ins Büro." Der Mann führte Milan quer durch die Halle in die rechte Ecke, wo drei Seitenwände auf Rollen die Sicht auf das dahinter liegende versperrten. Sie betraten die Nische durch einen kleinen Spalt zwischen Seiten- und Hallenwand. Es hatte gerade mal Platz für einen Schreibtisch mit zwei Stühlen und einen Aktenschrank. Der Mann wies auf einen der Stühle und setzte sich dann hinter den Schreibtisch. „Also, was willst du wissen?"

„Ich brauche Informationen über die DSE. Tom meinte, du hättest da vielleicht was für mich?"

Der Mann schaute Milan, mit hochgezogener Augenbraue, prüfend an. „Woher kennst du Tom?", fragte er dann.

„Wir waren da einmal in eine Geschichte… na, sagen wir involviert. Sah nicht so gut aus für ihn. Ich konnte ihm helfen. Nun habe ich ihn um seine Hilfe gebeten und er hat mir deine Nummer gegeben."

Das schien dem Mann zu genügen. Er notierte etwas auf einen Zettel und reichte ihn Milan mit einem, „sei pünktlich!" Notiert hatte er eine Adresse und eine Zeit. Milan nickte, erhob sich und ging zur Eingangstüre, die sich von innen ohne Probleme öffnen ließ.

Milan nahm die Metro Nummer 5 an der Station Sainte-Cahterine. Die Adresse auf dem Zettel lag an der Rue de Birmingham. An der Station Jacques Brel, welche an der Rue de Birmingham liegt, verließ Milan die Metro. Das Tor zum Hinterhof der Nummer 253 war nicht geschlossen. Ein schwarzer Golf und ein silberner Mercedes Van waren fein säuberlich längs der Hauswand geparkt.

Gerade als Milan nachsehen wollte, ob sich das Garagentor öffnen ließ, spürte er etwas hartes, bohrendes in seinem Rücken und jemand zischte in sein linkes Ohr: „Was willst du hier?"

Milan hob vorsichtig seine Hände auf Schulterhöhe und erwiderte: „Ich komme von der Box Akademie. Da hat man mir diese Adresse gegeben." Aus den Augenwinkel konnte er zu seiner rechten eine Bewegung ausmachen. Ein Junge trat an das Tor, drückte auf den, in die Hauswand eingearbeiteten, Knopf und das Garagentor begann, sich nach oben zu falten.

Als die Hälfte aufgerollt war, wurde Milan unsanft der Kopf nieder gedrückt und er wurde nach vorne in den Raum gestoßen. Bevor seine Augen sich an die Dunkelheit gewöhnen konnten, wurde das Tor schon wieder runter gelassen. Er war allein.

Brüssel – Café La Tourelle

Nachdem Maria aus dem gemeinsamen Haus ausgezogen war, hatte Carl begonnen, sein Frühstück im Café Maison du Peuple einzunehmen. Er hasste es, bei sich zu Hause alleine am Tisch zu sitzen.

Heute allerdings ließ er das kleine Café links liegen und stieg statt dessen die Treppe zur Metrostation Louise hinunter. Das übliche Gedränge hatte noch nicht eingesetzt. Dazu war es noch zu früh am Morgen. Carl stieg unbedrängt in den Zug und setzte sich in ein Viererabteil, in dem eine junge Frau, offensichtlich hochschwanger, einem älteren Mann gegenüber saß. Die beiden schienen sich nicht zu kennen. Der Mann blätterte im morgendlichen Gratisblatt, sie wischte auf ihrem Smartphone.

Carl versuchte, einen Blick auf die Schlagzeilen der Zeitung zu erhaschen. Er hatte keine Chance, zu schnell blätterte der Mann die Seiten um. Er schien sich nur die Bilder anzuschauen, vermutete Carl. Die Stille im Zug wurde nur von den Ansagen der kommenden Stationen unterbrochen, in Französisch und Flämisch. Wo Touristen vermutet wurden auch in Englisch.

Am Gare de l'Ouest stieg Carl aus. Er war der einzige in diesem Wagon, der raus musste. Oben angekommen, lenkte Carl seine Schritte in Richtung La Tourelle. An der

Chaussée de Ninove hatte der Morgenverkehr bereits eingesetzt. Bald schon würden die Autos nur noch im Schritttempo voran kommen.

Carl betrat das La Tourelle durch die schmale Holztür, die leicht hinter ihm zurückschwang. Er schaute sich um. Die Tische auf der linken Seite waren noch nicht von den auf ihnen gestellten Stühlen befreit worden. Auf der rechten Seite war ein junger Mann dabei, die Stühle von den Tischen zu räumen. Carl war der einzige Gast. Gerade überlegte er, ob er wieder gehen sollte, als ein Mann aus der hinter der Theke liegenden Küche trat. Schwarze Haare, mächtiger Schnauzer, Körperbau mehr quadratisch als hoch. „Sie wünschen?", fragte er nicht eben freundlich.

„Erst mal einen schönen, schwarzen Kaffee. Anschließend ein reichhaltiges Frühstück, wenn's geht."

Der Mann musterte ihn kurz und meinte dann, nicht wirklich freundlicher: „Geht schon."

„Madlur, mach doch gleich zwei Kaffee mit, ja?", tönte es munter hinter Carl. Er hatte gar nicht bemerkt, dass Maria und Milan herein gekommen waren. Milan fasste Carl am Arm und führte ihn an einen Tisch in der Ecke.

Carl warf einen misstrauischen Blick auf den Mann mit Schnauzer und fragte dann: „Hat der was gegen Gäste?"

„Vielleicht nur etwas gegen unhöfliche?"

„Ich war nicht unhöflich", murrte Carl.

„Du bist immer unhöflich, wenn du deinen Kaffee noch nicht hattest." Maria tätschelte ihm beschwichtigend den Arm.

„Und dann haben die erst um 3.00 Uhr dicht gemacht und schon jetzt wieder offen. Da kann es doch sein, dass man noch nicht so mit Freundlichkeiten um sich wirft, finden Sie nicht?"

„Ach, lasst mich doch in Ruhe. Erst mal Kaffee, dann schauen wir weiter", brummelte Carl.

Wie aufs Stichwort kam der auch, serviert von dem jungen Mann. Der dann auch gleich die Bestellung für das Frühstück aufnahm. Sehr freundlich und äußerst höflich. Carl war besänftigt.

Maria beschloss, die Eröffnung zu machen: „Ich bekomme ernsthafte Schwierigkeiten mit meiner Vermieterin, wenn das mit diesen Spezialaufträgen so weiter geht."

„Und ich mit meinem Partner. Gestern zum Beispiel, bin ich ziemlich spät nach Hause gekommen. Und natürlich hat er mir meine Geschichte, von wegen Recherche und so, nicht abgenommen."

Carl, der sich sein Croissant mit Butter bestrichen hatte, wollte gerade herzhaft abbeißen. Der Zipfel des Croissant sah bereits das innere seines Mundes, verschwand aber nicht darin, weil Carl seine Bewegung stoppte und das Croissant wieder auf den Teller legte. Carl verschränkte die Arme auf dem Tisch und beugte sich vor. Erst musterte er Maria, dann Milan. Eingehend. Dann: „Ich habe mein gewohntes Frühstück in meinem geliebten Café ausfallen lassen, um mich hier mit euch zu treffen. Und nun labert ihr mir etwas von Problemen mit der Vermieterin und dem Partner vor? Ich fass es nicht!" Das Croissant hatte keine Chance. Carl biss herzhaft hinein, so als wäre es an allem Schuld und begann heftig auf ihm herum zu kauen. Maria und Milan prusteten los.

„Das arme Croissant! Es kann noch nichts dafür", meinte Maria mitleidig. Dann aber ernsthaft: „Ich habe mich mit Susanne getroffen. Sie hat es mir ermöglicht, einen Blick in einige Dokumente zu werfen. E-Mails, Einsatzpläne und Bestellungen für spezielles technisches Equipment."

Maria bestrich ihr Brötchen andächtig mit Marmelade. Nach einem kurzen Blickwechsel mit Carl beeilte sie sich, mit gedämpfter Stimme, fortzufahren: „Für mich gibt es keinen Zweifel, dass Annemans hinter der Abhöraktion steht. Er hat die entsprechenden Anweisungen erteilt."

Carl stierte sie erst ungläubig an, dann lachte er schnaubend durch die Nase und lehnte sich in seinem Stuhl zurück. „Annemans steckt also dahinter", meinte er dann zögerlich. „Aber warum? Was will er damit bezwecken?"

„Tja, das stand leider in keinem der Dokumente", antwortete Maria lakonisch.

„Eine weitere Frage ist wohl, ob dies alles ohne Wissen von Müller geschehen konnte", warf Milan ein.

Carl, der inzwischen sein Frühstück, Frühstück sein ließ, nickte und rieb sich nachdenklich das Kinn. „Und wie ist es bei Ihnen gelaufen? Haben Sie was rausbekommen?", wandte er sich an Milan.

„Ich hatte eine nette Besprechung in einer Garage an der Rue de Birmingham."

„Oh, je…", Maria verdrehte teilnahmsvoll die Augen.

„Ja, es gibt angenehmere Gegenden in Brüssel. Und auch ganz bestimmt angenehmere Kerle, als die, mit denen ich es zu tun hatte. Aber man kann es sich ja nicht immer aussuchen", seufzte Milan. „Aber", er hob Aufmerksamkeit heischend den Zeigfinger, „ich habe einiges erfahren. Also, es gibt da diese Box Akademie in der Rue du Boulet. Die beschäftigt zehn Trainer. Einer davon heißt Sherdan Seferovic. Selbst albanisch stämmig, kümmert er sich vor allem um diese Gruppe von Jungs. Und das sind einige. An manchen Tagen nehmen mehr als zwanzig am Training teil. Die meisten von denen wohnen in der Gemeinde Anderlecht. Sie nennen sich „Die schwarzen Kraniche". Im Quartier Molenbeek hingegen, in dem die Box Akademie zu Hause ist, sind viele ursprünglich griechisch stämmige Albaner zu Hause. Nun, die beiden Gruppen mögen sich nicht so. Regelmäßig kommt es zu Auseinandersetzungen.

Man könnte es auch Bandenkrieg nennen. Die griechischen Albaner sind zwar nicht so straff organisiert, wie die Kraniche, aber wenn es gegen die geht, bringen sie eine stattliche Anzahl Leute zusammen. Und da die Polizei", hier konnte sich Milan einen bösen Blick in Richtung Carl nicht verkneifen, „regelmäßig mit Abwesenheit glänzt, können beide Gruppen schalten und walten wie sie wollen!" Milan genehmigte sich einen grimmigen Schluck Kaffee. „Aber ich schweife ab, nicht wahr Carl?"

Carl zog es vor, zu schweigen.

Milan zuckte die Schultern und fuhr dann fort: „Die Kerle, alle von den Kranichen, mit denen ich mich unterhalten habe, sind besorgt. Sie meinen festgestellt zu haben, dass bei den Griechen etwas läuft. Jemand scheint die Gruppe aufzumischen. Sie haben mir zwei Namen genannt. Heute Abend erfahre ich mehr."

„Was soll das heißen?", bohrte Carl nach.

„Dass sie mir ein weiteres Treffen angeboten haben", erwiderte Milan gelassen.

„Zu welchem Sie nicht ohne Polizeischutz hingehen werden", stellte Carl ungerührt fest und musterte Milan über den Rand seiner Tasse hinweg.

„Ach ja? Und wie haben Sie sich das vorgestellt? Mit Blaulicht und Polizisten im Schlepptau?"

Carl warf ihm einen wütenden Blick zu. „Natürlich nicht! Wir werden sie verwanzen, damit wir zuhören und ihm Notfall eingreifen können."

„Kommt überhaupt nicht in Frage!", rief Milan sehr bestimmt. „Die sind nicht blöd. Das werden die merken!"

„Nun beruhigt euch mal wieder", versuchte Maria zu schlichten. „Milan, weshalb eigentlich wollen die mit dir reden?"

Milan zog die Stirn kraus und stellte dann Überlegungen an: „Tja, also… vielleicht weil es einen Toten gegeben hat? Ich glaube, sie haben Angst, dass es noch mehr geben könnte. Und an die Polizei wollen sie sich verständlicherweise nicht wenden."

„Einen Toten? Von wem sprechen Sie?"

„Sherdan Seferovic! Ihnen wohl unter dem Namen Giorgos Valoufakis bekannt."

Carls Augen traten wie Golfbälle aus ihren Höhlen. „Wie bitte?"

Maria schaute von einem zum anderen: „Könnte mich mal jemand aufklären?"

Milan zuckte nur mit den Schultern, Carl stöhnte auf: „Giorgos Valoufakis ist einer der Toten im Notos."

„Aha", meinte Maria dazu nur.

„Gut", gab sich Carl einen Ruck, „was sind das für Namen, die sie Ihnen gegeben haben?"

Milan schüttelte bedauernd den Kopf. „Sie werden verstehen, dass ich Ihnen die nicht bekannt gebe."

„Ich warne Sie! Das hier ist kein Kindergeburtstag", redete Carl eindringlich auf Milan ein.

Der meinte nur trocken, soviel er schon über Kindergeburtstage gehört habe, seien die auch nicht immer ein Zuckerschlecken. Maria sah sich wieder genötigt, schlichtend einzugreifen: „Milan, gib ihm doch wenigstens die Namen, wenn du schon keine Begleitung zu dem Treffen akzeptieren willst."

Milan seufzte, dann gab er sie Carl.

Brüssel – Polizeigebäude 3. Stock

Carl war, trotz Frühstück, nicht gut gelaunt. Die Faktenlage war nach wie vor undurchsichtig und dieser Milan machte auch, was er wollte. Kurz hatte er überlegt, ob er den Partner von Milan her zitieren sollte, es dann aber wieder verworfen. Zu gefährlich, befand er. Nun saßen sie alle vor ihm und schauten ihn fragend an. Seufzend begann er: „Ich komme gerade von einem Treffen mit Maria und Milan. Annemans, der STV von Müller, ist für das Abhören verantwortlich."

Carl wurde von allgemeinen Überraschungslauten der Anwesenden unterbrochen. Nachdem diese Nachricht offenbar verdaut war, kehrte wieder Ruhe ein. Er fuhr fort: „Der eine Sicherheitsmann, Giorgos Valoufakis, war unter dem Namen Sherdan Seferovic als Trainer in der Box Akademie in der Rue du Boulet tätig. Dort hat er unter anderem eine Gruppe albanisch stämmige trainiert. „Kraniche" nennen die sich. Offenbar kommt es zu regelmäßigen Auseinandersetzungen mit griechischen Albanern. Milan, von dem ich diese Informationen erhalten habe, hat sich mit Kerlen von den Kranichen unterhalten. Irgendwas scheint bei den Griechen zu laufen, vermuten sie. Sie haben ihm zwei Namen angegeben: Ikarus und Felice Corti." Hier wurde Carl wieder unterbrochen. Alle schienen auf einmal etwas zu sagen zu haben.

„Ruhe!" brüllte Carl. Die trat auch sofort ein. Carl stand auf und trat an das Board, nahm einen Stift zur Hand und deutete auf die notierten „Ikarus" und „Felice Corti". „Müller kennt Corti und war in Athen in einem Restaurant, das Riano… soundso gehört. Ich frage mich ernsthaft, ob es an der Zeit ist, ihm ein paar Fragen zu stellen."

Val trat nehmen ihn: „Kira und ich haben uns gestern mit Rianopoulos, dem Reeder, unterhalten. Die Treffen im Notos seien informelle Treffen, wo man sich über laufende politische Geschäfte austausche. In der Regel würden ausschließlich Griechen daran teilnehmen. Ab und an würden aber auch Abgeordnete aus anderen Nationen eingeladen. Peter von Lohe sei noch nie dabei gewesen, deshalb habe er ihn angefragt, zumal er politisch eine nicht gänzlich andere Richtung vertrete. Ein Motiv für die Morde im Notos müsse bei Sofia Sakorasa gefunden werden, ist er überzeugt."

Kalle meldete sich zu Wort: „Die Soria Reederei Ltd. wurde 1925 vom Vater Rianopoulos gegründet. Seit 1970 ist Sotirios der Chef. Er hat das Unternehmen kontinuierlich ausgebaut. Heute verfügt die Reederei über mehr als fünfzig Containerschiffe und zwei Kreuzfahrtschiffe. Ebenfalls zum Unternehmen gehören zahlreiche Restaurants und Immobilien auf der ganzen Welt. Sie ist Mitbesitzerin der Häfen in Athen, Rotterdam, Hamburg und

Hongkong, da sie sich bei deren Aus- oder Umbau finanziell beteiligt hat. Mit einer Ausnahme, einer beinah Havarie im Jahre 2005 im Suez-Kanal, war die Reederei nie in den Schlagzeilen. Sotirios Rianopoulos gehört heute zu den reichsten Männern Griechenlands. Er scheint populär zu sein – sein Reichtum war und ist in der Krise, die Griechenland durchmacht, kein Thema. Entweder, er hat seine Steuern immer brav bezahlt, oder er hat einflussreiche Freunde in der Verwaltung."

„Es deutet also nichts darauf hin, dass dieser Riano…usw. „Ikarus" sein könnte", fasste Carl das Gesagte, in leicht resigniertem Ton, zusammen.

„Wer hinten krumme Dinger macht, muss vorne eine weiße Weste haben!" Carl musterte Kira, die diese Weisheit von sich gegeben hatte, minutenlang. Dann schüttelte er nur den Kopf.

Trish und Dale wechselten einen kurzen Blick, dann ergriff Trish das Wort: „Möglicherweise sind wir da auf was gestoßen…", meinte sie zögernd.

„Ja?", forderte Carl sie hoffnungsvoll auf, weiter zu sprechen.

„Auf einer Facebook Seite, die die NSA im Visier hat, ist von einer Party die Rede, die heute Abend in Molenbeek steigen soll. Die genaue Adresse wird noch bekannt gegeben. Ein gewisser Karim betreibt die Seite. Kein Bild, keine öffentlich zugängliche Daten. Er scheint eine geschlossene Gruppe namens „Platon" zu moderieren. Die NSA hat versucht, mittels Freundschaftsanfragen in die Gruppe rein zu kommen, was nicht gelungen ist. Was uns stutzig gemacht hat, ist das Motto der Party: „Wir feiern den Notos". In der griechischen Mythologie bedeutet Notos, Südwind. Wir haben uns gefragt, ob sie wirklich den Südwind feiern oder ihren „Erfolg" im Restaurant Notos?"

„Hm", meinte Carl stirnrunzelnd, „ist das nicht ein wenig zu auffällig? Die werden doch wohl nicht so dumm sein, auf diese Art auf sich aufmerksam zu machen?"

„Es war zweifellos ein Erfolg. Fünf Tote! Da kann man schon mal eine Party veranstalten", wandte Dale ein, „und Prahlerei in den Socialmedien ist ja nichts Neues."

„Lisbeth, kannst du was über diesen Karim und diese Gruppe rausfinden?", erkundigte sich Carl.

„Bin schon dabei." Lisbeth ließ ihre Finger flink über die Tastatur fliegen.

„Ich habe inzwischen die Einsatzpläne der Athos Ltd. erhalten. Mr Sirios hat die beiden Sicherheitsleute erst am Freitagabend vor dem Anschlag für den Sonntag eingeteilt. Da die beiden an besagtem Freitag frei hatten, hat er ihnen dies per Telefon mitgeteilt. Eigentlich vorgesehen gewesen wären eine Carol Singer und ein Mathias Flammet. Die brauchte er aber für die Eingangskontrolle zum Europäischen Rat. Mr Sirios hat sich das Protokoll der

Aufrufe für den Einsatzplan angeschaut. Anscheinend hat niemand rein geschaut, der nicht musste. Einsehbar sind die Pläne für alle Mitarbeiter. Geschützt sind sie durch ein individuelles Passwort, welches jeder Mitarbeiter hat. Mr Sirios ist überzeugt, dass sich niemand Unberechtigter Zugang in das System verschaffen kann."

„Carol Singer und Mathias Flammet sind ab heute Mittag beim Flughafen Zaventem Eingang Ost für die Gepäckkontrolle eingeteilt."

„Verdammt Lisbeth, sag uns jetzt nicht, dass du dir gerade den Einsatzplan anschaust?", fragte Kalle entgeistert.

Lisbeth schaute nur kurz hoch, zuckte mit den Schultern und widmete sich dann wieder ihrem Laptop.

„So viel also zur Sicherheit des Systems bei der Athos", kommentierte Dale.

„Na gut, ich frage das jetzt ungern, aber kannst du sehen, wer die Bewachung von Sofia Sakorasa in Auftrag geben hat?", wollte Carl wissen.

„Sotirios Rianopoulos. Personenschutz wegen Drohungen gegen Leib und Leben. Angefordert für den 2. August. Weitere Aufträge könnten folgen, hat Sirios notiert."

„Immer wieder dieser Reeder!", ereiferte sich Kira. „Weshalb hat er uns nicht gesagt, dass er Sofia beschützen lässt?"

„Eine gute Frage", nickte Val bestätigend.

Carl war aufgestanden und tigerte, mit auf dem Rücken verschränkten Armen, Blick auf den Boden gerichtet, durch den Raum. Dann verkündete er: „Dale und Trish, ihr nehmt euch diesen Rianop..blabla vor. Konfrontiert ihn mit diesem Auftrag an die Athos. Val und Kalle, ihr heftet euch an die Fersen von Milan. Es würde mich nicht wundern, wenn er heute Abend zu dieser Party eingeladen ist. Lisbeth, halte uns auf dem Laufenden was diesen Karim betrifft. Kira, du schaust, ob du noch etwas von der Empfangsdame der Athos rauskriegst. Ich werde mit Mikael sprechen und dann entscheiden, ob ich Müller von der Abhöraktion in Kenntnis setze.“

Brüssel – Europaparlament

Als Dale und Trish das Parlamentsgebäude an der Rue Wierzt betraten, sahen sie erst mal nur Menschen. Mehrheitlich junge Menschen, die in äußerst dringlichen Angelegenheiten unterwegs zu sein schienen. Es herrschte ein einziges Gewusel. Aus diesem Gewusel löste sich ein junger Mann und kam lächelnd auf sie zu: „Sie müssen Dale Dion und Trish Lundgren sein, richtig?"

Die beiden nickten. Der junge Mann reichte ihnen die Hand: „Ich bin Savvas Parselius, der persönliche Assistent von Sotirios Rianopoulos. Er hat mich gebeten, Sie in Empfang zu nehmen und zu ihm zu führen. Es ist nicht ganz leicht, sich hier zu Recht zu finden, nicht wahr?"

„Nein, wirklich nicht. Was tun bloß all diese Leute hier?", fragte Trish entgeistert.

Savvas Parselius lachte: „Die meisten sind Assistenten von Abgeordneten, wie ich. Und die mit den Multimedia-Guides in den Händen sind Besucher. Kommen Sie, ich bringe Sie zu Sotirios."

Durch ein Labyrinth von Gängen und Treppen, gelangten sie in den vierten Stock, wo Parselius sie an zahlreichen, geschlossenen Türen vorbei lotste. Sie mussten immer wieder vorbei hastenden Menschen ausweichen, bis er schließlich doch noch eine der Türen öffnete. Er bat sie einzutreten und schloss die Türe wieder. Sie standen in einem Raum, der gerade mal Platz für einen Tisch, einen

Stuhl und einen Aktenschrank bot. Durch das offen stehende, schmale Fenster drangen undefinierbare Außengeräusche. Die Verbindungstüre zu einem anderen Raum stand offen. Durch diese führte Parselius sie. Der Raum war dreimal so groß wie der Vorraum und bot reichlich Platz für einen Schreib- und einen Sitzungstisch. Parselius bat sie Platz zu nehmen und fragte sie, ob sie einen Kaffee oder etwas anderes zu trinken wollten. „Sotirios wird gleich da sein. Er steckt noch im Stau", damit verließ er das Büro und machte sich in seinem Vorzimmer zu schaffen. Kurze Zeit später servierte er den gewünschten Kaffee.

Gerade als er zwei Tassen gefüllt hatte, betrat Sotirios Rianopoulos den Raum. Er schien ziemlich aufgebracht zu sein. „Was sind das bloß für Autofahrer in dieser Stadt? Entweder fahren sie gar nicht oder dann so halsbrecherisch, dass einem Angst und Bange wird." Er ließ sich in seinen Sessel hinter dem Schreibtisch plumpsen und wischte sich mit einem Taschentuch die Stirn trocken.

„Sotirios, du darfst dich nicht so aufregen! Mittlerweile solltest du doch das hier herrschende Verkehrschaos kennen."

„Ja, ja", brummte Sotirios, „das heißt aber noch lange nicht, dass ich mich daran gewöhnen werde!"

„Sotirios, du hast Besuch. Die Damen Dion und Lundgren sind hier."

„Oh richtig. Savvas, bitte lass uns allein". Er begrüßte die beiden Frauen.

Freundlich fragte Trish: „Weshalb nehmen Sie nicht die Metro, Mr Rianopoulos? Die funktioniert sehr gut, finde ich."

Rianopoulos schaute Trish so an, als wüsste sie nicht, wovon sie spricht. „Junge Dame", hub er an „wenn ich der Meinung wäre, dass der Mensch sich im Untergrund bewegen sollte, dann hätte ich keine Schiffe, sondern U-Boote in meiner Reederei. Hab ich aber nicht. Ich will sehen, wohin ich fahre und durch welche Landschaft. Ich will nicht, wenn ich aus einem dieser Löcher hoch komme, überrascht werden von Sonne oder Regen. Deshalb kommt für mich nur der Bus, das Tram oder das Auto in Frage", schloss er seine Ausführungen. Trish nickte verständnisvoll. „Also, was führt Sie zu mir?"

Dale entschied sich für einen Überraschungsangriff: „Mr Rianopoulos, weshalb haben Sie für Sofia Sakorasa Personenschutz in Auftrag gegeben?"

Tatsächlich schien Rianopoulos überrascht. Er rückte seinen Stuhl etwas zurück, griff nach seiner Tasse, führte sie zum Mund, und nahm erst mal einen Schluck. „Wie kommen Sie darauf, dass ich das war?"

Es hätte mich wirklich überrascht, wenn er es sofort zugegeben hätte, dachte Dale und wechselte einen kurzen

Blick mit Trish. „Es waren also nicht Sie?", fragte sie nach.

„Nein."

„Sie streiten ab, bei der Athos Ltd. Personenschutz für Sofia Sakorasa für den 2. August angefordert zu haben?", bohrte sie nach.

„Ja."

„Hm, wir konnten Einsicht nehmen in das Protokoll des Gespräches, welches Sie mit Mr Sirios geführt haben. Denken Sie, es ist seiner Fantasie entsprungen?", unternahm sie einen weiteren Versuch, ihn zum Reden zu bringen.

„Ich kenne keinen Sirios und der Name Athos sagt mir auch nichts. Und hiermit ist dieses Gespräch beendet." Er stand auf und wies mit einer Handbewegung zur Tür.

Dale und Trish blieb nichts anderes übrig. Sie erhoben sich und verließen das Büro. Rianopoulos wies seinen Assistenten an, die beiden nach draußen zu begleiten.

Brüssel – Polizeigebäude 1. Stock, dann 3. Stock

Carls Telefon klingelte. „Hallo Mikael! Fertig ausgeschlafen? Endlich bei der Arbeit?"

„Oh, ich bin schon längst bei der Arbeit und doch ganz ausgeschlafen, danke der Nachfrage", tönte Dale am anderen Ende.

„Verflixt! Hallo Dale, dachte es wäre Mikael", nuschelte Carl in den Hörer.

„Von der Anruferkennung hast du aber schon gehört?"

Carl linste vorsichtig auf das Display seines Telefons und da stand tatsächlich „Dale". „Stell dir vor, ich habe besseres zu tun, als ständig auf so einen blöden, kleinen Bildschirm zu starren. Was gibt's?"

„Trish und ich stehen vor dem Parlamentsgebäude. Der gute Rianopoulos hat rundweg abgestritten, die Athos mit der Bewachung von Sofia Sakorasa beauftragt zu haben. Er behauptet, weder die Athos noch Mr Sirios zu kennen."

„Das ist ja ein starkes Stück!", empörte sich Carl.

„Finden wir auch. Kannst du beim Staatsanwalt einen Eilantrag auf Telefonüberwachung stellen? Und Lisbeth informieren?"

„Eilantrag…", stöhnte Carl, „ich wusste, dass es ein beschissener Morgen werden würde! Schaue mal, was ich tun kann."

„Mach das. Trish und ich bleiben noch eine Weile hier. Mal sehen, ob wir Rianopoulos aufschrecken konnten, und er vielleicht jemanden treffen muss."

Mit einem „gut, haltet mich auf dem Laufenden" beendete Carl das Gespräch. Er informierte Lisbeth und stellte den Antrag beim zuständigen Staatsanwalt. Dann klingelte sein Telefon erneut. Carl warf einen Blick auf den kleinen Bildschirm. „Hallo Mikael!"

„Verfügst du seit Neuestem über telepathische Fähigkeiten?"

Carl grinste und meinte dann süffisant: „Lieber Mikael, schon mal was von Anruferkennung gehört?"

„Lass mich bloß zu Frieden mit diesen neumodischen Techniken. Dieser ganze Email und SMS Scheiß reicht mir vollauf. Aber, dass du meine Nummer in deinem Bürotelefon gespeichert hast, ehrt mich natürlich", meinte Mikael zum Schluss etwas friedfertiger.

„Da kannst du mal sehen, wie wichtig du bist", meinte Carl grinsend, dann ernsthaft: „Kann ich dich in ein paar Minuten zurückrufen? Ich habe noch kurz was zu erledigen."

„Kein Problem. Ich bin erreichbar."

Beide Lifte waren besetzt und so sah sich Carl genötigt, die Treppen zu nehmen, um in den dritten Stock zu gelangen. Er wollte keine Zeit verlieren. Im abhörsicheren Raum dann, wählte er Mikaels Nummer.

„Das ging aber schnell", meinte Mikael etwas gönnerhaft zur Begrüßung.

„Musste nur in den dritten Stock. Damit wir uns auch unabgehört unterhalten können."

„Sehr schön. Also, Trish hat mich immer mal wieder über den Stand eurer Ermittlungen informiert. Ich weiß also, dass es nicht Müller ist, sondern Annemans, der euch abhört. Ich finde, du solltest dich mal mit Marcus Sachs unterhalten. Das ist der Typ, der bei uns die Ausbildung gemacht hat und jetzt bei Europol arbeitet. Ich habe ihm nur ein wenig auf den Zahn gefühlt betreffend Müller und Annemans."

„Er weiß also nichts von dem, was hier bei uns läuft?", fragte Carl nach.

„Nein. Von mir nicht…", meinte Mikael sibyllinisch.

„Aha, verstehe. Danke, ich werde mich mit ihm unterhalten. Könnte spannend sein, nicht wahr?"

„Darauf wette ich", erwiderte Mikael grinsend.

Sie beendeten das Gespräch, nicht ohne sich zu versichern, dass Mikael bald mal nach Brüssel kommen sollte.

Carl beschloss, sich erst mit diesem Marcus Sachs zu unterhalten, und dann zu entscheiden, ob er mit Müller sprechen würde.

Brüssel – Grand Place / Rue de Birmingham

Dale und Trish mussten nicht lange warten. Rianopoulos trat aus dem Gebäude, und musste sich erst mal durch eine Gruppe Chinesischer Touristen kämpfen, die sich vor dem Eingang des Parlamentsgebäudes versammelt hatten, und eifrig Selfies schossen. Als er das geschafft hatte, überquerte er die Straße und stieg in eines der wartenden Taxis ein. Dale und Trish taten es ihm gleich.

„Wohin soll's denn gehen?", fragte sie der Taxifahrer.

„Folgen Sie bitte dem Taxi da vorne", wies ihn Dale an.

Der Taxifahrer warf einen kurzen Blick in den Rückspiegel und nickte dann. Die Aufgabe erwies sich als nicht wirkliche Herausforderung. Nach wenigen Metern steckten sie im Stau fest. Dale und Trish ließen das Taxi, in dem Rianopoulos saß, nicht aus den Augen. Es befand sich nur gerade drei Autos vor ihrem. „Immer dasselbe", brummelte der Taxifahrer, „nicht mal mit einem Tuktuk gäbe es ein Durchkommen."

Plötzlich öffnete sich die hintere Türe des Taxis, welches Dale und Trish im Auge hatten, und Rianopoulos stieg aus. Trish öffnete sofort ihre Türe und stieg ebenfalls aus, während Dale ihre Geldbörse hervorkramte und dem Taxifahrer zehn Euro zusteckte. Sie stieg ebenfalls aus und rannte Trish hinterher. Zu beider Überraschung stieg Rianopoulos die Stufen zur Metrostation Maelbeek hinunter.

„Wie war das noch gleich? Der Mensch sollte sich nicht im Untergrund bewegen?", fragte Dale etwas außer Atem.

„Außerordentliche Umstände verlangen außerordentlich Maßnahmen?", wagte Trish eine Mutmaßung. Für weitere Überlegungen blieb keine Zeit. Eine einfahrende Metro war zu hören. Sie spurteten los und konnten gerade noch in den hinteren Waggon schlüpfen, bevor der Signalton zur definitiven Schließung der Türen erklang. Da sie nicht sicher waren, ob Rianopoulos ebenfalls eingestiegen war, musterten sie die Menschen auf dem Peron, bei der Abfahrt, aufmerksam, konnten ihn aber nirgends entdecken. Bei jedem Halt stellte Trish sich in die Türe und Dale auf den Bahnsteig, um zu sehen, ob er aussteigt.

An der dritten Station, dem Gare Central, war es soweit. Rianopoulos stieg aus, Dale winkte Trish und sie folgten ihm durch den langen Tunnel, der schließlich in den Bahnhof mündete. Eine Menge Menschen standen in der Halle. Die einen wartend, die anderen vor den Schaltern anstehend.

Mit ihren 1,85 Metern Größe konnte Dale recht gut über die Menge hinwegsehen. Rianopoulos strebte dem Haupteingang zu. Durch diesen verließ er den Bahnhof. Einfacher wurde die Verfolgung hier nicht. Vor dem Bahnhofgebäude spielte gerade eine sieben köpfige Band Dixi, vor einem Ring von Zuhörern,. Auf dem runden Platz standen zwei Militärfahrzeuge, zwischen denen weitere Menschen herum wuselten. Dale und Trish mussten stehen bleiben, um sich einen Überblick zu verschaffen. Rechts ging es hoch zum Museumsviertel, links in Richtung Marolles Quartier. Geradeaus führte ein Weg unter einem Gebäude durch, das vollständig eingerüstet war. Sie konnten gerade noch einen Blick auf Rianopoulos erhaschen, bevor dieser, nachdem er den Weg unter dem Gebäude durch genommen hatte, rechts abbog.

„Hier müssen wir näher an ihm dran sein. Die Gassen sind eng und es hat viele Leute. Wir befinden uns in der Nähe des Grand-Place. Ein Touristenmagnet", informierte Dale Trish.

„Schön, dass wir Zeit haben, ihn uns anzusehen. Vielleicht reicht es ja auch noch für Manneken Pis? Der ist doch auch nicht weit?", erkundigte sich Trish etwas spöttisch.

Dale erwiderte schmunzelnd: „Wir werden das Rianopoulos überlassen müssen. Er ist unser Fremdenführer." Der war zielstrebig in den Gassen unterwegs. Er schien sich gut auszukennen. An einer Straßenecke, an der eine Confiserie durch ein großes, offenes Fenster über die Theke Süßigkeiten anbot, stellte er sich hinter die Wartenden an.

Trish zupfte Dale am Arm: „Bin gleich wieder da". Dale schaute ihr verständnislos hinterher, schüttelte den Kopf, richtete dann aber ihre Aufmerksamkeit wieder auf Rianopoulos. Der hatte noch zwei Kunden vor sich. Gerade als er seine Bestellung aufgab, Dale konnte nicht hören, was es war, stand Trish wieder neben ihr. Dale warf ihr einen kurzen Blick zu, stutzte: „Was ist das denn?"

„Was meinst du?", fragte Trish leicht lächelnd zurück.

„Na, das auf deinem Kopf!"

„Oh das! Das ist ein Ursa Cap von Laulhère", meinte Trish strahlend. „Ich dachte, wenn ich meine roten Haare verberge, falle ich weniger auf. Ist doch eine coole Mütze, findest du nicht?"

Dale wurde einer Antwort enthoben. Rianopoulos verließ den Stand mit einem Pappteller in der Hand, auf dem sich eine Waffel mit Erdbeeren befand. Obendrauf eine turmhohe Schicht Sahne. Er war nun schlendernd unterwegs, genüsslich seine Waffel verzehrend. Eine weitere enge Gasse später standen sie auf dem Grand-Place. Trish staunte nicht schlecht, ob der Größe des Platzes und noch mehr über die historischen Gebäude, die ihn einrahmten. Rianopoulos, nun wieder zielstrebig, die Waffel war vertilgt, steuerte, den Platz überquerend, die Taverne „La Rose Blanche" an. Auf dem 50 cm hohen Bretterboden vor der Taverne, der über die Pflastersteine ausgelegt war, standen zehn Tische mit je vier Stühlen, im Schatten der aufgespannten grün-roten Sonnenschirme. Rianopoulos setzte sich zu einem Mann an den Tisch. „Weißt du, wer das ist?", fragte Trish.

„Keine Ahnung."

Die Frauen taten, was alle auf dem Platz machten. Sie fotografierten. Eines der Fotos sendete Dale Lisbeth, mit der Frage, um wen es sich bei dem Mann handelte, der sich gerade sehr intensiv mit Rianopoulos unterhielt. Es dauerte eine halbe Minute, dann hatten sie die Antwort: „Mr Sirios".

„Wollen wir uns zu ihnen setzten?"

Dale schüttelte abwehrend den Kopf. „Konfrontieren wir Rianopoulos später damit. Schauen wir, wie es bei ihm weiter geht."

Fünfzehn Minuten später erhoben sich die Männer, reichten einander zum Abschied die Hände und jeder ging in eine andere Richtung davon. Dale und Trish folgten Rianopoulos. Er führte sie wieder zum Gare Central, der jetzt beinahe leer war. Keine Dixi Band mehr davor und keine Menschenmassen im Bahnhof. Die beiden mussten einen großen Abstand zwischen sich und Rianopoulos lassen, um nicht entdeckt zu werden. So richtig heikel wurde es, als es durch den langen Tunnel zur Metrostation ging. Die Vorderansicht einer jungen Blondine auf High Heels schien Rianopoulos offenbar so zu gefallen, dass er sich, nachdem sie an ihm vorbei gestöckelt war, umdrehte, um auch die Hinteransicht in Augenschein zu nehmen. Geistesgegenwärtig griff Trish Dale am Arm, drehte sie zu sich, umarmte und küsste sie. Über Dales Schulter hinweg hatte sie Rianopoulos im Auge, und als der sich wieder umgedreht hatte und weiter Richtung Eingang Metrostation lief, ließ sie Dale wieder los. Nun mussten sie sich sputen, wollten sie den Griechen nicht aus den Augen verlieren. Glücklicherweise fuhr der Zug gerade erst ein, als sie die Treppen runter gelaufen kamen. So konnten sie sehen, dass er nicht einstieg. Sie stellten sich hinter eine Werbetafel und warteten.

Plötzlich trat ein Mann, der eben dem abfahrenden Zug entstiegen war, auf Rianopoulos zu und steckte ihm wortlos, im Vorbeigehen, einen Zettel zu. Rianopoulos studierte nur kurz das darauf Geschriebene, und schaute dann auf die elektronische Anzeigetafel. Die zeigte an, dass die Nummer 5 sich an der Station Parc befand und als nächstes eintreffen würde. Was sie dann, nach 15 Sekunden auch tat. Rianopoulos stieg ein, Dale und Trish ebenfalls. An der Station Jaques Brel stiegen sie aus. Rianopoulos lief die Rue de Birmingham runter bis zur Nummer 253. Dort betrat er den Hinterhof und war für Dale und Trish nicht mehr zu sehen. Dale rief Carl an und erstatte Bericht.

„Wo seid ihr?", konnte Trish ihn durchs Telefon bis zu sich brüllen hören. Dale wiederholte die Adresse in ruhigem Ton.

„Okay", meinte Carl nun etwas ruhiger „bleibt erst mal, und schaut, was sich tut. Ich melde mich."

„Milan hat an dieser Adresse mit den Kranichen gesprochen", kam Dale einer Frage von Trish zuvor.

„Interessant, hm", Trish runzelte die Stirn. „Was macht ein Grieche bei den Albanern?"

„Möglicherweise erfährt Milan genau das heute Abend bei seinem Treffen mit den Kranichen?", mutmaßte Dale.

Eine Stunde später brauste ein schwarzer Golf aus dem Hinterhof, und entfernte sich in horrendem Tempo. Weder hatten die beiden die Insassen, noch die Nummernschilder erkennen können. Sie warteten noch ein halbe Stunde. Es tat sich nichts mehr.

Brüssel – Bruxelles Info Place (BIP)

Carl hatte das Café im BIP vorgeschlagen. Marcus Sachs hatte sofort zugestimmt. Nun saß Carl an einem der kleinen Tischchen und beobachtete die kommenden und gehenden Touristen, die sich im Besucherzentrum Informationen vom anwesenden Personal erfragten, oder einfach nur Broschüren und Flyer abholten. Es erstaunte ihn, dass das Interesse an solcher Form der Informationsbeschaffung, trotz Internet, immer noch groß war. Ein junger Mann, in leichtes Leinen gekleidet, betrat das BIP. Er lenkte seine Schritte sofort dem Café zu, ohne einen Blick in den Besucherraum zu werfen. Das wird er wohl sein, dachte Carl. Er richtete sich in seinem Stuhl auf. Der Mann ließ seinen Blick durchs Café schweifen. Bei Carl blieb er hängen. Der Mann lächelte leicht, und kam dann auf Carl zu. Carl erhob sich und streckte seine Hand aus: „Marcus Sachs nehme ich an?"

„Richtig. Und Sie sind Carl Stoltenberg?"

Sie schüttelten die Hände und setzten sich. „Mikael, unser gemeinsamer Bekannte, meinte, ich sollte mich mal mit Ihnen unterhalten, Mr Sachs." Marcus Sachs nickte. „Dürfte ich erst mal erfahren, welche Aufgaben Sie bei Europol haben?"

„Natürlich. Ich bin in der Abteilung Cyber Crime tätig. Mein Job ist es, konfiszierte Computer auf bestimmte Daten zu durchforsten, oder gelöschte Daten wieder herzustellen. Seit Anfang letzten Jahres mach ich das."

„Und warum tun sie das bei Europol?"

„Wegen der hervorragenden Ausbildung."

„Wie muss ich mir das vorstellen? Verbringen Sie Ihre Zeit in Ihrem Büro über Computer und Laptops gebeugt?"

„Nicht immer. Es kommt vor, dass ich an einen Tatort gerufen werde um gleich vor Ort mal einen Blick auf einen Laptop zu werfen. Oder auf einen Datenspeicher."

„Werden Sie auch bei Überwachungsaktionen eingesetzt?"

„Normalerweise nicht."

Carl hob fragend die Augenbrauen. „Das heißt?"

Marcus Sachs zögerte, schaute sich vorsichtig um und beugte sich dann leicht über den Tisch: „Letzten Samstag, ich wollte gerade in den Ausgang, hatte ich eine Meldung auf meinem Handy. Ich solle sofort in die Zentrale kommen, es gäbe einen Einsatz. Sehr erfreut war ich nicht. Schließlich hatte ich keinen Dienst! Nicht mal auf Picket war ich! Außer mir waren noch zwei weitere Kollegen anwesend. Die wurden von unserem Vorgesetzten angewiesen, Wanzen und Peilsender vorzubereiten. Ich fasste den Auftrag einen Trojaner, der Computer ausspäht, per Email zu verschicken – von Hermann Müllers Computer aus."

„Sollte also Müller dahinter stecken?", fragte sich Carl gedankenverloren.

Marcus Sachs lehnte sich zurück und wartet ab.

„So weit, so schlecht", meinte Carl. Dann in etwas schärferem Ton: „Und weshalb erzählen Sie mir das? Ich nehme doch an, Sie wurden zu absoluter Geheimhaltung verpflichtet?"

Marcus Sachs Anspannung war förmlich zu spüren: „Hören Sie, das Ganze wurde uns als Anweisung von Müller verkauft. Dass das nicht stimmen konnte, war uns klar."

„Und warum war Ihnen das klar?"

„Müller würde sich nie so exponieren. Dazu ist er zu clever. Für uns ist klar, dass da jemand versucht, Müller etwas in die Schuhe zu schieben."

„Und haben Sie eine Ahnung, wer das sein könnte?"

Anstelle einer Antwort, gab Marcus Sachs Carl einen Einblick in den Arbeitsablauf innerhalb der Zentrale: „Sämtliche Ermittlungsergebnisse, und ich meine wirklich alle, müssen Annemans vorgelegt werden. Nichts darf auf direktem Weg zu Müller. Sie sind der Chef der Brüsseler Polizei. Sie können sich sicher vorstellen, was passiert, wenn Sie nur noch, vorgängig von Ihrem Stellvertreter, ge-filterte Informationen erhalten!"

Bei dieser Vorstellung erschauerte Carl. „Sie haben mein Frage von vorhin noch nicht beantwortet! Weshalb erzählen Sie mir das alles?"

Marcus Sachs lehnte sich zurück und begann den kleinen Kaffeelöffel hin und her zu drehen. Etwas verlegen meinte er dann: „Wissen Sie, ich mag es nicht, in etwas hinein gezogen zu werden, was klar gegen die Vorschriften verstößt. Und ich weiß einfach nicht, an wen ich mich wenden soll, innerhalb von Europol. Dazu bin ich noch nicht lang genug dabei. Als mich Mikael angerufen hat, habe ich ihm alles erzählt. So wie Ihnen jetzt. Er meinte, ich solle mich jemandem anvertrauen, außerhalb der Europol." Marcus zuckte mit den Schultern und schaute Carl etwas ratlos an.

Carl nickte. „Für den Moment scheint es mir das Beste zu sein, wenn Sie sich ruhig verhalten. Wir glauben, dass die Abhöraktion in einem Zusammenhang mit den Morden im Notos steht. Mehr möchte ich im Moment nicht sagen, auch zu Ihrer Sicherheit. Sofern es mir möglich ist, werde ich Ihren Namen aus der Sache raushalten."

Marcus Sachs nickte ergeben.

Brüssel – Avenue de Cortenbergh

„Athos Ltd., guten Tag, wie kann ich Ihnen helfen?", tönte es fröhlich aus dem Apparat.

Kira war erleichtert, Ada Kürülets Stimme zu hören. „Hallo Ada, hier spricht Kira."

„Oh, hallo Kira? Na, wie geht's?"

„Danke gut, und dir?"

„Auch, danke. Ziemlich viel los, aber geht schon. Besser so, als wenn nichts laufen würde. Wie kann ich dir helfen?"

„Ich wollte fragen, ob wir uns wohl treffen können? Vielleicht am Mittag?"

„Wusste ich es doch! Fitness macht Spaß, nicht wahr?"

Kira richtete ihren Blick gegen Himmel, „nun ja, ich dachte eigentlich, wir könnten uns zum Mittagessen treffen?", fragte sie hoffnungsvoll.

„Wir treffen uns im Fitness. Um 13.00 Uhr, okay?", erwiderte Ada Kürület in einem Ton, der durchaus als mitreißend bezeichnet werden konnte.

„Okay, bis dann", meinte Kira seufzend und ließ den Kopf resignierend auf den Tisch sinken. Sie war sich nicht sicher, ob sie eine weitere Fitnessstunde überleben würde.

Als Kira eintraf, erwartet sie Ada bereits. Mit einem begeisterten, „heute gehen wir in den Zumba Stepp Kurs!", begrüßte sie sie.

„In den was?", fragte Kira ahnungslos nach.

„Ist gut für den Po und die Beine und ganz easy!", versicherte ihr Ada.

Sie zogen sich um und begaben sich dann in einen Raum, in dem sich bereits 15 andere Frauen jeden Alters aufhielten. Alle brav vor ihrem Stepper wartend. Zwei Reihen mit je fünf Stepper waren noch frei. Die vorderste und die dahinter.

Ada zog Kira zur vordersten und gleich in die Mitte der Reihe. Gerade wollte Kira sich beschweren, als die Instruktorin, in schwarzen, dreiviertel langen Leggings und einem eng anliegenden, leuchtend gelben Sport BH, den Raum durch einen Nebeneingang betrat. Sie klatschte in die Hände und begrüßte die Anwesenden mit einem „Ladies!! Aufstellung bitte!"

Und schon dröhnte laute Musik durch den Raum. Sogleich begannen alle, auf ihren Stepper zu springen. Hoch und runter, mit einem Bein, beidbeinig. Kira versuchte mitzuhalten, in dem sie die Bewegungen der Kursleiterin zu kopieren versuchte. In den Spiegeln vorne und an den Seitenwänden, konnte sie sehen, wie sich alle, offenbar nach einer bestimmten Schrittfolge, zur Musik bewegten. Irgendwann gab Kira das Nachahmen auf und machte das, was ihr zur Musik passend schien.

Stunden später, so kam es Kira vor, es waren gerade mal 50 Minuten vorbei, war die Lektion zu Ende. Völlig verschwitzt und ausgepowert ließ sich Kira auf ihren Stepper fallen. Die Instruktorin klatsche ganz begeistert und attestierte allen, eine tolle Leistung erbracht zu haben. Dann entschwand sie durch die Nebentüre. Ada half Kira auf und klopfte ihr aufmunternd auf die Schulter. Anerkennend meinte sie: „Das war gar nicht so schlecht!" Kira, immer noch außer Atem, bedankte sich mit einem schwachen Nicken.

An der Früchtedrink-Bar dann, Kiras Atem hatte sich wieder normalisiert, begann sie, beide genehmigten sich einen Chia Yellow Smoothie, Ada ein wenig auf den Zahn zu fühlen. „Kanntest du Theodoros und Giorgos gut?"

Ada, die gerade an ihrem Strohhalm nuckelte, schaute kurz auf und schüttelte dann den Kopf. „Nein. Kollegen halt. Man kennt sich vom Sehen. Wahr genommen habe ich sie erst, als ich von den internen Verfahren gehört habe."

„Waren die eigentlich gerechtfertigt?"

„Wenn sich ein Mandant beschwert, sind sie immer gerechtfertigt!", erwiderte Ada sehr bestimmt. „Umso mehr, wenn es sich um solch einen guten Mandanten wie der EU handelt", präzisierte sie.

„War das das erste Mal für die beiden?"

„Ich glaube schon…", gab Ada zögern zur Antwort. Kira schaute sie fragend an. Ada gab sich einen Ruck: „Eine Kollegin meinte, es habe bei Giorgos ja mal so kommen müssen. Frag mich nicht, was sie damit meinte."

„Kannst du dich noch erinnern, wer das war?"

„Phu, nein du, keine Ahnung. Ich hab's auch nur beim Vorbeigehen aufgeschnappt." Ada leerte ihr Glas mit einem geräuschvollen Schlürfen durch den Strohhalm und stand dann auf. „So, und nun eine erfrischende Dusche. Die haben wir uns verdient", meinte sie lächelnd zu Kira.

Brüssel – Bei der Athos Ltd.

„Kira, was gibt's?"

„Schon mal was von Zumba gehört?" fragte Kira Dale.

„Zumba?", Dale warf einen fragenden Blick zu Trish, „ist das nicht der neuste Schrei im Fitness?"

„Bingo! Du hast gerade eine Probelektion gewonnen", tönte Kira lachend durchs Telefon.

„Ich bevorzuge Kraftmaschinen und Hanteln", entgegnete Dale sehr entschieden.

„Oh, die Hanteln kann man bestimmt im Zumba einsetzen. Das wäre eine echte Steigerung im Trainingsprogramm", gluckste Kira.

„Rufst du deshalb an? Um mir ein Trainingsprogramm schmackhaft zu machen?"

Kira verneinte und informierte Dale dann darüber, was sie von Ada erfahren hatte.

Nun standen Dale und Trish vor dem Empfangstisch, hinter dem bereits wieder Ada Kürület saß, und verlangten Mr Sirios zu sprechen. Der stand wenige Minuten später in der Empfangshalle und bat die beiden mit nach oben zu kommen, in sein Büro.

„Mr Sirios, kann es vorkommen, dass Ihre Auftraggeber bestimmte Angestellte von der Athos Ltd. anfordern?", eröffnete Dale das Gespräch.

Mr Sirios hob erstaunt die Augenbrauen. „Nun ja, das kann vorkommen", antwortete er.

„Konkret: wurden Theodoros Zarorakis und Giorgos Valoufakis für die Überwachung von Sofia Sakorasa angefordert?"

Diese Frage schien Mr Sirios unangenehm zu sein. Unruhig rutschte er auf seinem Stuhl hin und her. Dann meinte er bedauernd: „Ich kann Ihnen dazu wirklich nichts sagen."

„Zwei Ihrer Leute sind tot! Ebenso Sofia Sakorasa, die Ihre Leute hätten beschützen müssen! Finden Sie nicht, es sei an der Zeit, uns die Informationen zu geben, die wir brauchen?"

Mr Sirios, dessen Augen kaum noch zu sehen waren, so fest hatte er sie zusammen gekniffen, gab zur Antwort: „Hören Sie! Diese ganze Geschichte ist äußerst unangenehm für uns hier in Brüssel! Je schneller der Fall abgeschlossen ist, umso besser werde ich wieder schlafen können!"

„Wunderbar Mr Sirios. Uns ist ja ebenfalls an einem guten Schlaf gelegen", meinte Trish ungerührt. „Hat Mr Rianopoulos Theodoros und Giorgos angefordert?"

Mr Sirios starrte Trish mit weit aufgerissenen Augen an ohne zu antworten.

„Mr Sirios, wir wissen, dass Rianopoulos der Auftraggeber ist. Also, hat er oder hat er nicht?"

Hatte Mr Sirios kurz zuvor noch die Luft angehalten, so ließ er sie nun in unregelmäßigen Stößen entweichen. Keuchend meinte er: „Woher haben Sie das?"

„Ich bin nicht der Meinung, dass das jetzt unser Thema ist. Hat Rianopoulos die beiden angefordert?", wiederholte Trish ihr Frage.

Mr Sirios sprang auf und fuhr sich mit den Händen hektisch durchs Haar. „Ich kann Ihnen das nicht sagen." Es klang verzweifelt.

„Worum ging es heute bei Ihrem Gespräch mit Rianopoulos in der La Rose Blanche?" Trish ließ nicht locker.

Ihre Hartnäckigkeit wurde belohnt. Mr Sirios seufzte und setzte sich dann wieder hin. Er gab seinen Widerstand auf. „Ich wurde von unserem Hauptsitz in Athen angewiesen, die beiden einzusetzen."

„Wer aus dem Hauptsitz?", bohrte Trish nach.

„Vom obersten Boss."

„Sein Name?"

„Notis Mariasos"

„Wie lautete die Begründung?"

„Es gab keine und ich habe auch nicht danach gefragt."

„Was hatten Sie mit Rianopoulos zu besprechen?"

„Es ging um einen neuen Auftrag, den er uns geben möchte."

„Eigentlich erstaunlich, finden Sie nicht? Nachdem Ihr Unternehmen beim letzten Auftrag, na sagen wir mal, nicht so geglänzt hat?"

Mr Sirios zuckte nur mit den Schultern.

„Was ist das für ein Auftrag?", fragte Trish freundlich.

Nun setzte sich Mr Sirios aufrecht hin und straffte die Schultern. Energisch gab er ein, „diese Frage werde ich nicht beantworten!", von sich.

„Geschäftsgeheimnis – schon klar. Dann wollen wir doch auf eine erfolgreiche Erledigung hoffen, nicht wahr?"

Für diese Bemerkung erntete Trish nur einen bösen Blick von Mr Sirios.

„Denkst du, er wird Rianopoulos informieren?", fragte Trish Dale beim Verlassen der Athos Ltd.

„Gute Frage. Ich bin mir nicht sicher. So ganz geheuer scheint ihm die Sache nicht zu sein. Er bekommt scheinbar nicht jeden Tag die Einsätze seiner Leute aus Athen diktiert."

„Ja, das fand er wohl nicht so spaßig." Trish rieb sich vergnügt die Hände.

„Dafür hat dir die Befragung umso größeren Spaß gemacht", stellte Dale, mit einem Seitenblick auf Trish schmunzelnd fest.

Brüssel – Polizeigebäude 3. Stock

„Wenn wir diesen verdammten Fall nicht bald lösen, müssen wir den Bau eines neuen Gefängnisses beantragen. So viele Verdächtige sind mir ja noch selten untergekommen", empörte sich Carl, nachdem er sich den Bericht von Dale und Trish angehört hatte. Sie hatten sich im dritten Stock eingefunden.

„Hast du mit Müller gesprochen", unternahm Dale einen Ablenkungsversuch.

„Nein", hub Carl zögern an, „irgendwas sagt mir, dass es noch zu früh ist…" Da klingelte das Handy von Dale, was ihr einen nicht so freundlichen Blick von Carl eintrug.

„Wo steckt ihr denn schon wieder alle?", meldete sich eine hörbar aufgeregte Grace.

„Grace, wir ermitteln. Das kann durchaus auch mal draußen stattfinden."

„So, so", meinte Grace zweifelnd. Dann eifrig. „Ich hab hier eine Frau am Telefon, die mit dem ermittelnden Beamten im Fall Notos sprechen möchte. Es klang ziemlich dringend. Ihren Namen hat sie nicht genannt. Ich stell durch, okay?"

„Okay." Dale bedeutete allen, ruhig zu sein, bevor sie das Gespräch auf den Lautsprecher legte und das Gespräch entgegen nahm.

„Sie sind zuständig für den Fall Notos?"

„Richtig. Mit wem spreche ich?"

„Das tut nichts zur Sache. In den nächsten Tagen werden mehrere Boote mit Flüchtlingen, vielen Flüchtlingen, von Bengasi und Misurata nach Griechenland, genauer Lesbos übersetzen. Ebenfalls in den nächsten Tagen werden sich Camions, die Frischfleisch und Zucker geladen haben, von Tallinn nach Warschau auf den Weg machen. Abgewickelt werden diese Geschäfte durch die Soria Reederei und die Corti Ltd. Verhindern Sie diese Transporte!" Die Unbekannte hatte das alles atemlos und in dringendem Ton vorgetragen.

„Woher haben Sie diese Informationen?", versuchte Dale mit ihr ins Gespräch zu kommen, aber sie hatte bereits aufgelegt. „Lisbeth, kannst du den Anruf zurückverfolgen?"

„Zu kurz."

„Auch nicht woher er kam?", fragte Dale nach. Lisbeth schüttelte den Kopf.

Carl ließ ein dröhnendes „Wunderbar!" vernehmen, „nun haben wir auch noch eine anonyme Anruferin."

„Sie sprach Englisch mit Akzent. Eine Deutsche? Eine Italienerin?", fragte Trish in die Runde.

„Was, wenn es die Frau ist, die das kleine Mädchen in Berlin entführt hat?" „Und wieder frei gelassen hat", ergänzte Dale die Mutmaßung von Kira, erhob sich und stellte sich vor das Board. „Sie bezichtigt die Soria Reederei und die Corti Ltd der Schlepperei, des Menschenhandels und des Drogenschmuggels. Die Frage ist, was das mit den Toten im Notos zu tun hat. Mit den Entführungen in Berlin und hier in Brüssel. Felice Corti, der Inhaber der Corti Ltd., wurde in Berlin ermordet. Rianopoulos, Inhaber der Soria Reederei, fädelt eine Überwachung für eine Abgeordnete ein, die ermordet wird. Die für den Schutz der Abgeordneten zuständige Athos Ltd. hier in Brüssel wird von ihrem Hauptsitz in Athen angewiesen, zwei bestimmte Männer für diesen Auftrag einzusetzen. Sie werden ermordet. Was, wenn die Athos Ltd. hinter den Morden steckt?", versuchte sich Dale an einer Schlussfolgerung.

„Die Athos Ltd. wurde von ehemaligen DSE Mitglieder gegründet. Die drei toten Politiker, beziehungsweise deren Eltern, haben alle eine DSE Vergangenheit. Das ergibt keinen Sinn!", widersprach Kira.

„Du sagst es richtig! Die drei Politiker! Aber nicht die Männer von der Athos", entgegnete Dale.

„Ich glaube nach wie vor, dass die drei Abgeordneten und die zwei Sicherheitsleute aus unterschiedlichen Gründen umgebracht wurden", schaltete sich Trish ein, „und: ich sehe kein Motiv bei der Athos", präzisierte sie. Sie bedachte Dale mit einem herausfordernden Blick.

„Was, wenn die Athos und die Soria Reederei zusammen arbeiten?", führte Dale ihre Mutmaßung näher aus.

„Greifbar haben wir momentan nur diesen Riano... na ihr wisst schon..."

Dale unterbrach ihn: „Carl, sein Name ist Rianopoulos. R i a n o p o u l o s", buchstabierte sie ihm vor.

Carl verdrehte die Augen. „Denken die eigentlich, nur weil sie eine antike Vergangenheit haben, sie könnten sich Namen zulegen, die keiner aussprechen kann? Aber gut. Wir müssen uns diesen Rianop...", er warf Dale einen amüsierten Blick zu, „diesen Rianopoulos vornehmen. Kira, versuch heraus zu finden, wo er sich aufhält. Wenn nötig, soll dir Grace helfen. Dale, hast du noch deine Verbindungen nach Lesbos?"

„Hab ich ja", nickte Dale.

„Und ich werde eine Kollegin in Warschau kontaktieren", meldete sich Trish.

Carl, der den Raum schon verlassen hatte, streckte plötzlich nochmals den Kopf durch die Tür: „Vergesst die Athos nicht. Über die müssen wir mehr wissen."

Brüssel – Parc du Bruxelles

Carl hatte beschlossen, es sei an der Zeit, sich mit Müller zu unterhalten. Unter vier Augen. Außerhalb des Kommissariats. Müller hatte sich sofort bereit erklärt, sich im Parc du Bruxelles zu treffen. Dieser Park, auf einem der zahlreichen Hügeln gelegen, die sich um den Stadtkern von Brüssel erheben, umsäumt von Herrschaftshäusern und, gegenüber des Haupteinganges, dem Königspalast, erfreut sich großer Beliebtheit. Für die Besucher der Stadt, nur schon des Königspalastes wegen, ein fester Bestandteil ihrer Erkundungstour, und für die Einheimischen eine Abkürzung, um in die Altstadt zu gelangen. Die Wege des Parks sind so angelegt, dass sie aus der Vogelperspektive das Bild eines geöffneten Zirkels ergeben.

Müller erwartete ihn bereits, als Carl beim Haupteingang anlangte. Nach der Begrüßung schlenderten sie auf einem der Wege in den Park hinein.

„Wie geht es Hans?", erkundigte sich Carl.

„Oh, ganz gut. Er und Gerhard befinden sich bereits auf dem Rückflug nach Berlin. Ich sah keine Notwenigkeit mehr, sie hier zu belassen. Sie sollen uns von Berlin aus unterstützen."

Carl nickte zustimmend. „Sicher eine gute Entscheidung. In Anbetracht der drei Morde in Berlin…". Offenbar wusste Müller davon, er nickte bedauernd. Nachdem sie ein paar Schritte schweigend zurück gelegt hatten, kam

Carl ohne Umschweife auf den Grund dieser Unterredung zu sprechen: „Weshalb werden wir abgehört?"

„Wie bitte?", Müller schien aus allen Wolken zu fallen.

Carl warf ihm einen prüfenden Blick zu und meinte dann leicht zischend: „Unsere Telefone werden abgehört, unsere Computer ausgespäht und an unseren Autos wurden GPS-Tracker angebracht. Dales und meine Wohnung sowie die Hotelzimmer der Stockholmer Kollegen werden ebenfalls überwacht. Warum?"

Müller war, noch während Carl sprach, stehen geblieben und starrte diesen nun mit weit aufgerissen Augen und halb offenem Mund an. So ganz schlau schaute das nicht aus. „Was… was…", stotterte Müller, dann brach er ab. Eine zarte Röte überzog seine Wangen. Er stampfte einmal kräftig mit seinem rechten Fuß auf den Boden, so dass der feinkörnige Sand aufgewirbelt wurde, und sich eine kleine Staubwolke bildete. Und dann, mit sich überschlagender Stimme: „Wie kommen Sie dazu, mir so etwas zu unterstellen? So etwas würde ich nie tun! Ich vertraue den Leuten, mit denen ich zusammen arbeite!"

„Tja, mein Junge, dann haben Sie wohl Ihren Laden nicht im Griff", meinte Carl ganz väterlich.

Müller schnappte nach Luft wie ein Fisch, der am Haken hing und nicht mehr los kam. Carl klopfte ihm jovial auf die Schulter und beschloss, seine Empörung noch ein wenig zu schüren: „Aus sicherer Quelle weiß ich, dass Annemans die Überwachung angeordnet hat. Offenbar ohne Sie zu informieren? Oder Sie über die Auswertung der abgehörten Daten ins Bild zu setzen?"

Das zarte Rot wechselte zu ausgeprägtem Rot, welches nun das ganz Gesicht überzog. Die Ader auf der Stirn über dem rechten Auge schwoll an. Die Luft, welche Müller in seine Muskeln pumpte, ließ den Körper kugelrund werden. Es hätte Carl nicht weiter erstaunt, wenn Müller wie ein mit Helium gefüllter Luftballon, abgehoben und davon geflogen wäre.

Er ließ Müller stehen und schritt auf den nahe gelegenen Kiosk zu, um Kaffee zu besorgen. Als er zurück kam, hatte sich dieser auf eine der zahlreichen Parkbänke gesetzt. Carl reichte ihm den Becher mit Kaffee. Müller nahm in dankbar entgegen. Er schien sich regelrecht an diesem Becher festzuhalten, so umklammerte er ihn. Carl setzte sich neben Müller. „Wie sicher ist ihre Quelle", murmelte Müller so leise, dass Carl ihn kaum verstehen konnte.

„Sehr sicher! Im Übrigen konnten wir die Datenspur bis zu Europol zurück verfolgen!", erwiderte Carl sehr bestimmt.

„Annemans also", Müller schüttelte ungläubig den Kopf. Dann faltete er sich etwas auseinander und setzte sich mit durchgedrücktem Rücken in der Bank zurecht: „Eigentlich sollte ich nicht überrascht sein", munterte er sich selbst auf, „Freunde waren wir nie. Er hat es nie verwunden, dass ich und nicht er Chef der Europol geworden bin."

„Er hat das wirklich ohne Ihr Wissen in die Wege geleitet?"

„Allerdings!", bestätigte Müller mit Nachdruck.

„Haben Sie eine Idee, was er damit erreichen will?"

„Eigentlich…", Müller warf einen kurzen Blick auf Carl, nahm dann einen Schluck Kaffee und erhob sich, „haben Sie etwas dagegen, wenn wir ein paar Schritte gehen?"

Carl schüttelte den Kopf und erhob sich.

Brüssel – Polizeigebäude 3. Stock

Im abhörsicheren Raum waren nur die leisen Stimmen von Dale und Trish zu hören, die, jede in einer anderen Ecke stehend, telefonierten. Lisbeth und Kira saßen am Tisch, jede mit ihrem Laptop beschäftigt. Trish setzte sich, nachdem sie ihr Telefonat beendet hatte, zu den beiden und ließ einen Seufzer vernehmen. „Das war nicht sehr aufschlussreich. Die wissen von gar nichts."

In diesem Moment öffnete sich die Türe und Carl trat, gefolgt von Müller ein. Aller Augen ruhten auf Müller. Und als dieser nichts sagte, ergriff Carl das Wort: „Ich habe vorhin Mr Müller über die Abhöraktion ins Bild gesetzt. Er hat mir versichert, nichts damit zu tun zu haben, und auch von nichts gewusst zu haben. Richtig?", wandte er sich fragend an Müller.

Dieser nickte und setzte sich an den Tisch. Irgendwie machte er einen geknickten Eindruck. Minutenlang starrte er die Tischplatte an, ohne etwas zu sagen. Dann gab er sich einen Ruck: „Meine Damen, ich danke Mr Stoltenberg sehr", er nickte Carl zu, „für die Offenheit. Möglicherweise ergibt das Alles für Sie kein stringentes Bild. Ich werde versuchen, Ihnen die vielleicht fehlenden Puzzlesteinchen zu geben." Und dann mit Nachdruck: „Damit wir das Bild zusammen bekommen!" Er stand auf und stellte sich vor das Board. „Immer wieder ist es Europol in der Vergangenheit gelungen, kleinere Zellen des organisierten Verbrechens", hier hielt er kurz inne, drehte sich um, und meinte mit einem schmalen Lächeln, „wie wenn es unorganisiertes Verbrechen gäbe…, wie auch immer. Kleinere Zellen auszuheben. Drogenhandel, Kunsthandel, Menschenhandel, Waffenhandel. Bis heute ist es nicht gelungen, an die großen Bosse ran zu kommen. Wenn mal einer der Festgenommen bereit war, auszusagen, kam er bestialisch zu Tode. Sie haben die Bilder ja gesehen." Er warf Lisbeth einen bewundernden Blick zu. „Wie Sie wissen, war ich letzthin in Athen. Dort habe ich mich mit Notis Mariasos getroffen."

„Dem Boss der Athos in Athen?", fragte Dale nach.

„Richtig. Zu diesem Zeitpunkt wussten wir, dass die Athos etwas mit der Soria Reederei am Laufen hat. Ich wollte diesem Mariasos auf den Zahn fühlen. Dass die Athos hin und wieder Aufträge von der Soria Reederei bekommt, hat er bestätigt. Auch dass er Rianopoulos kennt. Dass die Athos in irgendwelche kriminelle Machenschaften verwickelt sein soll, hat er vehement zurück gewiesen. Allerdings hat er durchblicken lassen, dass er genauestens im Bilde ist, was bei Europol läuft. Meine nächste Reise führte mich nach Warschau, wo ich mich mit Felice Corti traf. Wir haben einiges strafrechtlich relevantes Material gegen ihn in der Hand – und einen Deal. Er versorgt uns mit Informationen, und wir lassen ihn in Ruhe. Das Ganze lief noch nicht lange, trotzdem hatte ich den Eindruck, er würde uns hinhalten. Nur gerade einen Tipp hatten wir bis dahin von ihm – ein kleines Drogenlabor in einem Außenbezirk von Berlin konnten wir daraufhin ausheben. Dieses Treffen in Warschau hatte er angeregt. Er meinte, er hätte interessante Informationen für mich. Völlig überraschend brachte er mich mit dem polnischen Innenminister Janusz Mikke zusammen. Der machte mir ein Angebot, was ich nicht ablehnen konnte."

„Er hat Ihnen vorgeschlagen, Sie zum Chef von Europol zu machen. Was wollte er dafür?", fragte Trish in leicht angewidertem Ton.

„Keine Ermittlungen gegen die Athos oder die Soria", erwiderte Müller schmallippig.

„Und Sie sind darauf eingestiegen?", fragte Kira ganz entgeistert.

Müller verschränkte die Arme vor der Brust und entgegnete trotzig: „Natürlich! Aus rein ermittlungstechnischen Gründen! Ich wollte wissen, was dahinter steckt. Niemals hatte ich vor, diesen Anweisungen Folge zu leisten!"

„So, so… und wie haben Sie sich das vorgestellt?", fragte Dale spöttisch nach, „erpressbar wie Sie sind!"

„Seien Sie alle versichert: Ich habe Wege und Mittel gefunden!", und an Lisbeth gewandt „wenn Sie bitte mal Zugriff auf meinen Laptop nehmen könnten? Ich gebe Ihnen auch mein Passwort. Wobei Sie das wohl nicht benötigen, richtig?"

Lisbeth fixierte ihn eine Weile und schaute dann fragend zu Carl. Dieser nickte. Keine Minute später war der Desktop von Müllers Laptop auf der Wand zu sehen. Müller navigierte Lisbeth durch die Dokumente bis das richtige gefunden war. Die Spannung war mit Händen zu greifen, als Lisbeth einen Doppelklick auf das Dokument setzte und es geöffnet wurde. Diese Spannung wich einer gewissen Verwirrung angesichts der Buchstaben und Zahlen, die zu sehen waren.

„Was zum Teufel ist das denn?", fragte Carl verständnislos.

Müller konnte sich ein Grinsen nicht verkneifen. Er zückte sein Buch, schlug es auf und entnahm ihm ein loses Blatt. „Wenn Sie das über den Text legen könnten", bat er Lisbeth. Die scannte das Blatt ein und zog es dann über den Text. Müller nahm einen Zeigestock und begann mit seinen Erklärungen: „Was Sie hier sehen, sind die Routen der Containerschiffe und Camions der Soria und der Corti, versehen mit Datum und Art der Fracht. Diese Angaben habe ich mit den Aufträgen der Athos verlinkt. Wie Sie sehen, hatte die Athos praktisch an allen Bestimmungsorten der Schiffe und Lastwagen einen Einsatz. Welcher Art die waren, entzieht sich leider meiner Kenntnis. Wie Sie sich vorstellen können, war die Beschaffung der Liste nicht ganz – nun – legal. Und für eine Hausdurchsuchung bei der Athos reichen die Beweise nicht aus. Ganz abgesehen davon, möchte ich zu diesem Zeitpunkt niemanden aufscheuchen." Müller, sichtlich zufrieden mit sich, schaute erwartungsvoll in die Runde.

Trish nickte denn auch anerkennend. „Ihre These ist also, dass Rianopoulos, Corti und Mariasos ein lukratives Nebengeschäft betreiben."

„Ganz genau!", nickte Müller eifrig.

Trish fragte grinsend: „Lisbeth, denkst du, wir brauchen einen Durchsuchungsbefehl, um an die ausführlichen Daten der Athos zu kommen?" Trish hatte ihre Frage noch nicht fertig ausformuliert, da waren schon die ergänzenden Angaben zu jedem Einsatz zu sehen.

„Nichts Auffälliges…", meinte Kira enttäuscht. Zumeist waren es Überwachungen von Objekten, wie Villen oder Fabrikgebäuden.

„Schau dir mal die Personen an, die eingesetzt wurden", unterbrach Trish sie ganz aufgeregt. Kira machte große Augen. Ebenso Müller. Und Carl schien an akutem Luftmangel zu leiden: „Das gibt's doch nicht", keuchte er. Bei allen Einsätzen waren Theodoros und Giorgos, die beiden ermordeten Sicherheitsleute, eingesetzt worden.

„Das ist wirklich höchst spannend" murmelte Müller vor sich hin, während er hektisch in seinem Buch blätterte. Dale und Trish tauschten einen belustigten Blick.

„Hier!", Müller tippte aufgeregt auf eine Stelle in seinem Buch. „Hier haben wir es. Dieser Giorgos gibt sich als Albaner aus, dabei ist er doch Grieche! Was, wenn er den Auftrag hatte, die Kraniche auszuspionieren, und sie ihm auf die Schliche gekommen sind?" Müller blätterte weiter, eine Hand erhoben, als wolle er jedem Einspruch Einhalt gebieten. „Ja!" Müller ballte die erhobene Hand zur Faust, wie ein Sportler nach einem besonders wichtigen oder schön erzielten Punkt. „Die Kraniche! In letzter Zeit sind im Internet auffallend viele Bezüge zu „Kraniche" aufgetaucht." Er wandte sich aufgeregt an Lisbeth: „Bitte öffnen Sie doch das Dokument, welches ich mit „alkran" abgespeichert habe." Müller sprang auf und begann, mit den Armen weit ausholend, zu referieren: „Ich bin im Dark net auf einen Chat gestoßen, indem sich Leute mit Namen „Kontor", „Karim" und „Wikinger" austauschen. Ein „Teutone" und ein „Kleiner" haben sich regelmäßig eingeschaltet. Dass sie sich nicht über die neusten Aktionen für Babywindeln unterhalten haben, können Sie sich sicher vorstellen. Die verwendeten Codewörter, um die zu entziffern braucht man keine Decodierungsmaschine, lassen Schlüsse auf Entführungen, Schmuggel und Tötungsdelikte zu. Was die Personen hinter den Pseudonymen angeht, so haben Sie den „Wikinger" und den „Teutonen" ja bereits kennen gelernt. Ich habe Grund zu der Annahme, dass sich hinter dem „Kleiner" Hans Lohmann verbirgt.

Was vermuten lässt, dass die „Weißen Wölfe" involviert sind. Um wen es sich beim „Kontor" und „Karim" handelt – ich habe keine Ahnung." Müller setzte sich hin und schaute gespannt in die Runde. Von der kam erst mal gar nichts. Nur Stille. „Wie Sie sehen, habe ich meine eigenen Ermittlungen durchgeführt." Müller war sichtlich bemüht, eine Reaktion aus der Runde zu bekommen.

Dale, die während des Vortrags von Müller aufgestanden war, und sich das Weitere, an die Rückwand des Raumes gelehnt, angehört hatte, stieß sich nun von der Wand ab „Athos, Soria und Corti, nennen wir sie die „Griechen", haben gemeinsam Geschäfte am Laufen. Sie schließen sich mit den „Wölfen" zusammen, um weltweit tätig zu sein. Vielleicht auch, um sich nicht in die Quere zu kommen. Nehmen wir weiter an, dass „Kontor" und „Karim" Vertreter der Organisationen sind. Die Entführungen in Berlin und Stockholm dienen der Mittelbeschaffung. Vielleicht auch der Vertrauensbildung zwischen den „Griechen" und „Wölfen". Die drei Politiker wurden ermordet, weil sie nicht genehme Positionen vertraten. Auf der Traktandenliste steht für diese Woche, nebst denen, die Sie, Mr Müller, schon erwähnten, auch eine Verschärfung der Gesetze im Transportwesen. Mengenbeschränkungen, höhere Steuern, schärfere Auflagen bezüglich Emissionen. Alle drei waren für diese Verschärfungen. Und da es bei der Abstimmung sehr eng geworden wäre, mussten die drei sterben. Die zwei Sicherheitsleute wussten zu viel, was ihrem Todesurteil gleich kam." Dale machte eine Pause und betrachtete das Board. Dann tippte sie auf die Namen der Toten und schob nach: „Wir haben uns von Anfang an zu sehr auf die Tatsache versteift, dass in allen Fällen EU Abgeordnete tangiert sind", dabei wies sie auf die Namen der Entführten.

Ein Sturm von Einwänden und Fragen brach los, bis Carl dem ein Ende setzte, indem er seine Faust auf den Tisch nieder sausen ließ und „Ruhe!" brüllte.

Dale setzte sich wieder auf ihren Stuhl, schlug die Beine übereinander und harrte der Dinge, die da kommen würden.

Erst mal meldete sich Lisbeth, in der entstandenen Stille, zu Wort: „Karim heißt mit richtigem Namen Savvas Parselius." Dale und Trish wechselten einen überraschten Blick.

„Hast du sonst noch was rausgefunden?", fragte Kira nach.

Lisbeth zuckte mit den Schultern: „Nicht viel. Scheint vor allem Partys zu organisieren. Muss mich noch weiter umsehen", gab sie sich zugeknöpft.

„Tja, Dale und ich haben ihn kennen gelernt. Er arbeitet als persönlicher Assistent von Rianopoulos", ließ sich Trish vernehmen. „Ich versuch mich mal an einer Fortsetzung von Dales Geschichte. Nehmen wir an, der Chef von

Athos Athen, Notis Mariasos, wird von Annemans mit Informationen aus dem inneren der Europol versorgt. Nehmen wir weiter an, dass sie sich voll auf Mr Müller verlassen, also darauf, dass es keine Ermittlungen gegen Athos, Soria und Corti geben wird. Wann, wenn nicht jetzt, wäre der beste Zeitpunkt, um sich mit den „Wölfen" zusammen zu tun? Die Geschäfte zu konsolidieren, und sich gleichzeitig kleinerer Störenfrieden, wie den Kranichen, zu entledigen?"

Müller nickte Dale und Trish zu und meinte dann sehr bestimmt: „Wir werden ihnen die Sache vermiesen! Mit einer konzentrierten, koordinierten Aktion wird uns dies gelingen! Bevor wir jedoch tätig werden, warten wir ab, was Milan heraus findet. Möglicherweise wird er ja zu Karim geführt. Gleichzeitig müssen wir Annemans, Rianopoulos, Mariasos und Hans Lohmann im Auge haben. Und natürlich die angekündigten Lieferungen."

Carl nickte zustimmend: „Milan wird von Val und Kalle „begleitet". Wo sich Rianopoulos momentan aufhält, wissen wir nicht. Es scheint mir eine länderübergreifend Abhöraktion angezeigt zu sein. Wie sehen Sie das, Mr. Müller?"

Müller zückte bereits sein Handy und wollte gerade seine Kontakte aufrufen, als er ziemlich rüde von Lisbeth mit einem „lassen Sie das!" gestoppt wurde.

„Was?", fragte er verständnislos.

„Geben Sie mir das!“, forderte Lisbeth ihn auf.

Müller guckte erst ziemlich verblüfft in die Runde, wie wenn er da eine Erklärung bekommen könnte, händigte ihr dann aber sein Handy aus. Ein paar Wischbewegungen später gab sie es ihm mit einem, „wird auch abgehört“, zurück.

„Das ist ja schlimmer, als ich je vermutet hätte“ murmelte Müller vor sich hin und schaute sein Smartphone angewidert an.

„Wenn Lisbeth noch eines dieser prähistorischen Dinger hat, zeige ich Ihnen gerne, wie es funktioniert“, meinte Kira lachend und wedelte mit ihrem vor Müllers Nase herum.

Müller schaute sich das Ding an und meinte lakonisch: „Das müssten Sie wohl. Ich glaube, ich war da noch gar nicht geboren, als die auf den Markt kamen.“ Nachdem Kira ihm eine kleine Einführung gegeben hatte, ordnete Müller mit seinem Ding die entsprechenden Telefonüberwachungen an.

Brüssel – Rue de Birmingham / Ostende

Val und Kalle waren Milan auf den Fersen, oder genauer auf dem Hinterrad, seit er sein Büro an der Rue Van Soust verlassen hatte. Natürlich auf seinem Velo. Sie hatten sich rasch eines der Mietvelos aus einer der Stationen schnappen müssen. Nun ging es zügig dem Ninoofsesteenweg entlang. Obwohl die Strecke leicht abfallend verlief, kam Kalle ordentlich ins Keuchen. Milan bog zweimal rechts ab, dann links und weiter auf der Avenue Norbert Gille, um dann ein letztes Mal links abzubiegen, und schließlich vor der Birminghamstraat 253 von Rad zu steigen.

Kalle seufzte erleichtert. Länger wäre er wohl nicht mehr hinter her gekommen. „Wo sind wir hier?", raunte er Val zu.

„In der Birminghamstraat oder Rue de Birmingham in Französisch. Hier hatte er sein Treffen mit den Kranichen", flüsterte Val zurück.

Sie hatten sich in den Hauseingang gegenüber der Garage gestellt. Milan ging zielstrebig auf die Garage zu und drückte auf den Türöffner des Tores. Noch während das Tor sich nach oben hin öffnete, fuhr ein schwarzer Golf rasant auf den Parkplatz vor der Garage. Ihm entstieg ein junger Mann. Er lief um die Motorhaube herum und öffnete die Beifahrertür. Ein älterer Mann stieg aus. Val hielt die Luft an. „Das ist Rianopoulos!", zischte sie Kalle zu. Aufgeregt tippte sie dies als SMS an Dale.

Die Antwort kam umgehend: „Ich weiß. Wir sind ihm gefolgt."

Val starrte entgeistert auf das Display und zeigte es dann Kalle. Der staunte die Nachricht ebenfalls an und meinte dann: „Da haben wir wohl Verstärkung bekommen."

Milan war inzwischen in der Garage verschwunden. Die beiden Golfinsassen folgten ihm. Plötzlich waren Schüsse zu hören.

Val und Kalle wollten gerade losrennen, als Rianopoulos, gefolgt vom jungen Mann, der Milan am Arm mitschleifte, raschen Schrittes aus der Garage auf den Golf zuliefen. Rianopoulos setzte sich ans Steuer, während der junge Mann Milan auf den Rücksitz drängte und sich dann neben ihn setzte. Und schon fuhr der Golf aus dem Hinterhof.

Das alles hatte keine zehn Sekunden gedauert. Val und Kalle liefen auf die Straße und konnten dem Golf nur noch hinterher schauen. Sie konnten aber auch sehen, dass sich sofort ein Audi A6 an die Verfolgung machte. Val und Kalle nickten sich zu, zogen ihre Waffen und schlichen geduckt auf das Garagentor zu, welches immer noch offen stand. Val postierte sich rechts, Kalle links des Eingangs. Sie lauschten. Es war nichts zu hören. Kalle spähte angestrengt ins Innere, konnte aber nichts Konkretes ausmachen, zu dunkel war es. Als sich auch nach zwei Minuten nichts rührte, bedeutete Val Kalle, dass sie zuerst rein gehen würde. „Police! Hände hoch!", rief Val. Kalle war ihr dicht gefolgt. Nachdem sich ihre Augen etwas an die Dunkelheit gewöhnt hatten, konnten sie zwei Körper auf dem Boden liegen sehen. Die Überprüfung der Pulse ergab wenig Überraschendes. Sie waren tot. Val forderte sofort die Spurensicherung an. Kalle informierte Dale.

Dale und Trish waren, kurz nachdem die Telefonüberwachung ergeben hatte, dass Rianopoulos sich in seinem Büro aufhielt, losgefahren. Nur kurz hatten sie überlegt, ob sie die U-Bahn nehmen sollten, entschieden sich dann aber für das Auto. Was sich als gute Entscheidung erwies, nun, da sie den Golf zu verfolgen hatten. Während Dale fuhr, las Trish die Nachricht von Kalle auf Dales Handy laut vor. „Verdammt!", murrte Dale, „schon wieder zwei Tote!"

„Wenigstens wissen wir, wer die Täter sind", versuchte Trish einen Beschwichtigungsversuch.

„Ja klar! Ich sehe es schon kommen. Die werden uns etwas wie „es war Notwehr" vorjammern", enervierte sich Dale. Trish zog es vor, darauf nicht zu antworten. Dale hatte keine Mühe, dem Golf zu folgen. Trotzdem forderte sie über Funk Verstärkung an. „Wo wollen die hin?", fragte Dale.

„Sind wir hier nicht in nördlicher Richtung unterwegs? Wie als wir nach Antwerpen fuhren?"

„In etwa ja", bestätigte Dale.

Nachdem der Golf den dichten Stadtverkehr hinter sich gelassen hatte, fuhr er auf die E40 auf. Kira meldete, sie könne sie sehen. Dale wies sie an, hinter dem Golf zu bleiben. Sie gab Gas und überholte den Golf und ein paar weitere Autos, bevor sie wieder auf die rechte Spur einbog. Kurz vor Gent fuhr sie eine Raststätte an. Als Kira meldete, der Golf sei nicht abgefahren und weiter auf der E40 unterwegs, fädelte sich Dale wieder auf die Autobahn ein. Sie passierten Gent, dann Brügge bis sie schließlich Ostende an der Nordsee, nach einer knappen Stunde, erreichten. Der Golf schien den Wegweisern zum Yachthafen zu folgen. Dort hielt er aber nicht an, sondern bog rechts ab und hielt erst vor dem zweistöckigen Gebäude der „Watersport Oostende Spuikom".

Rianopoulos stieg aus und eilte die steile Treppe zum Eingang des Gebäudes hoch. Einige Minuten später erschien er wieder und winkte aufgeregt in Richtung Golf. Savvas stieg sofort aus und eilte nun ebenfalls die Treppen hoch. Milan ließ er im Wagen zurück.

Kira reagierte am schnellsten. Sie fuhr ihren Wagen direkt neben den Golf und machte sich sofort daran, die Türe aufzubekommen. Da es sich um ein älteres Modell handelte, mit Türknöpfen, ohne Zentralverriegelung, schaffte sie das innert Sekunden mit einem zurecht gebogenen Draht. Sie zerrte Milan aus dem Auto und schubste ihn energisch auf den Beifahrersitz ihres Autos. Dann fuhr sie weg.

Dale und Trish hatten die Aktion wie gebannt verfolgt, nicht ohne die Eingangstüre zur Wassersportschule aus den Augen zu lassen. Dale hatte Verstärkung angefordert, die jetzt eintraf. Kurz informierte sie die zwei Teams zu je vier Leuten. Sechs Beamte brachten sich rund um das Gebäude in Stellung, zwei folgten Dale und Trish die Treppe hoch. Vorsichtig durchschritten sie den gläsernen Eingangsbereich. Am Empfangsdesk war niemand zu sehen. Auf der Sonnenterrasse, die den ganzen westlichen Teil des Gebäudes säumte, waren zwei Frauen zu sehen, die es sich in ihren Liegestühlen mit einem Glas Wein bequem gemacht hatten. In der Bar, gleich rechts des Einganges schien sich niemand aufzuhalten. Die Kollegen machten sich auf, den Bereich hinter der Bar zu durchsuchen. Dale und Trish nahmen die Treppe, die in den unteren Bereich des Gebäudes führte und mit Piktogrammen für „Garderoben und Duschen" gekennzeichnet war. Ein langer Gang, der unter der Terrasse verlief und von dem auf jeder Seite vierzehn Türen abgingen, tat sich vor ihnen auf. Von weiter hinten waren gedämpfte Stimmen zu hören. Die elfte Türe auf der linken Seite war nur angelehnt. Sie schlichen sich leise heran. Zwei Stimmen waren auszumachen. Inzwischen waren die Kollegen zu ihnen gestoßen. Dale und Trish stürmten in den Raum und richteten ihre Waffen auf die Anwesenden. Rianopoulos hatte sich an einen Garderobenschrank gelehnt, Savvas beugte sich gerade über einen geöffneten Aktenkoffer. Beide Männer erschraken so sehr, dass sie keine Zeit hatten, zu reagieren. Die beiden Kollegen nahmen ihnen die Waffen ab, legten ihnen Handschellen an und führten sie ab.

Als Dale und Trish die Terrasse betraten, fanden sie die Damen an der Brüstung stehend, und das Geschehen neugierig beobachtend. Die Frage, ob sie die beiden Abgeführten kennen, bejahten sie eifrig nickend. Sie seien öfters hier, die charmanten Griechen. Der ältere habe sogar eine Yacht, auf der sie auch schon eingeladen gewesen waren. Natürlich in Begleitung ihrer Männer, wie sie betonten. Der jüngere habe hier Segelstunden genommen. Wie alle Mitglieder des Clubs hätten sie hier ihre Garderobenschränke.

Brüssel – Flughafen Zaventem

Dale und Trish saßen in der Abflughalle des Brüsseler Flughafens. Trish und Kalle würden den Abendflug nach Stockholm nehmen.

„Manchmal habe ich das Gefühl, die ganze Welt sei ein einziger Kraken. Wenn du eine Tentakel abhaust, wächst eine andere an einer anderen Stelle wieder nach", meinte Dale, ihren Löffel zwischen den Fingern hin und her drehend.

„Na jetzt hör aber auf. Immerhin haben wir bei der Athos und der Soria Reederei ganz schön aufgeräumt. Und die waren wirklich groß im Geschäft. Drogenhandel, Kunstschmuggel und Menschenhandel. Den Sumpf haben wir trocken gelegt. Und Rianopoulos und Mariasos als Auftragsgeber der Morde im Notos wandern einige Jahre hinter Gitter", erwiderte Trish hoch zufrieden.

„Und was ist mit den „Weißen Wölfen"? Ich bin mir ziemlich sicher, dass die sich ins Fäustchen lachen, denn nun können die die Geschäfte übernehmen."

„Schon möglich. Immerhin haben wir auch denen einen empfindlichen Schlag zufügen können. Die müssen sich jetzt auch erst mal wieder neu sortieren."

„Sag ich doch. Da wächst schon bald ein neuer Tentakel", seufzte Dale.

„Ich glaube, du brauchst Ferien. Wann kommst du mich in Stockholm besuchen?"

Dale lächelte. „Nächsten Monat habe ich zwei Wochen eingegeben. Sind zwar noch nicht genehmigt. Und du kennst ja Carl inzwischen."

Trish nickte schmunzelnd. „Und, hast du Pläne?"

„Eine Woche werde ich mit Joel in Ostende verbringen. Hast du ja inzwischen auch kennen gelernt."

„Und die zweite Woche?"

Dale zuckte die Achseln. „Bei Martine und Marc?"

Trish lachte laut. „Da wirst du aber ordentlich an Gewicht zulegen."

Auch Dale musste lachen. „Und du, hast du nächstens Urlaub?"

„Ich könnte mich durchaus dazu durchringen, ein paar Überstunden einzuziehen und diese als Fremdenführerin für eine Brüsseler Kriminalbeamtin zu verwenden." Trish zwinkerte Dale zu.

Val und Kalle schlenderten durch den Flughafen.

„Ich wär ja gerne bei der Besprechung zwischen Annemans und Müller dabei gewesen." Kalle grinste zufrieden vor sich hin.

„Oh ja! Und bei der Festnahme von Hans Lohmann auch. Nur schon um deren Gesichter zu sehen." Stimmte Val ihm zu.

Ein Schatten flog über das Gesicht von Kalle. „Wie konnte es mit Annemans nur so weit kommen? Alles nur der Karriere wegen? Und jetzt? Steht er ohne alles da und hat auch noch ein Gerichtsverfahren am Hals."

Val schaute Kalle belustigt an. „Sag bloß du hast auch noch Erbarmen mit ihm?"

„Bestimmt nicht! Mit keinem! Allerdings", schob er zögernd nach „mit der Frau schon eher, obwohl sie wohl für die Toten in Berlin verantwortlich ist."

„Ja, ich wüsste gerne, wer sie ist. Und was ihre Beweggründe sind, mal abgesehen davon, dass alle Toten Arschlöcher waren." Jetzt schaute Kalle Val belustigt an.

Die beiden gesellten sich zu Dale und Trish. Allgemeines Verabschieden war angesagt.

Danksagung

Mein Dank geht an all diejenigen, die geduldig auf dieses Buch gewartet haben. Immer mal wieder nachgefragt haben und doch immer neugierig und geduldig blieben, wenn es hieß: „Bin bald fertig."

Das war mir stets Antrieb, endlich abzuschließen und los zu lassen.